Tuer Pétain

Déjà parus :

Mort d'un sénateur, 2022.

Tuer Pétain, 2022.

La guerre et le crime, Éditions Bonneton, 2024.

Plus d'informations sur la page Facebook :

« Les enquêtes de Joseph Dumont »

Pascal Chabaud

Tuer Pétain

« Lorsque vous avez éliminé l'impossible, ce qui reste, si improbable soit-il, est nécessairement la vérité. »

Sherlock Holmes, *Le signe des Quatre*

« [Le bagne] est une usine à malheur qui travaille sans plan ni matrice. »

Albert Londres

Préface

Pendant les cinq ans de l'occupation, personne n'entreprit rien contre la personne du maréchal Pétain. Il se contenta d'ailleurs longtemps d'un service de sécurité réduit à peu. Jusqu'à ce que les SS s'installent à l'hôtel du Parc sous prétexte d'assurer sa sécurité.

Longtemps, son immense popularité fut sa meilleure sauvegarde. Au plus noir de la défaite de juin 1940, la majorité des Français accueillit son accession au pouvoir avec soulagement, reconnaissance et confiance. « Vainqueur de Verdun », commandant en chef victorieux en 1918, il paraissait bien évidemment devoir être le gardien et le défenseur des intérêts et de l'honneur du pays contre le vainqueur allemand qui le respecterait forcément. Une part de ceux qu'on n'appelait pas les résistants étaient tout aussi bien convaincus que le Maréchal approuvait secrètement leurs préparatifs pour une revanche et une libération, voire les soutenait en sous-main.

Même lorsqu'il fallut déchanter, même lorsque les décisions et les discours du chef de l'État montrèrent qu'il s'engageait résolument dans la voie de la collaboration avec les occupants, on imputa ses mauvais choix à ses mauvais conseillers. Ce qui explique que ses chefs du gouvernement furent tous deux cibles d'attentats alors qu'il fut épargné. Si la confiance des Français à son égard alla s'amenuisant au fur et à mesure qu'ils l'estimaient plus fautif ou plus impuissant, l'affection et le respect perdurèrent. Bien inconsidérés ceux qui auraient couru le risque de s'en prendre à lui par la violence.

Pascal Chabaud a eu l'idée originale et habile d'intercaler la fiction entre les faits historiques et invente une enquête aux accents réalistes sur un attentat commis contre le chef de l'État qui s'entremêle, dans la vie tumultueuse de l'inspecteur de police Joseph Dumont, avec diverses affaires criminelles dont le suspense tiendra les lecteurs en haleine jusqu'aux dernières pages.

Bénédicte Vergez-Chaignon
Docteure en histoire,
Collaboratrice de Daniel Cordier.

Prologue

Le Maréchal a procédé samedi à l'installation du Conseil de justice politique.

La Montagne, 6 octobre 1941

Le coup de feu résonna sous les voussures. Les cris des femmes se répercutèrent en écho avant de se transformer en sanglots effrayés. Puis ce fut le silence.

Le fusil fut jeté à terre, à côté du cadavre qui tenait son pistolet dans la main gauche. Dans la pénombre, à peine éclairée de quelques bougies plantées sur des bouteilles, dix paires d'yeux suivirent la silhouette qui s'éloignait.

La balle de 8 mm avait sectionné la colonne vertébrale et le corps semblait désarticulé. Le sang s'écoulait en abondance avant d'être absorbé par le sol en terre battue.

Personne ne bougeait. Puis on entendit une porte grincer au bout d'un couloir. Deux hommes en sortirent.

Ils saluèrent le groupe d'un signe de tête. Face à eux, une dizaine d'hommes et de femmes les regardaient, apeurés. Tous entre trente et quarante ans. Échoués ici par les lois du hasard et de la nécessité. Des fuyards.

— Il ne vous menacera plus, dit un des hommes. C'est fini. On ne va pas vous le laisser là…

Il commença à tirer le corps, mais renonça vite.

— Tu prends les pieds ?

L'autre opina en silence. Il se retourna, se baissa et souleva les pieds du mort comme il l'aurait fait d'un brancard.

Ils déplacèrent le fardeau inerte dont les mains laissaient sur la terre battue deux sillons parallèles. Ils le posèrent au débouché du couloir.

— Je vais chercher la voiture, dit le premier homme.

Quelques minutes plus tard, une porte en bois s'ouvrit. Les deux hommes enveloppèrent le corps d'un drap puis reprirent leur chargement. L'air froid immobile pénétrait dans la grange et ils transpiraient sous l'effort.

Ils le déposèrent en chien de fusil à l'arrière du véhicule.

Quelques minutes plus tard, seule la fumée du gazogène se déplaçait dans la nuit d'automne.

1

La Luftwaffe bombarde Hull et Great Yarmouth.

Le Moniteur, 6 octobre 1941.

Albertine Rossignol sortit du petit appartement de Norris Street qu'elle partageait avec une secrétaire employée au ministère de la Marine pour rejoindre Orchard Court où Sir Frank Nelson, le directeur du *Special Operations Executive* l'avait convoquée. Une fine pluie arrosait les rues dont certaines laissaient apparaître des ruines d'immeubles bombardés par la Luftwaffe. Depuis un an et demi, chaque opération aérienne mobilisait près de 150 bombardiers qui déversaient sur Londres des projectiles aveugles. Plus de 40 000 londoniens avaient trouvé la mort. En juin de cette année, l'opération Barberousse lancée par Hitler sur l'Union soviétique avait assigné d'autres objectifs à l'aviation allemande et la situation était plus calme. Albertine traversa Carlton Gardens où le général de Gaulle avait installé le siège de la France libre en accord avec Churchill. Des jeunes filles du Girls Training Corps travaillaient à la préparation d'un jardin le long du Mall. Concentrées sur leur travail, elles parlaient peu, et malgré la fraîcheur de l'automne, certaines transpiraient sous leur uniforme.

« Quelle différence avec ma patrie » ! pensait Albertine. Alors que les Français vivaient étouffés sous le joug combiné de l'État Français et de l'occupation allemande et que les seuls signes de patriotisme autorisés étaient la dévotion au vieux maréchal Pétain, les Anglais semblaient galvanisés par la menace d'une invasion. Albertine se souvenait des heures dramatiques de la fuite du dernier gouvernement de la République. Elle avait vécu cette débandade jusqu'à Tours, et lorsqu'elle était revenue à Paris, la capitale vivait à l'heure allemande. Abasourdis, les Français s'étaient pliés à la volonté de Pétain et supportaient depuis plus d'un an les conditions honteuses dans lesquelles l'occupant les faisait vivre.

À Londres, où le Blitz obligeait les habitants à se cacher dans les stations de métro, chaque bombardement attisait la volonté de combattre. Churchill promettait « du sang, de la sueur et des larmes » pour encourager ses compatriotes. Pétain, genou à terre, avait donné son pays à Hitler.

Albertine traversa Grosvenor Square et ferma les yeux. Elle n'était plus qu'à quelques centaine de mètres de sa destination.

— Hey ! Albertine !

Albertine se retourna. Kathryn Grantham s'approchait d'elle, un sourire aux lèvres. Les deux femmes s'embrassèrent et partirent d'un bon pas vers le 83 Baker Street.

— *How are you feeling?* demanda Kathryn.

— Je n'ai jamais été aussi émue de ma vie, répondit Albertine. Ma première mission !

— Tu es sûre de ne pas vouloir attendre un peu ? Tu es prête ?

Albertine avait eu une semaine pour apprendre les informations du dossier qu'un sous-officier lui porta un soir. Elle dut découvrir sa nouvelle identité et sa nouvelle personnalité. La veille du départ, elle avait reçu une valise dans laquelle des vêtements français, un peu usagés et à sa taille, constituaient sa nouvelle garde-robe.

— Prête à en découdre, oui ! répondit Albertine avec enthousiasme. Et si je ne suis pas prête maintenant, je ne le serai jamais !

— J'aimerais avoir une fille comme toi, si courageuse…

— Courageuse, mais morte de trouille ! Je suis sûre que le saut en parachute dans les conditions réelles n'a rien à voir avec celui de l'entraînement !

Les deux femmes étaient arrivées à l'entrée d'Orchard Court, siège de la section F du SOE[1]. Après un apprentissage rigoureux, Albertine avait intégré cette division des services secrets britanniques et en était rapidement devenue un des éléments les plus prometteurs. Ses enseignants de Wanborough Manor

---

[1] *Special Operation Executive,* Service secret britannique créé pendant l'été 1940 qui était chargé de mener des actions subversives en Europe contre l'occupant.

s'étaient vite rendu compte de ses capacités intellectuelles. Sa mémoire infaillible lui donnait un avantage considérable et elle avait suivi avec courage la formation de saut en parachute sur l'aérodrome de Ringway.

C'est lors de la formation aux messages codés en morse à Bletchley Park que Kathryn comprit qu'Albertine pourrait se révéler indispensable au service. Celle-ci pouvait retenir des messages codés dont le sens échappait à n'importe qui sans aucune hésitation ni erreur. Elle ne rechignait devant aucune tâche, pouvait passer des heures à décoder des messages plus confus les uns que les autres, entrer des lignes de code en suivant à la main les lettres de l'ouvrage de référence pour ne pas se tromper. « Pianiste » remarquable, son taux de réussite était exceptionnel, alors que la moindre erreur pouvait être fatale à l'agent sur le terrain ou au quartier général si le message ne pouvait pas être décodé ou était mal interprété à cause d'une faute de frappe. Par sécurité, Albertine avait effectué avant son départ une émission « blanche », enregistrée sous forme graphique, pour que le SOE conserve un échantillon de son toucher personnel. Kathryn n'avait pas jugé bon de divulguer à ses supérieurs qu'elles avaient mis au point un code personnel qui éviterait toute imitation ou toute fraude de son « empreinte radio ».

Pendant ses semaines de formation, Albertine s'était aussi rendu compte qu'elle avait un don particulier pour les langues et s'était mise à apprendre l'allemand. En moins d'un an, elle le parlait avec aisance, et pouvait traduire la plupart des conversations qu'elle entendait à la radio.

Une heure plus tard elles étaient assises à l'arrière d'un camion de la Royal Air Force, accompagnées d'autres agents. Les deux heures de route auraient pu être silencieuses si le moteur avait laissé un peu de répit aux passagers. Au Nord-Est de Londres, à quelques kilomètres de Cambridge, Newmarket était à l'abri des attaques de la Luftwaffe qui s'acharnait depuis un an et demi sur la capitale britannique.

La campagne anglaise s'était estompée à mesure que le jour déclinait et on ne voyait plus les nombreux pacages où des chevaux broutaient sans se soucier de la guerre. Dès l'arrêt du camion, Albertine sauta avec légèreté de la plate-forme destinée au transport des troupes et essaya d'identifier les ombres qui se déplaçaient sur le champ de courses.

— Hey, Albertine, *Help me, please, I'm not as sporty as you* !

Albertine se retourna et tendit la main à Kathryn qui essayait de retenir sa jupe emportée par le vent.

Un pilote s'approcha et fit signe à Albertine de le suivre. Kathryn leur emboîta le pas et le petit groupe se dirigea vers les installations hippiques, transformées depuis le début de la bataille d'Angleterre en hangars, salles d'opérations et vestiaires.

Accompagnée des autres agents, trois hommes et une femme, Albertine sortit du bâtiment, harnachée comme à l'entraînement, mais ce soir-là n'était pas comme les autres. Kathryn, qui n'avait pas été admise dans la salle où les agents recevaient leurs dernières instructions, étreignit Albertine une dernière fois comme elle le pouvait, tant la jeune femme était engoncée dans son équipement.

— Dommage que je ne puisse faire une photo ! Tu es très attirante ainsi ! Je connais quelqu'un qui ne serait pas insensible à ton charme.

— Adieu, ma chère amie, dit Albertine en embrassant Kathryn. Merci de ton aide… depuis le premier jour ! Tu sauras tout de moi par les messages, et tu me donneras des nouvelles de... qui tu sais !

— Ne t'inquiète pas. Il sera avec sa Granny mieux traité que la reine-mère ! *God bless you* !

La conversation fut interrompue par le moteur du Lysander qui démarrait.

— *You must go, now* !

Albertine se tourna avec résolution vers l'homme qui lui montrait le petit avion. Les autres embarquaient déjà.

Quelques secondes plus tard, le Lysander décollait. Kathryn ne se décida à quitter l'aérodrome que lorsque le bruit du moteur eut disparu dans la nuit.

***

— Moi, j'aime que les choses soient claires. Et le préfet a été bien précis dans ses instructions. Maintenant, on sait où on va !

L'inspecteur Joseph Dumont ne répondit pas. Le jeune inspecteur Brusini lui collait au train comme un jeune chiot privé d'affection

— C'est bien que vous vous occupiez des cinémas et moi des théâtres et des journaux. On pourra travailler ensemble et s'échanger des tuyaux.

« *Compte là-dessus* », pensa Joseph.

Un vent glacial balayait le pont Wilson et Joseph avait enlevé son chapeau de peur qu'il ne s'envole dans le Rhône. Sa sœur Irène lui avait confectionné un gilet en laine qui le protégeait des bourrasques, mais les rafales de pluie horizontale semblaient se diriger de préférence vers son compagnon de route qui ne s'arrêtait cependant pas de parler. Ils avaient quitté la réunion à la préfecture quelques minutes plus tôt et Joseph aurait bien aimé être tranquille pour assimiler toutes les informations qui leur avaient été apportées. La chasse aux juifs venait de passer à la vitesse supérieure, et, si de nombreux métiers leur étaient interdits depuis octobre 1940, ils étaient désormais à la merci d'une nouvelle police dont l'objectif était le recensement et la mise à l'écart d'une partie de la population française.

— Je me demande quand même comment on peut être sûr que celui qu'on arrête est bien juif, soliloquait Brusini en grelottant. Je n'ai pas osé demander, mais le

plus simple serait de lui faire baisser le pantalon, non ?
Un vrai juif est toujours circoncis, pas vrai ?

— Et si c'est une femme ? lui rétorqua Joseph en se
tournant si vite que l'autre ne put s'arrêter à temps.

— Ben… je sais pas. On lui demande ses papiers ?
On demandera à Brouyard. Il a l'habitude. Et il n'est pas
du genre à se faire avoir. Il a le pif pour reconnaître un
youpin à distance.

Fernand Brouyard avait été nommé inspecteur
adjoint à la délégation régionale de la Police aux
questions juives où il dépensait une énergie abondante
pour recenser les Juifs de la région. Il était d'autre part
de toutes les combines pour récupérer à droite et à
gauche les marchandises saisies lors des perquisitions.
Joseph le soupçonnait de se livrer à un actif marché noir,
mais évitait tout contact. Liés par une aversion
réciproque et mutuelle les deux hommes ne concevaient
pas la police de la même manière. Et Brouyard se
plaignait que la PQJ ne fut pas une police judiciaire, qu'il
n'avait pas les moyens pour perquisitionner ou obtenir
les papiers d'identité des Juifs et que ce n'est pas comme
ça qu'on obtiendrait des résultats.

Ils étaient arrivés place des Jacobins, où le vent était
un peu moins fort. Joseph s'arrêta pour allumer une
cigarette, sans en proposer à Brusini qui n'aurait pu la
tenir entre ses doigts tant il tremblait.

— Qu'est-ce qu'on fait ici ? On est perdus ? Je
connais pas ce patelin, moi !

— Si tu te perds, va à l'hôtel. Tu te rappelles l'adresse ?

— Euh, oui, je crois. Rue Grenette, non ?

— Voilà. Tu remontes cette rue, et tu y es. Vas-y si tu veux, moi je veux vérifier une adresse. Il y aurait une boîte aux lettres à côté du Palais de Justice.

— Oh non. Je reste avec vous ! Si on pouvait prendre des résistants sur le fait, ça serait bien pour notre avancement !

« *Et merde* », se dit Joseph. Il aurait pu être débarrassé de la sangsue.

— Bon, suis-moi.

Joseph venait à Lyon pour la quatrième fois depuis un an. Il commençait à se repérer dans cette ville qui faisait paraître Clermont comme un village. Il n'était pas aussi à l'aise qu'un vrai lyonnais, mais connaissait quelques traboules bien pratiques pour casser une filature ou se débarrasser d'un chaperon encombrant.

Ils traversèrent la Saône sur la passerelle du Palais de Justice et Joseph tourna dans la rue de la Bombarde. Il ne put éviter une flaque et sa chaussure trouée s'emplit d'eau glacée, malgré les épaisseurs de journaux qu'il avait découpées avec soin. Les cordonniers faisaient faillite les uns après les autres, incapables de trouver la moindre pièce de cuir pour les semelles.

Une ombre marchait devant eux rue Saint-Jean. Joseph la reconnut tout de suite, ralentit le pas et serra le bras de Brusini.

— Regarde celui-là, murmura-t-il. Je le reconnais. On a reçu sa photo avant de partir. Il est du réseau « Tonnerre ».

L'homme, un peu rond, moustachu, avançait sans méfiance, sans inquiétude. Il tenait son chapeau de la main gauche, tandis que la droite s'accrochait à un parapluie aux velléités de cerf-volant,

— Je sais où il va, dit Joseph. Suis-le de loin, et je vais le prendre à revers par la rue du Bœuf. On le coincera avant qu'il arrive à la mairie.

Joseph poussa Brusini et fit mine de monter la Place neuve Saint-Jean. Brusini avançait avec la discrétion d'un sioux amateur, concentré sur sa tâche. Sans un bruit, Joseph fit demi-tour et entra au numéro 54 pour prendre la traboule. Il ne prêta pas attention aux belles balustrades qui surplombaient les petites cours mal éclairées, sortit de la traboule et tourna à gauche dans la rue du Bœuf. Il descendit ventre à terre la rue de la Bombarde jusqu'au quai Fulchiron où il entra dans la librairie des sœurs Duret. Il ne connaissait pas la vieille femme qui attendait le client en lisant *Le comte de Monte-Cristo*. Elle leva les yeux vers lui.

— Je cherche *Les aventures d'Arthur Gordon Pym*, en anglais, demanda Joseph.

Edgar Poe faisait partie des auteurs anglais ou américains encore autorisés par la censure, qui pourchassait tout ouvrage anglo-saxon publié après 1870.

La libraire ne répondit pas, mais fit un signe imperceptible du menton pour lui indiquer que la voie était libre. Joseph se dirigea vers l'arrière de la boutique et s'accroupit à côté de la cheminée. Une des briques réfractaires était descellée. Joseph prit le bout de papier plié avec soin, et ne put s'empêcher de sourire en lisant le message. Il le transforma en une minuscule boulette qu'il avala en fermant les yeux. Il ressortit de la librairie par la rue Lavarenne et traversa la Saône en tenant son chapeau sur le pont Bonaparte. Il ne sentait plus le froid ni le vent. Sa course l'avait réchauffé, et il marchait d'un bon pas. La synagogue du quai Tilsitt avait été investie par les bureaux de l'Union générale des Israelites de France, dont le but à peine dissimulé était le recensement des biens et propriétés juives avant leur confiscation. Joseph ralentit l'allure, sûr que son indésirable collègue ne le suivrait pas.

Il arriva cours de Verdun, dont les arbres avaient perdu leurs dernières feuilles sous la bise. Ce vaste espace traversait la presqu'île entre Saône et Rhône et constituait la limite entre la ville bourgeoise et la ville laborieuse, séparées par la gare de Perrache. Entrepôts, usines à gaz, ateliers SNCF, prison, prostituées, semblaient avoir été accumulés ici pour rappeler que les sociétés humaines supportent mal la cohabitation entre ceux qui profitent et ceux qui travaillent.

Joseph grimpa le petit escalier jusqu'au deuxième étage, laissant des gouttes sur les marches. Il frappa à la porte deux coups, puis un, puis deux à nouveau. Il entendit des pas approcher et une voix féminine demanda :

— Aga ?

Joseph leva les yeux au ciel et répondit :

— Même nom !

La porte, dont les gonds avaient été graissés avec soin, s'ouvrit en silence. Joseph s'engagea dans le petit couloir et se trouva collé à Françoise Rivière qui n'attendait que cela. Il sentit le bassin de la jeune femme se rapprocher du sien, tandis qu'elle tentait de l'embrasser sur la bouche. Il se détourna et ses lèvres n'atteignirent que sa joue.

— Tu es en retard, chuchota-t-elle. Ils sont tous arrivés.

Joseph se débarrassa de son imperméable et de son chapeau qu'il suspendit à une patère accrochée au mur. Au-dessus, une porte dissimulait un placard qui occupait le faux plafond. En évitant par habitude une lame de parquet qui grinçait, Joseph entra dans la petite salle à manger. À l'une des extrémités, Nestor Bondu, responsable du service de police scientifique de Clermont et chef du petit groupe d'opposants réunis dans le petit appartement, présidait la séance.

— Ah ! Raoul, notre dernier larron, s'exclama Nestor Tu te fais désirer, dis donc !

Lorsqu'il avait fallu trouver un pseudonyme, Joseph choisit le prénom du réalisateur américain Raoul Walsh dont il adorait *St Louis Blues* avec Dorothy Lamour.

— Tu ne peux pas t'empêcher de faire des jeux de mots, même pour la sécurité ! Il venait de loin celui-ci ! Agamemnon… Quelle idée !

— C'est du grec, ignare, et ce n'est pas seulement un héros, mais ça veut dire obstiné. Tu ne crois pas qu'il faut l'être pour mener notre combat ? Que t'arrive-t-il ? Tu es essoufflé.

— J'ai dû me débarrasser de Brusini qui ne me lâchait pas d'une semelle ! Je l'ai lancé sur une filature qui va le conduire au Palais de Justice.

Devant l'air interrogateur de Nestor, Joseph expliqua.

— J'ai repéré ton maître, Edmond Locard, dans la rue Saint-Jean, et je lui ai dit que c'était un résistant[1] !

Nestor et les hommes présents s'esclaffèrent. Les occasions de s'amuser étaient rares.

— Très bien, les voyages forment la jeunesse ! Bon assieds-toi, tu as sûrement plein de nouvelles. Tu connais tout le monde autour de la table ?

Joseph serra les mains des hommes présents. Il connaissait déjà « Viallet » et « Berger », un lyonnais et un clermontois qui, chacun dans son domaine, donnait du fil à retordre à la police de Pétain. « Douglas » était en charge de l'approvisionnement en papier de l'imprimerie clandestine de la future revue *Cahiers du Témoignage Chrétien*. Le travail était ambitieux mais il

---

[1] Edmond Locard est « l'inventeur » de la criminalistique, plus connue aujourd'hui sous le nom de « police technique et scientifique. »

apparaissait essentiel de diffuser une information hors du contrôle des sources gouvernementales.

Un quatrième homme se leva. Pas très grand, massif, il était vêtu d'un caban de marin, et coiffé d'un bonnet d'où dépassaient des mèches blanches. Il lui tendit la main et Joseph comprit ce que ressentait une coquille dans un casse-noix.

— Ça fait plaisir : Jacques Cartier !

Devant l'air ébahi de Joseph, l'homme éclata d'un rire sonore.

— J'aime bien voir les réactions quand je m'présente de même ! Vous avez ben compris que c'est mon nom de guerre.

C'était la première fois que Joseph entendait l'accent chantant du Canada français. Il n'avait pas une grande expérience des parlers locaux, mais celui de « Jacques Cartier » était sans conteste plus plaisant à entendre que l'accent auvergnat.

Joseph regarda Nestor, qui lui fit signe de s'asseoir.

— Jacques Cartier – appelons-le comme ça pour le moment – vient de rejoindre le réseau. Il travaille de l'autre côté de Perrache, aux ateliers SNCF. Les cheminots nous ont déjà apporté beaucoup de renseignements et sont prêts à agir.

— C'est certain, confirma Cartier. Beaucoup d'entre nous circulent entre les deux zones avec leurs convois. Ils peuvent transporter des messages, des informations, et même des hommes. Les Allemands en demandent toujours plus. Certains jours, nous formons 1200 convois pour les approvisionner.

— Les Allemands ne fouillent pas ces convois ? demanda Joseph.

— Ils font ce qu'ils peuvent, s'exclama Le Bihan. Mais nous avons nos petits secrets !

Depuis plus d'un an, les Français supportaient de moins en moins bien le rationnement imposé par l'occupation. Pour certains, la soumission à l'ennemi devenait insupportable. Pour d'autres, il fallait « faire quelque chose », et, sans prendre les armes, ils déposaient des grains de sable dans le mécanisme de l'occupation.

Les hommes réunis cour de Verdun étaient de ceux-là. Viallet profitait de ses nombreuses relations lyonnaises pour tisser un vaste filet d'information et de désinformation. Le noyautage administratif et professionnel (« NAP ») rassemblait de manière informelle les hommes et femmes travaillant dans les services publics prêts à collecter et centraliser les renseignements essentiels à la Résistance naissante. Jean Rochon ne se contentait pas d'être journaliste. Un an plus tôt, accompagné d'un confrère, Emmanuel d'Astier de la Vigerie et d'une jeune agrégée d'histoire Lucie Samuel[1], il participait à la création d'un petit groupe « La dernière colonne ». Devenu *Libération,* ce groupe publiait un journal clandestin qui appelait à s'opposer au

---

[1] Lucie Samuel prend le nom de Lucie Aubrac en mai 1941.

gouvernement dirigé par Pétain. Quant à Nestor Bondu (dont le nom de code était « Trésor »), il avait quitté le service de criminalistique de Clermont-Ferrand après avoir échappé de justesse à une tentative d'assassinat en août 1940. Il s'était réfugié dans une ferme des Combrailles, ancienne abbaye de Malemont, et avait peu à peu constitué un groupe destiné à recueillir et diffuser les informations entre Lyon et la capitale auvergnate.

Françoise Rivière apporta un plateau sur lequel fumaient des tasses d'un liquide chaud qui avait le nom de café. L'odeur était engageante, et Cartier ferma les yeux en humant sa tasse.

— On dirait du vrai, c'est certain.

— C'est un de mes cousins qui habite vers le col de la Luère qui ramasse des glands de chêne et les torréfie, expliqua Françoise.

En posant le plateau sur la table, elle eut un petit cri de douleur.

— Ça ne va pas ? demanda Le Bihan.

— Ce n'est rien, expliqua-t-elle en montrant son auriculaire droit entouré d'une énorme poupée. Je me suis coupée hier en épluchant du rutabaga. C'est un peu sensible, mais ça va passer. Buvez tant que c'est chaud.

Chacun profita du breuvage qui, c'est vrai, avait le mérite de réchauffer les organismes. La chaleur humaine remontait la température de l'appartement de quelques degrés. Le vent poussait des trombes d'eau sur les vitres recouvertes de buée.

Nestor ouvrit un cahier posé sur la table et regarda Joseph. La réunion commençait.

— Alors, demanda-t-il, des nouvelles préfectorales ?

— Oui, c'est du lourd, répondit Joseph en gardant sa tasse dans les mains. La pluie avait traversé son manteau et il sentait l'humidité s'insinuer dans chaque parcelle de son corps. Dans ce genre de réunion, c'est en discutant qu'on en apprend. J'ai rencontré un inspecteur qui était à Paris la semaine dernière. Le tribunal d'État a fait guillotiner trois hommes, dont le communiste Catelas.

— La guillotine s'exclama Viallet ? Mais ce sont des politiques, pas des droits communs !

— Les Allemands voulaient six exécutions pour répondre à l'attentat de Moser. Et la section spéciale n'a pas fait dans le détail.

— Comment ces hommes qui étaient déjà en prison auraient-ils pu être à Barbès au mois d'août ? demanda Jean Rochon.

— D'après ce qu'a compris mon interlocuteur, c'était le cadet de leurs soucis. Ils étaient communistes, donc « à éliminer », et depuis que le pacte germano-soviétique a volé en éclats avec l'invasion de la Russie, la chasse est ouverte.

— Et ce sont nos ministres qui les ont envoyés à l'échafaud, conclut Nestor.

— Toujours d'après cet homme, les Allemands sont prêts à tout pour décourager les velléités d'actions violentes, quitte à faire exécuter des dizaines d'otages. Il paraît qu'Hitler en demandait cent !

— Ça ne va pas les rendre populaires, commenta Nestor.

— Ce n'est plus ce qu'ils recherchent, d'autant plus que la chasse aux Juifs est elle aussi passée à la vitesse supérieure. C'est ce que nous a dit le préfet, ajouta Joseph.

— Donc, Français et Allemands vont avancer main dans la main, soupira Nestor.

— Le préfet nous a lu une note de Vallat[1]. La création d'une « Police aux Questions juives » va être officialisée dans les quinze jours. Elle travaillera avec son Commissariat pour accélérer la confiscation des biens Juifs et procéder à leur… Je ne me rappelle plus le mot, attendez, je l'ai écrit quelque part.

Joseph sortit de la poche de sa veste une feuille de papier pliée en quatre, et parcourut ses notes.

— Voilà, je cite : « procéder à l'aryanisation des biens juifs » ! ça veut tout dire, non ? Et deuxième mission de cette police : arrestation des Juifs en infraction avec le deuxième statut de juin dernier.

Les cinq hommes échangèrent des regards consternés. Jean Rochon alluma une cigarette, Le Bihan sortit une pipe en écume de sa poche mais semblait ne pas savoir qu'en faire.

Viallet fut le premier à réagir et demanda à Joseph :

— Comment ont réagi vos collègues ?

---

[1] Xavier Vallat, Commissaire général aux Questions Juives depuis le 29 mars 1941.

— Il est clair que ces décisions sont en train de diviser la police : certains, comme Brouyard, mettront les bouchées doubles pour mettre en application les décrets ; les autres ont été plus circonspects. Mais bien entendu, personne n'a bronché. J'ai bien vu quelques visages qui se fermaient, mais depuis qu'on a prêté serment de fidélité, pas question de s'interroger sur une décision du gouvernement…

— Même si elle a été dictée par les Allemands, précisa Jean Rochon.

— Vous êtes un drôle de pays, intervint Jacques Cartier. Mettre à l'écart de la société toute une partie de la population à cause de sa religion… Câline ! Même au Canada français, où pourtant les catholiques sont, on peut dire, au gouvernement, on n'a jamais pensé à faire une politique dure de même.

— Ton pays est beaucoup plus jeune que le nôtre, expliqua Nestor. Les relations des Français avec les Juifs n'ont jamais été simples. Et ce n'est pas seulement une question de religion.

— Ce que j'aimerais comprendre, interrogea Viallet, c'est le but, la finalité de cette politique… Un million de Français sont prisonniers en Allemagne : on manque de médecins, d'instituteurs, de percepteurs, d'assureurs… et on interdit à des hommes compétents de faire leur travail ! On dit que les Juifs sont envoyés en Allemagne dans des camps de travail. Mais pour y faire quoi ?

Personne n'avait la réponse.

— A propos, quelqu'un a-t-il des nouvelles de « Jonas » ? demanda Nestor.

— Celui de la baleine ? interrogea Cartier avec un grand sourire.

— C'est un homme qui empêche Brouyard et quelques flics de Clermont de dormir, expliqua Joseph. Son nom circule un peu partout, et il serait à la tête d'un réseau permettant aux Juifs de quitter la France. Tous les indics et les gendarmes du département sont à la recherche de ce type et on n'a jamais pu identifier son repère ou ses circuits d'exfiltration. Brouyard en a fait une affaire personnelle, et je n'aimerais pas assister à leur première rencontre…

— Il faut éviter cette hypothèse à tout prix, dit Nestor. Notre but n'est pas de sauver les Juifs, mais tout individu qui peut ajouter des grains de sable dans la machinerie de l'État doit être protégé. (Il se tourna vers Viallet). Comme vous.

— Vous êtes très aimable, mais j'arrive à me protéger tout seul, et je ne veux pas être un poids pour vous. Pour l'instant, notre action consiste à recenser dans les administrations les bonnes volontés susceptibles de nous fournir des informations. Le danger n'est donc pas imminent. Nous œuvrons dans la discrétion, et ceux que nous approchons sont acquis à notre projet.

— La plus extrême prudence s'impose, poursuivit Nestor. Tous les flics ne sont pas comme Joseph et certains indics dénonceraient père et mère pour ramasser trois sous et s'acheter à manger. Je vous ferai signe par les voies habituelles pour notre prochaine réunion. D'ici là, chacun sait ce qu'il a à faire et en cas d'urgence on laisse un message à la librairie. Joseph, tu récupères ta sangsue ?

— Oui. On prend la voiture et on rentre. Et toi ?

— Je vais me faire conduire par notre ami Jacques Cartier dans sa *Grande Hermine*[1] !

Le rire sonore du Canadien emplit le petit appartement.

---

[1] *La Grande Hermine* est le navire qui a conduit Jacques Cartier dans le golfe du Saint-Laurent au printemps 1534.

Extrait du journal de Guy Lombard

Courville, août 1914

Ainsi, ils ont tué Jaurès. Cet infatigable pacifiste qui tentait depuis des mois de s'opposer au péril qui menace l'Europe sans que son message fût entendu par ceux qui gouvernent le monde et pour qui l'honneur d'une nation se trouve dans les canons qu'elle aligne lors des défilés. La mort de Jaurès suit de quelques jours celle de François-Ferdinand d'Autriche lors de sa visite à Sarajevo, au milieu de ces peuples balkaniques dont l'autonomie représentait un affront personnel et une atteinte à l'autorité de l'empire d'Autriche-Hongrie dont il était l'héritier.

La guerre est imminente, pour le plus grand plaisir des fabricants d'armes comme mon père, Tristan Lombard qui, depuis la guerre des Boers a vu prospérer son petit négoce de Châtellerault, assurant à la famille une rente confortable dont je n'ai jamais voulu profiter.

Je quittai cette famille bourgeoise pour l'école normale d'instituteurs de la Vienne, où de jeunes hommes comme moi, à peine sortis de l'adolescence, se destinaient à la formation de ceux qui, un jour, constitueraient la nation. Entre deux cours de pédagogie, je m'essayais à l'écriture et espérai confier un jour mes manuscrits à Gaston Gallimard ou Bernard Grasset. Considérant ces activités didactiques et littéraires inutiles, mon père s'était trouvé un successeur en la personne de son gendre, et se désintéressa de mon avenir.

Mon brevet supérieur en poche, je fus appelé sous les drapeaux. Ne pouvant refuser de porter les armes, au risque d'être condamné par le tribunal militaire et de ne pouvoir exercer mon futur métier, je simulai une incapacité à porter un fusil et à atteindre une cible. Le commandement me versa dans le Génie.

J'obtins mon poste à Courville, en 1913, au milieu de cette Beauce « si triste et si féconde » ainsi que Zola l'a décrite avec la finesse qu'on lui connait. Le soir, au coin du poêle, lorsque les exercices du lendemain ont été préparés, Solange lit à voix haute *Du côté de chez Swann*, à la lumière de la lampe à pétrole, et les mots de Marcel Proust nous enchantent et nous emportent dans son monde, où l'imaginaire se mélange à la réalité dans un style d'une fraîcheur inimitable.

Avec Solange, nous travaillons à bâtir cette humanité chère à Jaurès à sortir ces enfants de la misère intellectuelle dont ils ont hérité de leurs parents leur faire découvrir l'Homme, le monde, l'Univers, et leur montrer que le savoir est sans limite. Cher amour, chère Solange. Nous partageons depuis deux ans le petit logement au-dessus de l'école communale. Qui aurais-je pu rencontrer qui puisse autant m'apporter un bonheur si tendre, si complet, si puissant ?

Le tocsin a rompu ce bonheur, et fait souffler un vent de terreur sur le village. « C'est la guerre, c'est la guerre ! » Ce cri semble voler au-dessus des blés. Il traverse les hameaux de Lancey, de Vaujoly, de Grandchamp, de la Touche… « C'est la guerre… » Et ce matin, nous découvrons, placardé à la porte de la mairie, l'ordre de mobilisation générale.

Sur la place de la mairie, hommes et femmes se sont rassemblés. Certains ont leur fascicule de mobilisation dans la main, et ne savent pas quoi en faire. Je reconnais mes anciens élèves. Ils s'approchent de moi, inquiets, émus. Ils ne peuvent croire que je vais moi aussi prendre le train et rejoindre mon dépôt. L'instituteur, pensent-ils, n'est pas fait pour tuer… Je le crois aussi.

Solange n'a pas voulu m'accompagner à la gare. Elle s'est serrée dans mes bras toute la nuit. N'a pas ouvert la bouche, sauf pour me couvrir de baisers. Je sentais ses larmes sur mon visage. Cher amour ! Nous nous faisons la promesse que nous serons parents lorsque je reviendrai.

J'ai été affecté au 16ème régiment d'infanterie dont le dépôt se trouve à Montbrison. Embarqué le matin avec d'autres compagnons d'infortune, notre traversée du territoire a duré un jour et une nuit, hachée par des correspondances dans des gares envahies de soldats. Certains parlent un Français hésitant. Ils sont bretons, poitevins, et certains n'ont jamais dépassé les limites de leur village. Savent-ils où ils vont ? Savent-ils que leur sacrifice à venir nourrit les bénéfices insultants des puissances d'argent ?

Nous échangeons cependant avec quelques-uns. Instituteurs comme moi, mais aussi clercs de notaire, tanneurs, émouleurs, bateliers, et bien sûr paysans. Ils forment le gros de la troupe, et ont laissé leurs parcelles aux soins de leurs épouses. « La guerre sera courte », disent-ils. Je ne le pense pas. On ne fait pas mourir une civilisation en quelques semaines.

2

*Le ravitaillement de Paris : Amélioration
sensible du marché de la boucherie.*

La Montagne, 7 octobre 1941.

Joseph et Brusini avaient roulé une partie de la nuit pour arriver au commissariat de Clermont au petit matin. La filature de Brusini s'était terminée au Palais de Justice de Lyon où le suspect était entré. Les policiers en faction lui avaient appris que l'homme moustachu qu'il suivait était Edmond Locard et que ses examens le retenaient souvent une grande partie de la nuit au dernier étage, où étaient installés les bureaux de la police technique et scientifique. Joseph expliqua qu'il s'était trompé à cause de l'obscurité, et dissimulait son hilarité avec peine.

La réorganisation de la police depuis l'été n'avait pas mis fin aux brigades mobiles, mais de nombreuses structures parallèles s'étaient greffées aux objectifs habituels des forces de l'ordre, dont la lutte contre les « menées antinationales », qui utilisait une énergie croissante.

Au premier étage du commissariat clermontois, à proximité de la gare, on avait installé de manière officieuse mais très présente, un service spécial émanant du commissariat aux questions juives chargé de mettre en œuvre les prescriptions de Xavier Vallat. Responsable de ce service, Fernand Brouyard exultait. À force de manœuvres et de pressions occultes sur divers responsables, il avait obtenu d'être associé à la délégation régionale de Clermont et, à ce titre, de pouvoir ficher, surveiller, traquer, harceler les Juifs du département. Les rumeurs qui couraient sur la prochaine création d'un service de police aux questions juives le mettaient dans tous ses états, et il faisait savoir à qui voulait l'entendre– ou même ne voulait pas – que lorsque la loi serait promulguée il serait prêt à entrer dans tous les foyers où la « vermine youpine » se terrait. Pour faire bonne mesure, il n'hésitait pas à donner un coup de main à la section spécialisée dans la répression anticommuniste qui venait d'être créée sous le nom de SPAC[1].

Quand Joseph passa par l'étage, il entendit Brouyard houspiller un de ses adjoints, Francis Devèze, au sujet de celui qui réussissait à soustraire de nombreux Juifs au recensement.

— Putain de merde ! criait-il. Ça fait des semaines que tu cherches ce connard qui se fout de nous ! Et t'es

---

[1] Le service de police anticommuniste est créé le 6 octobre 1941, sans que l'arrêté du ministère de l'Intérieur soit publié au Journal officiel.

pas capable de savoir où il crèche ? C'est pas dans la police qu'y fallait t'engager, mais chez les bonnes sœurs ! T'as visité les granges ? Les garages ? Les entrepôts ?

— Ben… essayait de répondre Devèze.

— Barre-toi de mon parquet conclut Brouyard, et reviens avec une piste. Je veux serrer ce mec avant Noël !

Joseph s'éclipsa et se dirigea vers le bureau du nouveau divisionnaire, occupé jadis par son vieil ami Armand Champeix. On ne pouvait parler d'empathie avec le commissaire Fraysse, mais ce dernier avait suffisamment de bouteille pour ne pas épuiser ses hommes à des tâches inutiles et respectait leur travail. Il était d'autre part avare de paroles inutiles et les rapports qu'il exigeait devaient être précis et concis.

Quand Joseph entra dans le bureau, Fraysse lui désigna un épais dossier qui exposait l'importance croissante des vols commis dans les jardins et jardinets créés en centre-ville pour satisfaire les besoins alimentaires des familles. Certains utilisateurs menaçaient d'attendre les pillards et de leur faire un sort si la police n'intervenait pas.

— Essayez de trouver quelques hommes pour effectuer des patrouilles. Il faut rassurer la population. Si cet état de choses s'éternise – et rien n'indique que ce ne sera pas le cas – on peut s'attendre à des débordements. La faim peut pousser les hommes à la violence. Pensez que la Révolution Française a commencé à cause de la cherté du blé. Bon. Racontez-moi votre tournée des grands ducs à Lyon !

Joseph résuma la réunion en quelques mots. Coudes posés sur le bureau, mains jointes en pyramide, Fraysse écoutait avec attention.

— Vous connaissez mon avis sur le sujet, Dumont. J'applique les ordres, mais je pense qu'on exagère beaucoup sur le rôle des Juifs. Il n'y a pas de fumée sans feu, me direz-vous. Mais la pratique d'une religion n'est pas synonyme de complot. C'est des communistes qu'il faut se méfier. Eux veulent conquérir le monde. Après avoir mis un bordel magistral et fait guillotiner les leurs.

— Qui n'étaient pas responsables de l'attentat de Paris, objecta Joseph.

— Qui dit qu'ils ne l'auraient pas fait eux-mêmes s'ils avaient été libres ? Il vaut mieux envoyer à l'échafaud des communistes que d'accepter la mort de centaines d'otages. Les Boches commencent à s'énerver en zone occupée. Et Dieu fasse qu'ils ne traversent pas la ligne…

On frappa à la porte. Un jeune policier en uniforme passa la tête.

— S'cusez, chef. Y'a une dame, là, qu'elle dit que son mari il est mort…

— C'est fort triste, mais pourquoi s'adresse-t-elle à nous ?

— C'est que, elle dit que le mort, on lui a tiré dessus.

Fraysse se tourna vers Joseph.

— Occupez-vous de ça, inspecteur. Dès que j'aurais reçu les instructions du ministère, je les donnerai à Brouyard. Ça le changera des Juifs sur lesquels il s'appesantit un peu trop selon moi. Je préfère que mon commissariat fasse un vrai travail de police et ne pas anticiper sur les demandes allemandes. Vous vous en sortirez tout seul, ou vous voulez prendre Brusini avec vous ?

Devant l'air contrit de Joseph, Fraysse sourit et lui fit signe de partir.

— Vous aimez faire cavalier seul. Allez-y. Je vais mettre le petit jeune au fichier des communistes. Il ne perdra pas son temps.

Comme chaque fois qu'une mort suspecte était annoncée, Joseph sentait des picotements dans la nuque. C'était son vrai métier. Il n'était pas entré dans la police pour arrêter des Juifs ou des communistes, et ressentait une réelle excitation à aller sur une scène de crime, et mettre en œuvre ce qui permettrait de remonter jusqu'à l'assassin. Il entrait dans la vie privée des familles des victimes, et même des meurtriers, ce qui l'aidait à les comprendre. Il savait qu'on dissimulait beaucoup, de chaque côté. Les victimes avaient des choses à cacher, et souvent les assassins n'étaient pas des professionnels. Quelles circonstances avaient poussé au meurtre ? Dans quelles conditions avait-il été commis ?

Joseph salua son supérieur et suivit le policier.

— Où avez-vous installé cette dame ?

Le jeune homme hésita. Il n'avait pas l'air de comprendre tous les mots.

— Euh… Vous voulez dire où qu'on l'a mise ? J'crois qu'elle est dans vot'bureau, comme qui dirait.

Joseph descendit l'escalier de bois. Une femme était assise sur le rebord de la chaise, les mains jointes sur ses genoux serrés. Elle triturait un mouchoir.

Joseph se présenta et s'assit à côté d'elle et l'invita à parler.

— Je m'appelle Nadine Tournayre. Mon mari est pharmacien et… enfin, je l'aide un peu à l'officine. Je l'ai trouvé ce matin dans la réserve. Il a été… Oh mon Dieu !

Elle cacha son visage dans les mains et fut prise de sanglots. Joseph alla lui chercher un verre d'eau.

— Excusez-moi, Monsieur l'inspecteur, c'est que…

— Je comprends, Madame. Expliquez-moi. Où se trouve la pharmacie de votre mari ?

— Oh. Elle n'est pas très loin d'ici, c'est pour cela que je suis venue. C'est à l'angle de la rue Victor-Hugo et de l'avenue Charras.

— Et vous habitez ?...

— Nous avons un appartement – Oh ! très modeste ! – à l'étage.

— Vous ne m'avez pas dit comment votre mari a été tué.

Le visage de Nadine Tournayre se contracta. Elle revoyait le corps de son époux.

— Je… je ne sais pas bien. Je n'ai pas osé m'approcher. Mais il m'a semblé qu'il y avait beaucoup de sang, au niveau du ventre, comme un animal abattu à la chasse.

— Le corps se trouve sur le dos ?

— Oui. Sa chemise est déchirée, et… pleine de sang !

— Je vais aller voir, mais vous m'avez dit n'avoir rien entendu ? Même quand votre mari s'est levé ?

— C'est-à dire, il n'était pas à l'appartement hier soir. Je me suis couchée vers 10 heures.

— Vous ne savez donc pas à quelle heure il est rentré ?

— Je n'en ai aucune idée. J'ai le sommeil profond.

Il le fallait. Si le pharmacien avait reçu un coup de fusil, Madame Tournayre aurait entendu la décharge. Joseph se leva.

— Rentrez chez vous, Madame, mais n'ouvrez pas la pharmacie. Il faut que je relève des indices et le magasin ne doit plus être souillé par des traces autres que celles du crime.

Elle sortit du bureau et Joseph prit dans un placard la « caisse à outils » que Nestor lui avait confiée. C'était une petite valise qui contenait tout le matériel indispensable aux relevés. Nestor avait aussi rédigé un pense-bête, qui rassemblait les différentes opérations indispensables pour mener une investigation cohérente. Joseph avait posé sur une table le *Manuel de criminalistique*, et laissait croire qu'il interprétait lui-même les résultats de ses prélèvements.

✳✳✳

Nadine Tournayre attendait Joseph devant la pharmacie, un trousseau de clés à la main. Avant d'entrer, Joseph lui demanda :

— Y-a-t-il une autre entrée ? Pour les livraisons ? le personnel ?

— Oui, il y a une petite porte, qui donne dans la courette, à gauche. C'est aussi celle qui donne accès à notre appartement.

Une grille fermait l'accès à cette cour.

— Donnez-moi la clé de cette porte. Je viendrai vous interroger quand j'aurai terminé l'examen de la pharmacie.

Joseph traversa l'étroite avenue Charras et observa la disposition des lieux. La rue Victor-Hugo coupait l'avenue à angle droit. L'immeuble ne disposait d'aucune entrée à part celle de la pharmacie. Il prit plusieurs photos de l'environnement, et chercha des traces au sol. Il préleva quelques débris peu identifiables en l'état, et, avec une seringue, aspira un liquide gras qui avait laissé quelques gouttes sur la chaussée.

En entrant dans la petite cour intérieure, il examina le sol avec attention. Il n'y avait que les Tournayre qui vivaient là. De nombreuses traces de pas se chevauchaient sur le cheminement, mais Joseph remarqua une empreinte de talon plus enfoncée que les autres. Il ouvrit la valise, sortit le double décimètre et le posa à côté avant de prendre une photo. Il n'avait pas de plâtre pour faire un moulage, et espéra que Nestor saurait reconnaître de quelle chaussure il pouvait s'agir.

Avant d'ouvrir la porte de la pharmacie, il appliqua sur la poignée une feuille de papier enduite d'une colle spéciale créée par Nestor qui transférait les traces palmaires sans avoir à procéder à plusieurs manipulations. Il appuya ensuite cette feuille sur une autre, et les rangea dans une première enveloppe en indiquant l'emplacement où il avait fait le relevé. Joseph poussa la porte. Une clochette retentit dans le magasin vide. Les volets étaient clos, et on ne voyait guère où on mettait les pieds. La lampe de poche incluse dans la boîte à outils révéla des étagères de bois peint, portant des flacons de verre aux indications latines. Derrière le comptoir, une porte ouverte menait à la réserve. Joseph éclaira le parquet ciré en lumière rasante. Il cherchait des traces de pas, ou un dépôt de quelque matériau tombé lors du transport du corps. Joseph examina chaque lame de parquet à l'affût d'élément révélateur. Il ne trouva aucune tache de sang, ce qui prouvait que Tournayre avait saigné avant d'être transporté. Mais pourquoi son assassin avait-il pris le risque de le déplacer, et de l'amener ici ? Pour brouiller d'éventuelles pistes ? Il aurait été aussi facile de le laisser là où il avait été tué. Joseph s'avança jusqu'à la réserve et abaissa l'interrupteur. Une ampoule nue de faible intensité qui pendait du plafond s'alluma. Le corps était couché sur le dos devant une petite table recouverte de zinc qui servait sans doute aux préparations.

Joseph prit une enveloppe qu'il posa sous la main gauche de la victime et gratta le dessous des ongles pour en faire tomber des particules. Il fit de même avec les semelles des chaussures et sortit une bande collante d'une vingtaine de centimètres qu'il appliqua sur le dos du veston pour ramasser d'éventuelles fibres exogènes.

Il releva quelques empreintes sur la surface de la table puis prit plusieurs clichés de la blessure. On distinguait bien les orifices d'entrée et de sortie de la balle. Il les photographia tous les deux sous plusieurs angles, en posant à côté un double décimètre, pour que Nestor puisse estimer la taille du projectile. Sans doute une balle ou une cartouche de fort calibre qui avait déchiqueté la peau et les organes. Joseph n'osait pas imaginer les dégâts provoqués à l'intérieur du corps. Les bords de la blessure étaient nécrosés, le meurtre avait donc eu lieu plusieurs heures auparavant, sinon plusieurs jours, ce que confirmait la disparition de la *rigor mortis*. Joseph ouvrit la chemise et baissa le pantalon du mort. Les lividités cadavériques s'étaient déposées sur le côté droit. Le corps avait donc été posé sur ce côté, le sang s'accumulant hors des zones de contact avec le sol. En l'absence de possibilité d'examen médico-légal, Joseph entreprit d'inspecter lui-même le corps, dans l'espoir de relever un indice intéressant mais il ne se sentait pas le courage de faire une investigation approfondie. Armé d'une loupe et de la lampe électrique, il regarda avec attention les lésions superficielles de haut en bas, mais ne trouva pas de trace supplémentaire. L'ourlet d'une jambe de pantalon était recouvert d'une tache de gras. Joseph en préleva un échantillon avec une lame, et le déposa dans un petit bocal en verre.

Il commençait à avoir mal au dos, et imagina les douleurs de Nestor qui passait souvent des heures à examiner une scène de crime. Il prit le visage pour le tourner face à la lumière, et repéra, imprimé sur la joue droite, un fragment de dessin. Il en prit plusieurs clichés, sans essayer de comprendre ce que signifiaient les lettres qui s'étaient fixées sur l'épiderme.

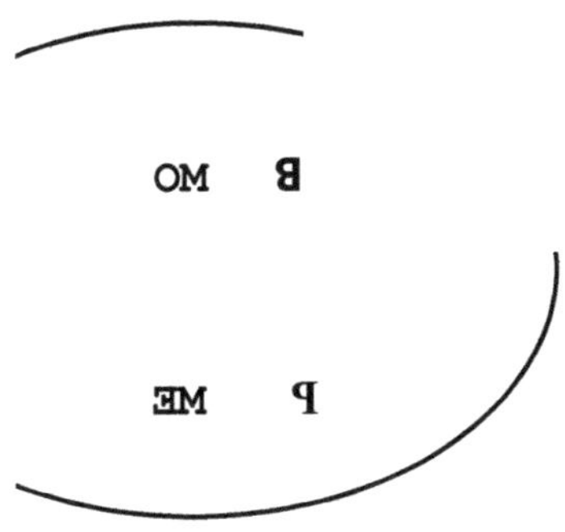

Il lui restait l'étape de la fouille de la pharmacie. Il regarda sa montre. Onze heures du matin, et il n'avait rien mangé depuis la veille. La tête lui tournait un peu. Les tiroirs les plus proches de la table de préparation contenaient des objets intéressants. Du bout des doigts, Joseph prit un carnet sur la couverture duquel il releva les empreintes, puis l'ouvrit de la pointe de son crayon. Des lignes de compte, quelques termes scientifiques. Les dernières pages n'étaient pas couvertes de la même écriture. Elle faisait correspondre des dates et des initiales. Un carnet de rendez-vous ?

Le second tiroir, divisé en compartiments longitudinaux contenait de fines tiges métalliques, certaines recourbées à une extrémité et un scalpel au manche en ivoire. Joseph sortit deux enveloppes de la boîte à outils dans lesquelles il glissa le carnet et les baguettes.

Dans un placard, une pile de journaux révélait les lectures de Tournayre : *Le Pilori, Je suis Partout*. Le catalogue de l'exposition *Le Juif et la France*, qui s'était ouverte le 5 septembre à Paris, et un ticket d'entrée révélaient ses opinions radicales.

Il rangea le matériel dans la valise et monta jusqu'à l'appartement.

Nadine Tournayre ouvrit avant qu'il n'arrive. Elle tenait un mouchoir dans sa main. Elle dirigea Joseph vers un salon astiqué avec soin qui sentait la cire. Des napperons de dentelle protégeaient le haut des dossiers des fauteuils. Elle avait qualifié son appartement de « modeste », mais les meubles en chêne massifs et les fauteuils en velours contredisaient cette définition. Le lustre avait tout d'une création Lalique, ce qui n'était pas à la portée du premier pharmacien venu. Joseph lui demanda de s'asseoir dans un canapé et lui présenta une plaque à encrer et une feuille de papier.

— Je vais prendre vos empreintes. C'est un peu salissant, mais indispensable. Cela nous permettra de les éliminer des autres relevés.

— Vous pensez que j'aurais pu tuer mon mari ?

— Quand l'avez-vous vu pour la dernière fois ? demanda Joseph sans lui répondre

— Il voyage beaucoup pour… pour acheter des produits pharmaceutiques, et il n'est pas toujours à la maison ou dans la boutique.

Elle ne répondait pas à la question.

— Vous m'avez dit qu'il n'était pas chez vous hier soir. Vous a-t-il dit où il était ?

—Oh non ! Il ne me raconte pas ce genre de choses. Mais c'est un bon mari, vous savez. Il me laisse gérer le budget du ménage.

Incapable de faire des opérations mathématiques simples, Joseph se dit qu'il ferait sans doute un bon mari selon Madame Tournayre, parce qu'il laisserait à sa future épouse le soin de faire les comptes. Il ferma les yeux un instant et s'imagina avec Albertine et l'enfant qu'ils auraient peut-être.

— Les affaires marchent bien, malgré la situation ? se reprit-il. Le rationnement touche aussi les produits de pharmacie, je pense ?

— Mon mari est un excellent chimiste, et il parvient à fabriquer des médicaments de substitution pour sa clientèle, mais en petites quantités seulement.

— Il n'a pas d'autres sources de revenus ?

— Vous pensez au marché noir ? Jamais il ne se livrerait à cette attitude antinationale. Il n'est pas comme les Ju…

— Pratiquer des avortements n'est pas antinational, selon vous ?

— Mais… Comment… Vous…

Nadine Tournayre pouvait à peine parler et perdait son aplomb.

— J'ai trouvé dans un tiroir des instruments qui ressemblent fort à ceux que l'on utilise pour faire avorter. Il conservait aussi un carnet dans lequel il notait des rendez-vous, en n'utilisant que des initiales. Celles de ses clientes ? Vous ignoriez cette activité de votre mari ?

Joseph sortit le carnet de sa poche, et lui fourra sous le nez

— Ces initiales ne vous disent rien ? Combien votre mari se faisait-il payer ? Combien d'avortements pratiquait-il par semaine ? Qui étaient ses clientes ? C'est vous qui étiez chargée de les trouver ?

— Assez ! Hurla Madame Tournayre. Taisez-vous ! Mon mari ne m'a jamais rien dit ! J'ignorais totalement ces activités !

— Pourtant, il devait se faire payer. Ce n'est pas une activité que l'on pratique gratuitement... Lorsque vous faisiez la caisse, cela ne vous semblait pas bizarre ?

— Il me disait que les affaires marchaient bien. J'ai appris à ne pas poser de questions.

— Regardez ce carnet. Reconnaissez-vous des initiales ?

Elle examina les lettres avec attention, mais secoua la tête.

— Non. Désolée. Il ne …

—… me disait rien, je sais, poursuivit Joseph excédé.

Cette femme protégeait-elle son mari (qui n'en avait plus besoin), ou elle-même ? Joseph se leva. Il parcourait la pièce du regard, à la recherche d'un élément, d'une photo, d'un indice qui lui permettrait de débloquer la situation. Un bruit d'eau en ébullition s'échappait de la cuisine.

— Vous avez laissé quelque chose sur le feu, remarqua-t-il.

Nadine Tournayre se leva. Joseph la suivit dans la cuisine. Une lessiveuse attendait des vêtements sales posés dans un coin.

— Ce sont les affaires de votre mari ? demanda Joseph.

— Je voulais m'occuper ce matin, après cette horrible découverte. Je ne savais pas quoi faire, alors…

— Vous permettez ?

Joseph ramassa un pantalon et entreprit d'en fouiller les poches. Au fond de l'une d'entre elles, il sentit un petit objet rond, qu'il extirpa avec deux doigts. C'était une boulette de papier. Sans essayer de la déplier, de peur de la déchirer et la rendre illisible, il la déposa dans une enveloppe. Nestor allait avoir du travail.

Joseph regarda l'heure. Midi approchait, et il avait promis à sa sœur de déjeuner avec elle. Il rangea le matériel et les indices qu'il avait relevés dans la boîte à outils, ferma la pharmacie avec soin, déposa ce qu'il appelait un « mouchard d'ouverture » entre la porte et le chambranle, et fila jusqu'à la rue Bonnabaud.

***

Alors qu'il remontait la rue Blatin, Joseph croisa Jocelyn et Valérie Cluzel. Les deux jeunes gens avaient eu l'occasion de se rencontrer et de s'apprécier depuis quelques mois. Irène et Valérie se rencontraient souvent pour garder les enfants ou inventer des recettes de cuisine intéressantes malgré le rationnement.

— Nous revenons de l'atelier, informa Valérie. J'ai accompagné Irène à l'hôpital pour examiner Sebastian.

— Sebastian est à l'hôpital ? s'inquiéta Joseph qui avait pour son neveu les préoccupations d'un père.

— Rassure-toi, expliqua Jocelyn. Irène voulait l'emmener en consultation…

— … et comme j'étais avec elle, je les ai accompagnés ! poursuivit Valérie.

— Comment va-t-il ?

— Irène te le dira… Mais le petit bonhomme est costaud !

Ce n'était pas pour rassurer Joseph, qui quitta ses deux amis sans même les saluer. Irène ne pouvait pas perdre Sebastian, comme il avait perdu sa femme et sa fille deux ans auparavant.

Joseph entendit la toux avant d'arriver sur le palier. Il frappa un coup discret à la porte et entra. Dans la pénombre, Irène, était assise dans un fauteuil, Sebastian sur ses genoux, lui caressait les cheveux trempés de sueur. Elle se retourna vers son frère.

— Il a de la fièvre… Tu l'entends tousser ? Je lui ai donné un verre de lait chaud avec un peu de miel qu'il me reste, et j'attends que ça se calme.

— Tu as vu un docteur ? demanda Joseph qui s'était agenouillé et tenait la main brûlante de son neveu dans la sienne.

— Nous rentrons de l'Hôtel-Dieu : c'est une pneumonie…

Elle serra son fils qui s'était endormi.

— Je ne sais pas quoi faire Jo… Le médecin m'a dit qu'il était bien atteint. Peut-être qu'il va…

Sa voix tremblait. Joseph se leva, et prit le petit bonhomme dans ses bras.

— Je vais le coucher. On parle après.

Sebastian ne pesait rien et Joseph sentait ses côtes sous la peau. Il était brûlant et sa respiration était rauque. Quand il revint, Irène était en larmes. Il prit sa sœur dans ses bras et la laissa aller à sa douleur. Peu à peu, les pleurs se tarirent, et ils s'installèrent de chaque côté de la petite table.

— Tu veux manger quelque chose ? Tu as faim ? J'ai des carottes qui accompagneraient bien… rien !

— On a tous faim, mais non. J'ai trouvé un vieux biscuit dans mon bureau avant de venir, mentit Joseph. Je l'ai fait gonfler avec un verre d'eau…. Je tiendrai bien jusqu'à demain !

— Qu'allons-nous devenir, Joseph ? Pas seulement Sebastian et toi, et moi, mais nous tous ? Si tout le monde meurt de faim, les Allemands n'auront qu'à nous cueillir, personne ne pourra lever le petit doigt !

— Que t'ont dit les médecins ?

— Ce n'est pas encore trop grave, même si c'est impressionnant, mais il faut qu'il mange… Et je n'ai rien à lui donner ! Il a droit à un quart de litre de lait par jour, mais le docteur dit qu'il lui en faudrait le double ! Avec du beurre... Je peux acheter une demi-douzaine d'œufs par semaine et je lui ai préparé son dernier lait de poule avant-hier. Ah, et aussi, ils m'ont dit que l'air de la campagne lui ferait du bien. Mais je leur ai répondu que je ne connaissais personne…

Sa voix tremblait de rage. Blaise et Agnès Dumont n'avaient jamais vu leur petit-fils. Le village de La Garde était à une trentaine de kilomètres de Clermont, et Sebastian aurait pu profiter du grand air, entouré de poules, de vignes, et des deux chiens qui aimaient tant s'amuser… Joseph était devenu songeur. Un embryon de solution germait dans son esprit, mais ses idées vagabondaient autour de ce qu'il avait relevé à la pharmacie.

— Eh ! l'interpella Irène. Où es-tu ?

— Excuse-moi. J'étais déjà reparti dans mon enquête.

— Raconte-moi. Ça nous changera les idées…

— On a trouvé ce matin un pharmacien dans son officine.

— Mort ?

— Très mort, oui !

— On tue les pharmaciens, maintenant ? Où ça ?

— Dans le quartier de la gare, avenue Charras.

Le visage d'Irène s'assombrit.

— Comment s'appelait-il, ce pharmacien ?

— Ça ne te dira rien : Tournayre. Gaston Tournayre.

— Tournayre a été tué ? demanda Irène, stupéfaite. Elle se tut et cligna des yeux plusieurs fois.

— Que se passe-t-il ? Tu le connaissais ? demanda Joseph.

Elle releva la tête.

— Toi aussi tu le connais… Tu ne te rappelles pas ? Il venait à la maison quand on était petits. On l'appelait « tonton Gaston ». C'était un salaud, mais on le savait pas.

Joseph rassembla ses souvenirs, mais ils étaient trop vagues. Il ne s'intéressait pas beaucoup aux rares relations de ses parents et préférait jouer à Robin des bois. Il fit asseoir Irène et se plaça derrière elle. Il plaça ses mains sur ses épaules et entreprit de la masser pour qu'elle se détende

— Donc, tu l'as rencontré…

Irène soupira.

— Il y a cinq ans… Après l'arrestation du père de Sebastian. Je venais de comprendre que j'étais enceinte. En allant acheter du fil à Clermont, j'ai rencontré des femmes, qui connaissaient quelqu'un qui connaissait quelqu'un d'autre… Tu comprends, ces gens-là ne font pas de petites annonces dans le journal.

Elle s'appuya contre le dossier de la chaise. Joseph s'était accroupi et posa son menton sur l'épaule de sa sœur.

— Et on t'a envoyé chez lui.

— J'étais morte de honte ! Il fallait dire un certain mot en entrant à la pharmacie, et il donnait un rendez-vous dans son appartement, au-dessus du magasin. J'y suis allée deux jours plus tard, un soir…

—Tu l'as rencontré ?

— Oh oui ! C'est sa femme qui m'a ouvert la porte et sans un mot m'a conduite dans un salon, à peine éclairé. Je tremblais, mon mouchoir était trempé. Je ne pouvais pas m'asseoir. Puis il est entré, en blouse blanche. Tu aurais vu ma tête quand je l'ai reconnu ! Heureusement j'avais changé depuis et mon visage ne lui disait rien. J'ai failli me trouver mal. Il m'a dit qu'il faisait ça par charité, que je devais comprendre que ma faute était grave, que les filles comme moi devraient mieux se tenir…

— Les filles comme toi ! Comme si…

Il embrassa sa sœur sur la joue. Des larmes ruisselaient sans pouvoir s'arrêter.

— Il a quitté la pièce, ma tête a tourné, et je me suis dit que l'enfant que je portais était celui de l'homme que j'avais aimé. Et que ce serait un beau cadeau à lui faire. Alors, je me suis sauvée. J'ai claqué la porte. Tu comprends ?

— Oui, je te comprends. Et mieux que tu ne penses. Tu as été courageuse. Ce jour-là, et plus tard, quand tu l'as appris aux parents !

— Heureusement qu'on avait caché ma valise… J'ai été mise à la porte comme une voleuse !

Joseph allait répondre lorsqu'ils entendirent Sebastian tousser dans sa chambre. Puis des gémissements de douleur. Joseph et sa sœur se précipitèrent dans la chambre de Sebastian. Le petit garçon était couché en chien de fusil sur son lit. Il était agité de tremblements compulsifs et du sang maculait l'oreiller. Irène s'agenouilla près de son petit

— Il est brûlant ! Je ne peux pas le laisser comme ça. Fais quelque chose, Jo ! S'il te plait !

— On va l'emmener à la campagne, assura Joseph. J'ai une idée, mais il faut attendre une journée. Je file. Je t'expliquerai.

***

Joseph retourna à la pharmacie en effectuant quelques ruptures de filatures. Le mouchard, un petit morceau de papier qui tombait lorsqu'on ouvrait la porte, n'avait pas bougé. Il récupéra le matériel d'investigation et fonça jusqu'au commissariat. Il fit à nouveau plusieurs détours dans le quartier et contourna la pension Monanges où était installé le ministère de la Marine, puis s'engagea dans la rue de Colmar. Une porte discrète permettait d'entrer au commissariat, et il n'avait pas envie de commenter ses découvertes techniques. Il dissimula la boîte à outils dans un placard après avoir mis dans sa poche les enveloppes contenant les différents indices. Assis à son bureau, il rédigea un texte rapide pour les occupants de l'abbaye de Malemont. Nestor serait surpris de sa requête, mais il ne refuserait sûrement pas.

Il ressortit par le même chemin et rejoignit le lycée Blaise-Pascal par la place Delille. Il disposait de plusieurs passages qui pouvaient être utiles en cas de sorties rapides.

La loge du concierge se trouvait à côté de l'entrée, rue du Maréchal Joffre. Il avait l'habitude de recevoir des messages, et lorsqu'on lui demandait de les remettre au professeur Duchemin, il savait où les dissimuler.

Joseph traversa donc le vestibule sans ralentir, déposa les enveloppes, et ressortit par la rue neuve des Carmes, puis grimpa la rue Savaron jusqu'à la rue du Port qu'il descendit pour entrer dans la boutique du photographe Léon Jourde.

— Aurais-tu un appareil Kodak avec un objectif Zeiss, demanda Joseph. Ce qui était une aberration sur le plan de la technique photographique, mais alertait

Jourde sur l'importance de la conversation qui allait suivre.

— Ça peut se trouver, mais c'est rare… répondit le photographe sans montrer le moindre étonnement à cette demande. Tu ne voudrais pas une pellicule pour ton Leica, plutôt ?

En d'autres termes : « — Messages urgents ; — la voie est libre ».

Joseph et Jourde échangèrent quelques propos anodins et sans intérêt, et Joseph regagna le commissariat.

Dans moins de vingt-quatre heures, Nestor aurait sous les yeux les indices relevés sur la scène de crime, et pourrait les renvoyer à Joseph rapidement.

Un brouhaha inhabituel secouait l'étage. Alix Vigouroux, inspecteur adjoint rameutait ses collègues d'une voix hilare.

— Écoutez-ça ! On vient de le recevoir de la gendarmerie de Randan. Ça vaut son pesant de moutarde au marché noir ! Il toussota et prit l'accent d'un gendarme gascon, roulant les « R » comme un chanteur d'opérette.

« Rapport établi à la suite de la signalisation – je cite ! – d'une zone de tir en forêt de Randan par le garde forestier du domaine susnommé.

« Ce 30 octobre 1941 vers les 8 heures du matin, le sieur Barrot, garde forestier de son état, patrouillant – patrouillant avec un s – à proximité du rond de Joinville dans le dessein de prendre sur le vif des braconniers se livrant à des actes réprouvés par la loi, entendit des coups de feu dans la direction du Bois-Brulat.

« Se dirigent vers icelui – il est né sous Louis XIV, ce gendarme, ou quoi ? – le garde susnommé perçut un mouvement dans une vente en exploitation.

« Faisant sommation de son état, il ordonna audit mouvement d'op… – attendez, j'ai du mal à lire – OP-TAM… »

— Obtempérer ! cria Devèze.

— C'est ça ! Il écrit O-P-T-A-M-P-A-I-R-E-R ! Je poursuis :

« … À obtempérer – Comment faites-vous obtempérer un mouvement ? – Une forme suspecte prit la fuite, et malgré ses efforts, le sieur Barrot ne l'attrapa jamais – il devait avoir la trouille, oui – et se résolva – vous me suivez ? résolva, pas résolut – à observer la zone du délit.

Toute activité s'était interrompue dans le commissariat. Les hommes s'étaient groupés autour de Vigouroux qui continuait sa lecture de plus en plus fort. Joseph vit Fraysse essuyer une larme de fou rire.

— Alors, je continue. Suivez bien, je répèterai pas :

« Le sieur Barrot affirme avoir découvert plusieurs douilles de calibre 8 à prossimité – en langue de gendarme, ça veut dire pas loin ! – de la souche d'un chêne d'environ cent cinquante ans d'âge, ce que révéla le comptage des cernes de ladite souche – et c'est important de connaître l'âge d'un témoin !

Fraysse interrompit la logorrhée de Vigouroux.

— Venez-en au fait, inspecteur. Nous sommes impatients de connaître la fin de cette histoire passionnante !

— Bien commissaire. Attendez, (il tourna une page, puis :) J'y suis. Je résume : Le garde forestier a cherché ce qui pouvait être visé de la sorte avec un tel calibre, et a trouvé à plusieurs centaines de mètres de l'endroit où étaient les douilles, des objets de taille variable (vieilles boîtes de fer blanc, tessons de bouteille et même une pièce de monnaie percée en plein milieu) touchés par l'impact des balles. Celles-ci s'étaient fichés dans un tronc d'arbre.

— Qui peut s'amuser à faire des cartons en pleine forêt de Randan ? demanda Joseph. Sachant que la possession d'armes à feu est interdite par la convention d'armistice, et que les cartouches sont rares en ce moment. Les gendarmes ont-ils ramassé les douilles, et les cibles ?

— Oui, oui. Le garde forestier a rassemblé tout ça dans une boîte qu'il a laissée à la gendarmerie de Randan.

3

L'amiral Darlan a remis hier, au général Dentz, la plaque de grand officier de la légion d'honneur et la croix de guerre.

La Montagne, 9 octobre 1941.

Joseph grelotta en fermant la porte de son immeuble rue Tranchée des Gras. Il avait faim et son organisme luttait avec difficultés contre le premier assaut de l'automne. Son garde-manger était vide, et il espérait avoir gardé une ou deux tranches de pain dans un placard. Son stock de café était épuisé depuis longtemps, et il pourrait peut-être en acheter avec ses tickets du mois de novembre.

Au moment où il sortait la clé de la poche de son manteau, un parfum subtil lui chatouilla les narines. Il habitait seul sur le palier du dernier étage, et les voisins n'étaient pas du genre à dépenser des fortunes pour se pomponner. La clé tourna à vide dans la serrure. Joseph sortit son arme qu'il avait pu conserver après le départ des troupes allemandes en juin de l'année précédente et poussa la porte. Elle grinça sur ses gonds et Joseph se maudit une fois de plus de ne pas les avoir graissés. Il se plaqua contre le mur, et assura une meilleure prise à son arme. Il avançait vers la cuisine lorsqu'il sentit une présence dissimulée derrière le porte-manteau. Au moment où il se retournait, une poigne de fer bloqua le bras qui tenait l'arme et le parfum qu'il avait senti envahit ses narines. Il leva la main gauche pour repousser son adversaire.

— Eh bien inspecteur, je vous ai connu plus doux avec une femme chuchota une voix mélodieuse.

Les muscles de Joseph se relâchèrent immédiatement. Il serra les bras autour du corps qu'il avait contre lui.

— Dis-moi que je rêve ou que…

Des lèvres chaudes s'appuyèrent contre les siennes.

— Non, mon chéri, je suis là, chuchota Albertine.

Joseph n'avait plus froid du tout. Sans un mot, il prit Albertine dans ses bras et la porta comme une jeune mariée jusqu'à sa chambre. Il trébucha sur le tapis et ils s'effondrèrent sur le lit en riant aux éclats. Pendant qu'Albertine faisait glisser le manteau et le veston, Joseph essayait de trouver les boutons du chemisier. Leurs gestes maladroits les ralentissaient et ils soupiraient tous deux d'impatience et de désir. Les vêtements volaient dans la chambre et atterrissaient au hasard. La peau d'Albertine était fraîche et Joseph sentait sous ses doigts un corps vigoureux et souple. Elle lui prit la main et l'appuya sur sa joue.

— Je pense à ce moment depuis des semaines…

Ils s'embrassèrent. Les caresses se faisaient plus précises, plus intimes. Albertine s'ouvrit et Joseph entra en elle doucement, prolongeant ce moment de grâce autant qu'il le pouvait. Albertine referma ses jambes et ils restèrent ainsi, sans bouger, chacune de leurs cellules se nourrissant de plaisir. Elle se tourna sur le côté, puis l'enfourcha. Il la voyait à peine, mais ses mains retrouvaient les paysages qu'elles avaient si souvent caressés. Albertine oscilla d'abord doucement, puis de plus en plus vite, se souleva tandis que Joseph la tenait aux hanches jusqu'à ce qu'ils partagent leur plaisir.

— J'ai froid, maintenant, dit Albertine, blottie contre Joseph.

Il remonta le gros édredon de plume qu'ils avaient jeté au pied du lit. Il entoura Albertine de son bras et elle se serra contre lui.

— Dis-moi que tu es venue pour me faire l'amour et que tu vas rester toute la vie contre moi, souffla joseph.

Elle sourit dans le noir et caressa sa poitrine.

— En d'autres temps… Mais…

— Tu sais, depuis que tu es partie, j'essaie de profiter de chaque moment de petite joie, ou de petit bonheur. Je crois que la dernière fois que j'ai mangé du chocolat, c'était au printemps ! Et depuis, j'essaie de me souvenir du goût…

Elle l'embrassa à la commissure des lèvres.

— Et ce goût-là ? Qu'en penses-tu ?

— Je ne suis pas près de l'oublier ! Viens sur moi. Je veux toute ton empreinte sur moi, des pieds à la tête.

Ils restèrent ainsi longtemps, et s'endormirent.

Joseph s'éveilla le premier. Il faisait encore nuit. Albertine ouvrit les yeux et s'assit au bord du lit.

— Je meurs de faim !

— C'est ce que je pensais aussi, mais je n'ai pas grand-chose… il me reste peut-être des œufs sur la fenêtre.

— Attends !

Albertine se leva et revint avec son pardessus, dont elle entreprit de découdre un ourlet. Elle fouilla dans la doublure et en sortit quatre petits paquets en tissu.

— Je t'ai apporté du pudding ! Je ne pouvais pas le mettre dans ma valise… Si j'avais été fouillée, je ne serais jamais passée pour une pauvre réfugiée normande !

— C'est si bon que ça ?

— *Delightful*, comme on dit là-bas ! on prend des restes de pain rassis – on est sérieusement rationnés, nous aussi – que l'on fait tremper dans du lait sucré. Et on rajoute des raisins secs, des noix, parfois un peu de cannelle quand on en trouve, et bien sûr une rasade de rhum.

— Arrête ! J'en salive !

— Ce n'est encore rien : le meilleur c'est quand la pâte commence à chauffer, et que le parfum se répand dans toute la maison.

— J'en ai le ventre qui gargouille ! C'est insupportable !

Albertine se tourna vers Joseph et le repoussa sur le lit.

— Je suis sûre que tu n'as pas si faim que ça !

***

Ils s'attablèrent dans la cuisine. Deux tranches de pain sans beurre attendaient les œufs à la coque qui s'entrechoquaient dans une casserole. Albertine avait déballé quatre fines tranches de pudding brun comme de la terre, qui exhalaient de subtils parfums d'épices, de gingembre et de fruits confits. Joseph, les yeux exorbités, se demandait comment il allait résister jusqu'à la fin du repas.

— C'est ma tutrice qui me l'a donné avant que je parte, expliqua Albertine. Je l'ai caché dans mes vêtements, parce que si on m'avait arrêtée, j'étais identifiée comme agent de Londres... C'est plutôt un Christmas pudding, mais Kathryn a pensé qu'on pouvait anticiper. Là-bas non plus, on ne sait pas de quoi demain sera fait.

— Londres est toujours bombardé ?

— Beaucoup moins depuis juin, mais il y a souvent des alertes. Et parfois, des bombes tuent des innocents...

— Les Anglais ont fait un choix courageux : continuer la guerre, seuls en Europe, face à l'énergumène de Berchtesgaden...

— Ce n'est pas facile tous les jours, mais on a au moins le sentiment d'être libres, tandis qu'ici…

— La police est là pour protéger les populations de toute tendance suspecte ! Et bientôt, il faudra prêter serment d'allégeance à Pétain… C'est dans la loi.

— Que vas-tu faire ? Albertine se leva et sortit les œufs avec une cuillère. Elle les déposa dans deux vieux coquetiers ébréchés.

— Pour l'instant, je peux encore être utile dans la police. Brouyard me fout la paix, j'ai accès à des informations importantes et, parfois, je peux éviter des arrestations…

Il se concentra sur l'ouverture de son œuf, dont il brisa la coquille d'un mouvement sec et précis. La cuisson était parfaite. Le jaune brillant se détachait au milieu d'un anneau blanc.

— Chaque fois que j'arrive à ce résultat, je me dis que c'est peut-être le dernier… on a du mal à en trouver, même au marché noir. C'est aussi terrible à Londres ?

Albertine humectait la mouillette en la faisant tourner lentement sur elle-même. Elle la porta à sa bouche.

— C'est vrai que c'est bon ! Mais, non : la situation est difficile, mais on peut se nourrir sans trop de difficultés. On ne donne pas les trois-quarts de la production à Hitler !

Joseph versa un peu de sel sur le blanc qui restait et le sortit d'un seul geste délicat de sa cuillère. Il regarda Albertine.

— Tu as le droit de me dire pourquoi tu es là, ou c'est top secret ?

Albertine se leva et ouvrit sa valise.

— Je vais te montrer quelque chose. Si on savait que je suis partie avec ce document, on me mettrait aux fers.

Elle passa derrière Joseph et mit la main devant ses yeux.

— Ferme bien ! Ne triche pas !

— Promis ! Mais…

Elle retira sa main. Dans l'autre, elle tenait une photographie 13 x 6.

— Tu peux regarder !

La photo représentait Albertine debout à côté d'une jolie femme aux yeux brillants. Toutes deux souriaient, en regardant un bébé qu'Albertine tenait dans ses bras. Il dormait à poings fermés, un léger sourire aux lèvres.

— C'est… c'est… bégaya Joseph. Comment s'appelle-t-il ?

— Il s'appelle Joseph, comme son père, répondit Albertine en s'asseyant sur ses genoux.

— Ah. Il a un père qui s'appelle Jo…

L'information arriva au cerveau en même temps qu'Albertine l'embrassait à pleine bouche.

— Félicitations, Inspecteur Dumont ! Vous êtes Papa !

— Tu es sûre qu'il est… enfin, je veux dire…

— Aucun doute. Depuis que je suis arrivée, je n'ai pas eu beaucoup d'occasions de rencontrer des hommes avec qui j'aurais eu envie de faire des enfants ! Et on ne m'en a guère laissé le temps…

— Tu l'a appelé Joseph…

— Et Charles, comme deuxième prénom ! Je trouvais que ça allait bien : mes deux héros !

— Qui est cette dame, à côté de toi ?

— J'espère que je pourrai te la présenter un jour. C'est Kathryn. Mon instructrice, marraine, confidente… et amie. Elle m'a beaucoup aidée quand j'en avais besoin.

— Pourquoi ne m'as-tu rien dit ?

— J'y ai pensé, mais on ne pouvait courir le risque que le courrier soit intercepté. Il est hors de question de passer par la Poste, et les systèmes parallèles ne sont pas fiables. Il y a beaucoup de travail à faire pour sécuriser les communications.

Comme elle avait changé ! se dit Joseph. Ce n'était plus la jeune fille un peu timide et craintive qu'il avait connue, mais une femme épanouie, sûre d'elle.

— Pourquoi souris-tu ? demanda Albertine ?

— Parce que tu es belle, et que je ne sais toujours pas pourquoi tu es venue…

— Je voulais te montrer les choses importantes d'abord. Et puis (elle se serra contre lui et l'embrassa) tu me manquais tant !

Elle saisit son sac posé sur la table et en sortit un portefeuille d'où elle tira des papiers. Joseph regarda avec attention la carte d'identité au nom d'Adeline Ravoux, demeurant rue Larrey à Paris 5ème.

— Impeccable. Ils travaillent bien les rosbifs. Et que vient faire Mademoiselle Ravoux à Clermont-Ferrand ?

Albertine sortit une lettre manuscrite accompagnée d'un curriculum vitae qu'elle présenta à Joseph.

— Penses-tu que je pourrais être embauchée quelque part, au regard de ces qualifications et de ces recommandations ?

La lettre émanait du quai d'Orsay. Le curriculum exposait une carrière déjà longue au ministère des Affaires étrangères et des compétences linguistiques impressionnantes.

— Tout ça… Si j'étais ministre, je n'hésiterais pas une seconde. A qui veux-tu présenter cela ?

— À l'amiral Darlan.

Joseph faillit tomber de sa chaise.

— Rien que ça ! Et vous pensez qu'il va t'ouvrir la porte de son cabinet sans hésiter ?

— Il faudra bien… soupira Albertine. Dans deux jours, sa secrétaire le quittera pour aller soigner sa pauvre mère à Marseille. Elle lui parlera d'une amie réfugiée qui baragouine un peu l'allemand et n'est pas trop sotte à la machine à écrire. Cette amie a travaillé au service d'un chef de cabinet du Quai qui en dit le plus grand bien dans sa lettre, et le tour est joué. Tu viendras me voir quand je serai secrétaire d'Amiral ?

— Sûrement… Depuis quand montez-vous cette opération ?

Énergique, cynique, habile, François Darlan avait remplacé le fade Pierre-Etienne Flandin le 10 février

1941. Partisan d'une collaboration active avec l'Allemagne, il bénéficiait du prestige d'un chef militaire et avait proposé à Abetz une participation de l'armée française contre l'Angleterre. Sa politique de rapprochement inquiétait les Alliés qui souhaitaient être informés quotidiennement des décisions du vice-président du Conseil, nouveau successeur désigné de Pétain.

— Comment les Alliés ont-ils pu obtenir cette lettre de recommandation ? s'étonna Joseph.

— Les services secrets sont d'une efficacité redoutable, et je crois qu'ils n'hésitent pas à tordre quelques poignets quand c'est nécessaire…

— Quand pars-tu ?

Albertine fit la moue.

— Et bien, justement… J'aurais besoin d'un chauffeur pour aller près de Lezoux.

À quelques kilomètres de la capitale de la poterie gallo-romaine, la ferme de la Rapine abritait le Service Radioélectrique du Territoire dont le matériel aurait dû être remis à l'armée allemande au lendemain de l'armistice. Ce n'était pas l'avis de Marien Leschi, directeur du SRT qui avait entrepris de camoufler les appareils de transmission les plus performants, tout en assurant les communications officielles entre Vichy et Paris, celles-ci étant renvoyées au QG de la France libre à Londres. Les techniciens assemblaient aussi des émetteurs destinés aux agents en mission qui devaient envoyer des messages aux différents réseaux.

Joseph était abasourdi. Malgré ses rencontres avec Nestor, Jean Rochon et quelques autres à Lyon, il ne soupçonnait pas que la Résistance présentait une organisation aussi structurée et efficace. Pendant qu'Albertine lui donnait les informations, il réfléchissait au moyen le plus discret pour la conduire jusqu'à Saint-Jean-d'Heurs, où se trouvait « la Rapine. »

Extrait du journal de Guy Lombard

Octobre 1914

J'ai tué. Plusieurs fois. Au fusil. À la baïonnette. À mains nues. Des hommes jeunes, comme moi. La rage au cœur et la peur au ventre qui nous ont fait perdre le peu d'humanité qui nous restait après neuf mois de combats. Depuis le mois d'août, notre régiment a perdu plus de mille hommes. Le bilan est sans doute le même sur les autres fronts. Et dans l'autre camp. Cette guerre est une machine qui s'emballe et que personne ne semble pouvoir arrêter. Et je crois que nous prenons goût à ces combats où nous montrons que nous sommes les plus forts.

La fin sera le jour de la victoire. Lorsque nous aurons gagné et que notre sol sera libéré de l'envahisseur. La guerre est un cadeau fait au capital, et je ne peux m'empêcher de penser à mon père dont la fortune augmente exponentiellement avec la durée des combats. Lui aussi doit suivre avec attention la progression des champs de bataille en espérant que la guerre sera longue.

J'ai fait la connaissance de deux Auvergnats. Georges Mazet et René Fleury. Mazet est un homme cultivé et réservé. Il écrit quotidiennement à sa sœur et à ses parents, d'une écriture ample, et d'un style léger, pour donner ces petits détails qui prouvent que nous sommes encore en vie, sans oser cependant décrire le cauchemar que nous traversons, dans la boue, le froid, la promiscuité des rats et des cadavres.

Fleury, lui, rigole tout le temps. Il a un visage poupin qui convient bien à son métier de pâtissier. Il a invité tout le régiment à la fin de la guerre pour déguster un Saint-Honoré géant dont il a le secret. Il fait office de pitre officiel du régiment, et improvise parfois des spectacles où il imite nos politiques en discussion avec le Kaiser.

4

Le maréchal Pétain adresse un télégramme de condoléances au maire de Madrid dont le fils a été tué sur le front russe.

La Montagne, 10 octobre 1941.

Enfant unique, Maxime Minet s'était toujours tenu à l'écart des autres. Il ne ressentait pas le besoin de lier des relations avec ses contemporains et n'avait aucune empathie envers eux. Les femmes étaient pour lui un objet d'indifférence et de méfiance renforcée par une scolarité chez les pères jésuites de Clermont. Ceux-ci avaient vu en lui un jeune homme compétent mais sans ambition ni charisme. Il fit donc son droit et, comme il faut bien vivre, n'est-ce pas, il trouva une place de clerc en l'étude de Maître Vialaneix, notaire à Vichy, qui eut la mauvaise idée d'être prématurément enlevé à l'affection des siens au moment où l'État Français prenait ses quartiers dans la ville thermale.

C'est par hasard qu'il se retrouva embauché en tant que secrétaire et homme à tout faire au ministère des Affaires étrangères. Ce n'est en revanche pas par hasard qu'il fut approché par un attaché au consulat espagnol. Celui-ci n'avait pu assister à une réunion et aurait aimé disposer de la note finale. Maxime ne savait pas que cet homme était membre d'un réseau de résistance et que plusieurs photos furent prises lorsqu'il remit le document à son interlocuteur qu'il ne revit jamais. Un soir, tandis qu'il rentrait chez ses parents rue Faidherbe, un inconnu lui fourra sous le nez les photos qui le montraient en train de passer une enveloppe à un homme qui dissimulait son visage. Plus tard, Maxime fut incapable de donner son nom, sa fonction, et avoua qu'il ne l'avait jamais revu.

— C'est un chef de la Résistance, lui confia l'inconnu. Si ces photos arrivent sur le bureau de ton chef de service, c'est la prison, et la peine de mort pour haute trahison. Si tu ne veux pas que ça arrive, tu feras tout ce que je te demanderai.

C'est ainsi que Maxime Minet fit, malgré lui, ses premiers pas dans l'armée des ombres.

Le matin du 7 octobre 1941, il reçut un message codé lui ordonnant d'accueillir dès le lendemain un agent de Londres qu'il rencontrerait dans la salle du restaurant de l'hôtel des Célestins. Cet agent aurait un exemplaire du quotidien *L'Avenir du plateau central* posé sur la table. Il devait, lui, être muni du numéro du jour du *Figaro*.

Jamais Maxime n'avait mené d'action secrète susceptible d'être dangereuse comme celle-ci. Il donna un prétexte fallacieux à sa mère pour ne pas prendre le repas en famille et sortit de la maison en regardant à droite et à gauche, comme si la Gestapo allait lui envoyer ses troupes d'élite.

Il arriva à l'hôtel – quelle ironie ! pensait-il : rencontrer un agent de Londres avenue des États-Unis – en jetant des regards inquiets derrière lui. La salle de restaurant était peu fréquentée ce soir-là, et il ne vit personne qui pouvait ressembler à un agent britannique – mais à quoi reconnaissait-on un agent de sa Majesté ? Il mit son exemplaire du *Figaro* en évidence en le plaçant comme une pancarte sur son torse. Une belle jeune femme était assise sur une banquette, dos à un miroir et le regardait avec insistance. Elle lui souriait et Maxime vit qu'elle poussait devant elle un numéro de *L'Avenir*. Ce n'était pas possible… Il s'avança avec précaution. La jeune femme le regarda de ses grands yeux verts et lui dit sans élever la voix :

— Je crois que nous avons rendez-vous ? ...

Maxime ne comprenait pas. Une femme ne pouvait pas être l'agent de Londres qu'il devait rencontrer !

— Asseyez-vous donc… Vous allez nous faire remarquer.

Maxime reconnaissait qu'elle avait un beau sourire, mais son regard dur contredisait la première impression. Cette bonne femme le regardait d'une manière qui le mettait mal à l'aise. Comme si elle lui était supérieure !

Maxime s'empêtra dans son imperméable et faillit faire tomber la chaise. Albertine rattrapa de justesse la tasse de café qui glissait sur la table.

— Je… Je suis désolé, bredouilla le jeune homme, mais c'est ma première mission, alors, bien sûr…

— Bien sûr, répondit Albertine en se retenant pour ne pas sourire.

— On m'avait… on m'avait dit que ce serait un agent, alors je ne m'attendais pas à… je veux dire, je croyais que…

Albertine l'interrompit en posant sa main sur la sienne. Maxime la retira comme s'il avait été agressé par un naja. Il considérait Albertine avec suspicion. Une femme ne pouvait être taillée pour remplir de telles missions. Elle n'était certainement qu'une petite estafette qui voulait se donner de l'importance.

— Ne vous inquiétez pas. Tout ira bien. J'ai besoin que vous m'expliquiez la situation ici, à Vichy. On ne connaît pas tout, à Londres. Pourriez-vous faire un rapport succinct pour que je le transmette rapidement ?

Elle avait un sourire enjôleur. Maxime la regarda droit dans les yeux.

— Je verrais ce que je peux faire.

— Vous travaillez aux Affaires étrangères, et j'ai été embauchée comme secrétaire de l'Amiral Darlan. Nous pourrons nous croiser facilement entre deux étages.

Cette pimbêche savait où il travaillait ! Il se drapa dans ce qu'il pensait être sa dignité et s'éloigna d'un pas qu'il voulait assuré.

Albertine le regarda partir. Le jeune homme n'allait pas être facile à contrôler.

***

Depuis qu'Irène lui en avait parlé, Joseph essayait de se souvenir de Gaston Tournayre, mais rien ne venait. La mémoire lui reviendrait peut-être en allant dans son village ? Il avait pris une voiture au commissariat et la route se déroulait sous la pluie, déserte. Le rationnement touchait aussi bien les carburants que l'alimentation, et les automobiles, même à gazogène, étaient rares. La campagne se préparait à l'automne. Les labours avaient commencé. Des chevaux tiraient des charrues. Quelques vignes s'accrochaient sur les pentes du puy de Corent et le temps des vendanges arriverait bientôt.

Joseph gara la 11CV Citroën sur la place du village. Il ne tenait pas à voir ses parents tout de suite, et avait décidé de prendre un verre au café Peyrol. C'était une grande salle un peu sombre, éclairée de suspensions circulaires composées de petites lampes aux abat-jours en papier huilé. Malgré les trois fenêtres qui donnaient sur la rue principale, on distinguait à peine le fond de la salle. Lorsque Joseph poussa la porte, une clochette tinta et fit se retourner les visages de ceux qui étaient assis ou accoudés au comptoir !

— Ma parole ! s'écria un des habitués. Regardez qui voilà ! Un revenant !

— Salut tout le monde, dit Joseph le plus simplement qu'il le put.

Malgré tout, il avait la respiration un peu courte et son cœur s'emballait. Il n'avait pas revu la plupart de ces hommes depuis des années. Ils vivaient tous à la campagne, et leurs métiers étaient peu ou prou liées aux activités agricoles. Joseph, lui, était devenu le gars de la ville. Il n'avait pas de cal aux mains et son salaire lui était versé toutes les quinzaines.

Un jeune homme se leva, vint vers Joseph, un grand sourire aux lèvres. Il lui fit l'accolade.

— Salut Joseph. Ça fait plaisir de te revoir.

— Hughes… Tu es pilier de bistrot, maintenant ?

Hughes Geneix sourit. Joseph et lui avaient passé leur enfance à courir les chemins avec leurs chiens et à inventer des aventures inspirées de Robinson Crusoé et Jules Verne. Ils s'étaient fabriqué un *Nautilus* en empilant des caisses à pommes au milieu de la cour. Ce fut un de leurs plus beaux étés. Tandis que Joseph quittait la maison familiale, Hugues reprenait l'étude notariale de son père après avoir fait son droit à Clermont. Les deux amis ne s'étaient pas croisés depuis des années, mais Hugues semblait content de revoir son ami d'enfance.

— Quel bon vent t'amène, sacripant ? demanda Chartoire, le forgeron.

— Je vais vous raconter, mais avant, j'offre la tournée générale !

— Tu es bien tombé ! Hier, on aurait eu une tournée générale d'eau !

— Eh René, appela un client, tu as bien quelque chose à nous mettre sous la dent avec ces canons !

René hésita. Le jambon qu'il faisait sécher lui-même n'était pas soumis au contrôle, puisqu'il ne le vendait pas, mais ces affamés risquaient bien de le ronger jusqu'à l'os ! Il descendit cependant à la cave pour le décrocher.

— Attendez ! dit un autre. Il nous restait de la farine et on a fait cuire du pain hier. Il est encore bon : je m'en suis fait une tartine ce matin !

— Il sera meilleur que celui que les boulangers doivent vendre rassis le lendemain. Ce serait encore meilleur avec du fromage… Si j'allais chercher un Saint-Nectaire que j'ai rapporté de la montagne dimanche dernier ?

— T'attends quoi ?

En quelques minutes, l'ambiance plutôt fraîche du café s'était bien réchauffée, et les tables furent investies de charcutailles, de pain frais et de vin produit dans les vignes de La Garde. Joseph en avait le tournis. Le rationnement touchait les villes avec brutalité, et malgré les tentatives de créer des jardins potagers partout où c'était possible, les quantités étaient très en deçà du minimum vital. Joseph pensa à Sebastian et enveloppa deux beaux quartiers de fromage dans un mouchoir propre.

Il s'était attablé avec Hughes et quelques hommes du village. Les conversations devinrent plus sérieuses.

— T'es là pour Tournayre, demanda Sugères, le garde-champêtre, cantonnier, homme à tout faire de la commune, que tout le monde surnommait Rantanplan à cause de son tambour. Une crevure de moins, tiens.

Et il cracha sur le sol, sous le regard outré de René.

— Pourquoi tu dis ça ? Tu lui en voulais personnellement ?

— Oh moi, j'avais rien à lui reprocher, sauf qu'il faisait celui qui me reconnaissait pas quand on se croisait, alors qu'on était sur le même banc à la communale. Mais à moi, il a jamais planté de cornes.

— Une saloperie, oui, renchérit Andrieux, épicier et marchand de vin. Ça a bien failli m'arriver. Il tournait autour de la Marie-Louise, mais elle était assez forte pour l'envoyer bouler. Il a quand même fallu qu'elle lui mette son genou dans les roupettes pour le calmer !

— Il y en a d'autres qui n'ont pas su résister, et ça a failli briser des ménages, compléta Buisson, le garagiste. Certaines étaient pas aussi fortes que la Marie-Louise, et elle se sont retrouvées avec Tournayre entre les cuisses.

— Faut dire qu'il était pas du genre à leur demander leur avis, renchérit Rantanplan.

Le nombre de meurtriers potentiels augmentait à toute vitesse. Si Tournayre s'était conduit de la sorte, ceux qui souhaitaient s'en débarrasser étaient nombreux.

— Il revenait souvent à La Garde ?

— On le voyait pas trop, répondit Buisson. Avec toutes ces histoires, il la ramenait pas. Pourtant…

— Oui ?

— Ben, je me demande si la voiture qui est sur le foirail depuis quelques jours n'est pas la sienne…

— Tu l'as reconnue ?

—Des Commerciales Berliet, on n'en croise pas tous les jours. La dernière fois qu'il était venu, il est passé devant le garage, et je crois bien l'y avoir vu . Mais j'ai autre chose à faire que regarder dans la rue !

— Je vais aller voir, dit Joseph en se levant.

— Je viens avec toi, proposa Hughes. J'ai quelque chose à te montrer à l'étude.

Joseph et Hughes quittèrent la joyeuse équipe du café Peyrol. Tous souhaitèrent bonne enquête à Joseph en lui demandant de féliciter celui qui avait débarrassé le village de cette crevure de Tournayre. Assise à la porte, Java attendait Joseph. Elle afficha une joie immense, en essayant par tous les moyens d'atteindre les joues de Joseph pour les lécher.

— Bonjour ma belle ! Qu'est-ce que tu as fait de ton frère ? Vous êtes inséparables d'habitude.

Java était trop heureuse d'avoir Joseph à elle toute seule. Elle se cala à quelques centimètres de sa jambe quand il suivit son ami.

L'étude Geneix se trouvait au milieu du village, dans une belle maison bourgeoise du XIXème siècle. De facture simple, sans ostentation, elle inspirait le sérieux indispensable à toute résidence notariale. Le pignon

Nord était adossé au foirail sur lequel, deux fois par an, le marché au bestiaux drainait des centaines d'acheteurs. Au milieu de celui-ci, entre les barres auxquelles étaient attachés les animaux, une voiture était stationnée, élément incongru dans ce paysage champêtre.

Joseph s'avança et ouvrit la portière du conducteur avec son mouchoir pour ne pas effacer les empreintes. L'intérieur était propre, rien ne trainait. À l'arrière, sur une banquette, un petit bocal fermé contenant une pommade indiquait bien qu'il s'agissait du véhicule de Tournayre.

Il ressortit de la voiture et demanda à Hughes :

— Tu ne sais pas depuis combien de temps elle est là ?

— L'étude est au rez-de-chaussée, l'appartement de mes parents est au premier, et j'ai une chambre à l'étage. Certains jours, je ne sors pas de la maison ! Sauf pour aller dans le jardin à l'arrière, mais on ne voit pas le foirail. Je ne t'aide pas beaucoup…

— J'ai connu des témoins plus utiles, c'est sûr ! Tu disais que tu avais quelque chose pour moi ?

Joseph fit signe à Java de l'attendre dehors et ils entrèrent dans la maison qui sentait le vieux papier. Hughes se dirigea vers un petit bureau dont les fenêtres donnaient sur la place. Les murs étaient recouverts de cartonniers en acajou dans lesquels les dossiers à fermeture en chapiteaux, classés par ordre alphabétique, dissimulaient les histoires secrètes des familles du village depuis des siècles. Hughes s'approcha d'une colonne aussi haute que lui. Il en tira un dossier avec une petite poignée en laiton.

— Le soir du 11 novembre 18, le père de Gaston est venu voir le mien. Il voulait changer son testament au profit de son fils cadet. Il avait rédigé un texte holographe avec lequel il était venu. Par ce document, il déshéritait totalement Albert, le frère de Gaston et celui-ci devenait légataire universel et propriétaire de toute l'exploitation familiale.

— Je ne connais pas très bien, mais il n'y a pas une disposition du code civil qui interdit de ruiner les membres de sa famille ? interrogea Joseph.

— Tu as raison. On ne peut priver totalement ses enfants de son héritage, c'est ce qu'on appelle la réserve héréditaire. Mais la « quotité disponible » est à l'appréciation du seul testateur.

— Le père Tournayre a appliqué cette quotité ?

— Il a laissé à Albert une cabane au milieu des Quayres, là où rien ne pousse, sauf les vipères et les chardons. Quand le pauvre homme est rentré de la guerre, Gaston avait déménagé quelques meubles dans cette cabane et a interdit à Albert de rentrer chez lui.

— C'était encore chez son père, non ?

— Il est mort avant Noël, Albert n'avait pas encore été démobilisé. Il est revenu en février 19.

— La mort était naturelle ?

— Je te vois venir ! Hughes rit tristement. On l'a retrouvé un matin dans son lit. Crise cardiaque a déclaré le médecin. Il était vieux, personne n'a fait d'enquête.

Mais il paraît qu'on a beaucoup jasé sur ce décès opportun.

— Et Albert ?

— Il a noyé son chagrin dans l'alcool et a fini dans l'Allier.

Joseph réfléchit un moment.

— Ça me donne des éléments intéressants sur l'aimable personnalité de Tournayre, mais ceux qui auraient pu lui en vouloir – du côté de sa famille en tous cas – sont morts.

— Il n'y a pas que ça.

Hughes ouvrit le carton et en sortit une carte qu'il déplia sur le bureau. C'était un relevé cadastral de la commune de La Garde.

— J'ai colorié en jaune les parcelles que Tournayre a acquises ou a obtenu ces dix dernières années. Qu'en penses-tu ?

Autour de la ferme Tournayre, des dizaines de parcelles constituaient un immense trapèze.

— Tout cela appartenait à la famille Taravent. En quelques années, il a tout raflé et les derniers membres de la famille ont quitté La Garde pour s'installer à Issoire, quasiment ruinés.

— Ils ont dû gagner un peu d'argent quand même ?

— Si cela t'intéresse, tu pourras regarder les actes de vente. Tournayre a réussi à acheter ces parcelles pour une bouchée de pain.

— Décidément, tout le monde va danser sur sa tombe ! Comment a-t-il fait ?

— Oh presque rien : extorsion. Jean Taravent avait investi beaucoup d'argent dans les années 20, parce qu'il croyait à une agriculture mécanisée, comme en Amérique. Il rêvait de faire venir des tracteurs pour labourer des hectares de terre en un clin d'œil. Après octobre 29, les Etats-Unis ont été incapables d'assurer les commandes et bien sûr, de rembourser.

— Et quand il a été au bord du gouffre, Tournayre lui a proposé d'acheter ses terres…

— Tu as tout compris. Taravent était aux abois. Tournayre l'a quasiment convoqué chez mon père en ayant soin d'avoir fait rédiger les actes à l'avance…

— Ton père n'a rien dit ?

— Il n'y avait rien d'illégal dans l'opération. Papa a essayé de convaincre Taravent d'attendre un peu, que la situation allait s'arranger, qu'il pourrait peut-être emprunter à quelqu'un… Mais l'autre n'en pouvait plus. Tournayre était chez lui tous les jours ou presque. Alors, il a vendu, et le peu qu'il a gagné a servi à rembourser les autres usuriers.

— Il vit toujours à Issoire ?

— Oui. Dans une masure du quartier du faubourg. Il travaille comme manutentionnaire à la SCAL[1]. Je ne sais pas si c'est lui qui a tué Tournayre, mais il en avait les raisons lui aussi.

Joseph quitta Hughes, pensif. Java sur ses talons, il se dirigea vers la maison de ses parents en essayant de

---

[1] La Société Centrale des Alliages Légers s'installe à Issoire en 1937.

construire le scénario qui aurait amené quelqu'un du village à tuer Tournayre.

Avant d'aller interroger Taravent, Joseph décida d'aller marcher un peu dans les chemins qu'il parcourait avec sa sœur lorsqu'ils jouaient aux indiens, ou partaient chasser l'escargot. Plus tard, il y faisait de longues marches avec ses chiens. Il prit la direction de la mairie, à l'entrée du village, et, Java en tête, s'engagea dans ce que l'on appelait « le chemin de la Croix » parce qu'il arrivait à un calvaire en pierre de Volvic. À quelques dizaines de mètres de là, les vignes exploitées par son père. Il alluma une cigarette et réfléchit aux informations que lui avaient apportées ses amis. Le nombre d'assassins potentiels augmentait à chaque témoignage et le tri serait difficile à faire. Il aurait à vérifier tous les alibis.

Alors qu'il arrivait à la croix, il entendit un halètement derrière lui et Java échappa un jappement joyeux. Tango arrivait ventre à terre, et ne les avait pas remarqués. Joseph s'accroupit et l'appela. Il avait été surpris de ne pas voir Tango à son arrivée au village, les deux chiens étant inséparables Pour l'instant, Tango s'approcha de mauvaise grâce, les oreilles baissées, signifiant à son maître qu'il avait autre chose à faire.

— Qu'est-ce qu'il t'arrive, mon vieux ?

Tango lui lécha le visage, espérant être débarrassé. Joseph sentit quelque chose attaché au collier. C'était un petit tube de fer blanc, fermé à une extrémité par un bouchon. Joseph le dévissa et sortit un rouleau de papier, écrit à la machine. Tango grogna. Il n'aimait pas perdre son temps quand il était en mission.

FROM : John Doe

TO : JONAS

D.328. New moon. Boissac. 10 people to Helvetia.

Joseph remit le rouleau dans le tube, le vissa et lâcha le chien qui fila sans se retourner. Java regarda son maître et décida de rester avec lui. Les affaires de son frère n'étaient pas les siennes Le message semblait clair : Jonas attendait la nouvelle lune pour conduire dix personnes dans la combe de Boissac à destination de la Suisse. Transporté par Tango qui n'obéissait qu'à son père et à lui, ce billet avait donc été rédigé ou au moins expédié par Blaise Dumont. En d'autres termes, son père était-il membre du réseau qui faisait cauchemarder Brouyard ? Si c'était le cas, il se livrait à une activité antinationale punie par la loi que Joseph était censé faire respecter. Mais non ! Son père vivait dans un monde peuplé de bulles, de levures, de ferments, et s'il s'intéressait à la politique, c'était pour suivre la législation sur la production viticole et la lutte contre le phylloxéra. Joseph s'était même demandé s'il avait pris conscience de la guerre.

Pourtant, les faits étaient là. La Garde et Boissac étaient deux grosses fermes à l'écart des routes et chemins fréquentés. De Boissac, il était facile de prendre un véhicule et, en roulant de nuit, de rejoindre la frontière suisse en quelques jours.

Blaise Dumont n'était pas le meilleur des pères, mais Joseph ne pouvait imaginer le livrer à la police aux questions juives. Il apparaissait donc nécessaire de brouiller les pistes pour que la section de Clermont de la PQJ ne puisse pas retrouver Jonas. Joseph n'avait plus envie de se promener, ni d'aller interroger Taravent tout de suite. Il retourna à sa voiture, quitta La Garde sans croiser quiconque.

5

Le cabinet Churchill sera-t-il remanié ?
Vers un New-Deal britannique.

La Montagne, 11 octobre 1941.

En passant devant la vitrine de Jourde, Joseph constata que la photo qui représentait l'église Notre-Dame-du-Port était collée à l'envers. La boîte aux lettres morte était pleine. Nestor avait terminé son rapport, l'avait fait transporter jusqu'à Clermont, où le coursier en avait informé Jourde.

Sans presser le pas, celui-ci tourna dans la rue Barnier, puis grimpa le raidillon qui menait à la rue de l'Abbé-Lacoste. Il resta quelques minutes dans une encoignure de porte, à l'affût d'un bruit de pas, puis, rassuré, se dirigea vers l'église. Joseph entra par le portail sud. Les fidèles avaient déserté le lieu de culte. Par réflexe, Joseph fit le signe de croix, bien qu'il ne soit pas allé à la messe depuis des années. Il longea la travée jusqu'au chevet. Dans l'une des chapelles rayonnantes, le tronc consacré à Saint-Phonique (Joseph se demanda combien de temps ce stratagème allait perdurer…) s'ouvrait en poussant un petit levier situé sur le fond. La porte s'ouvrit sans bruit. Joseph récupéra l'enveloppe qui se trouvait à l'intérieur, la glissa dans la poche intérieure de son veston, referma la porte, et continua son parcours le long du déambulatoire.

Il prit la direction de son appartement en veillant à ne pas paraître trop pressé. Il était impatient de lire les conclusions de Nestor.

L'appartement était froid, mais il y flottait encore le parfum d'Albertine. Joseph fit chauffer de l'eau, qu'il versa sur du vieux marc, s'emmitoufla dans une couverture et ouvrit l'enveloppe.

« Institut criminalistique de Malemont

« Rapport n° 41-4 du 11 octobre 1941 relatif au décès du sieur Tournayre.

« Prélèvements effectués par l'inspecteur Dumont.

« Analyses : moi

« Adresse du prélèvement :

Pharmacie Tournayre Avenue Charras.

« Matériel prélevé :

« Sous les ongles

« Sous les semelles

« Empreintes palmaires

« Photographies

« Carnet de compte (d'apothicaire)

« … Et de rendez-vous

« Tiges et aiguilles

« Boulette de papier

« 1. La terre prélevée sur les semelles révèle des traces d'humidité à laquelle se sont agglomérés quelques fragments de coniophore des caves, un champignon connu pour s'attaquer au bois, j'ai trouvé d'ailleurs de minuscules fragments de chêne qui s'étaient sans doute coincés entre la semelle et le cuir.

« 2. La terre prélevée sous les ongles fait apparaître quelques traces de KNO3, appelé communément salpêtre que l'on trouve, comme tu sais, dans les caves. Les traces sur les semelles révèlent que ton bonhomme a été trainé sur une courte distance. La tache au bas du pantalon est constituée d'une forte proportion d'alcanes, autrement dit de graisse mécanique.

« 3. Les empreintes sont assez nettes (et parfaitement relevées !), mais ne figurent pas dans mon fichier. Celles de la porte d'entrée n'appartiennent pas à l'occupant habituel de l'officine. Dans l'état actuel des connaissances, impossible de dire s'il s'agit d'empreintes masculines ou féminines.

« 4. Les empreintes sur les instruments « chirurgicaux » (surtout le scalpel au manche en ivoire) ne sont pas au fichier, MAIS SONT CELLES DE MME TOURNAYRE. Tu as bien fait de les relever.

« 5. La blessure a été provoquée par la rencontre brutale d'une balle à haute vélocité avec une chair humaine par définition perméable aux intrusions. Ton gars n'avait aucune chance. Ce sont des projectiles qui font des dégâts internes considérables et ressortent comme ils étaient venus. Dommage qu'on ne l'ait pas récupérée, mais je dirais qu'il s'agit d'un orifice d'entrée de 8 mm.

« 6. Le rébus correspond sans doute à une plaque d'identification de matériel agricole. On peut supposer que la dernière ligne signifie « Puy-de-Dôme ». Quand tu auras les deux premières, tu connaîtras le nom de l'assassin !

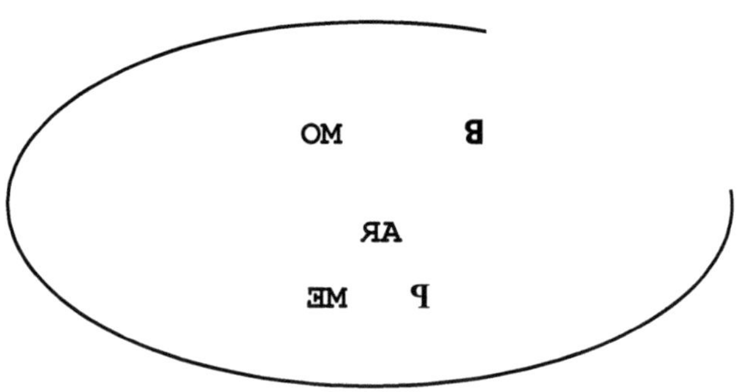

« 7. Fibres de chanvre analysées sur le dos du veston, comme s'il s'était couché dans un lit tout habillé.

« 8. La boulette de papier a été arrachée d'un agenda Lactéol de l'année dernière. L'écriture est féminine sans hésitation. Il contenait une liste de noms dont la plupart sont illisibles. Le recto rassemble quelques lignes de comptes de dépenses ordinaires : timbres, téléphone, lessive, ruban de couture… Au verso J'ai réussi à isoler un nom sans l'adresse. Il s'agit de Junier, ou Jutier.

« A toi de jouer !

« Fin du rapport.

« *Post scriptum* : Amène-nous Sebastian quand tu veux. Il rajeunira l'effectif ! »

Joseph reposa le rapport. Il confirmait que Tournayre avait été abattu ailleurs que dans sa pharmacie, déplacé et traîné dans un environnement humide qui ressemblait fort à une cave. Tournayre avait été vu à La Garde la veille de sa mort, village vigneron, où la totalité des habitants en possédait une. C'était un antisémite notoire, mais personne n'avait fait mention de cet état d'esprit quand il avait rencontré les habitants du village. Ce n'était donc pas pour cela qu'il avait été tué. Mais d'ailleurs, se demanda Joseph, pourquoi tuerait-on un antisémite ?

Les informations de la page d'agenda étaient importantes elles aussi. Le nom était une piste qu'il fallait suivre tant qu'elle était chaude.

Joseph monta jusqu'à la Poste Saint-Éloi et consulta l'annuaire. Il trouva un garage Junier rue de Strasbourg, à quelques centaines de mètres de la pharmacie. Le garagiste qui répondit au téléphone n'avait pas de fille, mais raconta à Joseph que son frère, qui habitait à deux pas, rue Pierre-le-Vénérable, était en deuil de la sienne.

Joseph sonna à la porte de M. & Mme Junier Alfred. Un jeune homme à l'air triste lui ouvrit. Joseph montra sa carte.

— Vous avez arrêté cette salope ?

— André ! Je t'interdis de parler comme ça ! Qu'est-ce que c'est ?

— La police, papa.

Joseph avança d'un pas, et le jeune garçon s'effaça pour le laisser entrer. Un homme corpulent prenait toute la largeur du couloir.

— Vous cherchez quelqu'un ? ou quelque chose ?

Joseph se présenta et expliqua qu'il avait été informé par le frère garagiste de la mort de sa fille.

— Avez-vous eu, ou quelqu'un de votre famille, des relations avec Gaston Tournayre, ou avec sa femme ? demanda-t-il.

Les yeux du père Junier se remplirent de larmes, et il s'appuya au mur.

— Une meurtrière, Monsieur, voilà ce qu'elle est.

Décidément, le ménage faisait l'unanimité, se dit Joseph.

— Pouvons-nous entrer ? Ce sera plus confortable, proposa-t-il.

— Bien sûr. Entrez inspecteur.

Il conduisit Joseph dans un salon modeste, mais meublé avec soin. Sur un guéridon, la photo d'une jolie jeune fille était barrée d'un crêpe noir. Alfred Junier avait suivi le regard de Joseph.

— Ma fille Eliane. Nous l'avons enterrée ce matin.

Joseph présenta ses condoléances. Deux victimes en deux jours, dont une, aux dires de la famille, assassinée, c'était beaucoup.

— Votre fils et vous avez accusé Madame Tournayre. Si elle a tué votre fille, vous n'avez pas porté plainte ? Pourquoi ?

Junier se tassa sur un fauteuil et raconta comment, depuis la mort de son épouse, la vie était devenue difficile pour un homme seul avec deux enfants. Eliane avait vingt ans, elle aimait la vie, et s'était amourachée d'un type de cinq ans son aîné qui lui promettait monts et merveilles. Il était sans doute sincère, mais n'avait pu attendre le mariage pour... enfin vous voyez ce que je veux dire. Eliane savait peu des choses de la vie et s'était retrouvée enceinte. Elle savait que son père n'appréciait pas la situation et lui avait caché son état. Alors, elle a fait ce que font la plupart des jeunes filles… Elle est allée voir cette ordure qui l'a massacrée. Elle ne m'a rien dit, mais je voyais qu'elle était très fatiguée depuis quelques jours.

Le jeune garçon s'était approché de son père. Il avait une quinzaine d'années, mais on sentait qu'il se serait bien mis sur ses genoux. Il retenait des sanglots. De temps en temps, une larme coulait sur sa joue. Il leva la main comme à l'école. Joseph l'interrogea du regard.

— Vous étiez au courant de ce qu'avait fait votre sœur ?

— Oh non, M'sieur ! Mais elle me disait qu'elle perdait du sang, parce qu'elle s'était blessée, mais qu'il fallait pas le dire à Papa, que ça allait passer.

— Quand j'ai compris que c'était grave, poursuivit le père, j'ai fait appeler une voisine, qui est sage-femme. Elle a examiné la pauvrette, m'a conduit dans la cuisine, et m'a fait comprendre que…

Il cacha sa tête dans ses grosses mains.

— Vous êtes certains que c'est l'œuvre de Madame Tournayre ?

— Eliane me l'a dit. Je la pressais de questions. Je voulais la dénoncer, mais elle voulait que je reste près d'elle jusqu'à la fin. Ce qu'elle a fait est interdit, non ? Vous allez l'arrêter et la jeter en prison ? On devrait couper la tête à ces gens-là !

Joseph ne lui dit pas qu'une loi allait être signée par Pétain, mais il expliqua que Tournayre avait été trouvé mort dans sa pharmacie. La stupeur figea le visage de ses interlocuteurs.

— Lui ? Mais pourquoi ? Ce n'est pas lui qui…

— Que faisiez-vous il y a deux jours ? l'interrompit Joseph.

— Il y a deux jours, voyons… Je suis conducteur de tramway. J'ai fait mon service et je suis resté au chevet de ma fille.

— Quelqu'un peut le confirmer ?

— Pourquoi ? Qu'est-ce que ça peut ?...

— On a retrouvé le corps de Gaston Tournayre dans sa pharmacie hier matin. Vous m'avez dit que vous auriez cassé la gueule à celui qui a fait mourir votre fille, ce que je comprends, mais puisque vous n'auriez pas levé la main sur une femme, vous auriez pu vous en prendre à son mari.

— Comment ? Vous croyez que ?... Jamais je n'aurais...

Joseph regarda le jeune André.

— Et toi, tu étais où ?

— A l'école, M'sieur, répondit le garçon, effrayé.

Joseph devait poser la question mais Junier père et fils ne ressemblaient pas à des assassins, même s'ils avaient un puissant mobile. Il les laissa à leur chagrin.

Le commissariat était à deux pas. La pluie commençait à tomber. Joseph demanda l'assistance de quelqu'un pour une arrestation. Devèze, qui s'ennuyait ferme à ranger ses fiches proposa de l'accompagner.

— Quel travail ! se plaignit-il pendant qu'ils remontaient l'avenue Charras. Je ne pensais pas que ce recensement serait aussi long. Et encore, on n'a pas commencé l'inventaire de leurs biens.

— Et quand ce recensement sera terminé, tu feras quoi ?

— J'aimerais bien le savoir ! Il faudrait pouvoir confisquer leurs biens, mais comme nous n'avons pas le statut d'OPJ[1], ce sera difficile. Et si les flics ne respectent pas la loi... Où va-t-on ?

Curieux homme que ce Devèze, pensait Joseph. Parce que la loi l'y autorisait, il n'hésitait pas à recenser,

---

[1] Officier de Police judiciaire.

ficher, surveiller, poursuivre des hommes et des femmes qui n'avaient commis d'autre crime que celui de pratiquer une religion désormais interdite. Joseph n'était pas un défenseur des religions, et ne pratiquait plus depuis longtemps. Mais il n'imaginait pas transformer son métier de flic en celui de gestapiste.

Ils arrivèrent dans la petite cour sous une pluie battante. Joseph frappa à la porte

— J'espère qu'elle va pas tarder, grommela Devèze. Je suis trempé jusqu'aux os !

Son vœu fut exaucé. Nadine Tournayre ouvrit la porte et montra sa surprise quand elle reconnut Joseph.

— Inspecteur ? Vous avez arrêté l'assassin de mon mari ?

— Pas encore, Madame. Joseph s'avança, suivi de Devèze qui ferma la porte derrière lui.

— Mais, que se passe-t-il ?

Joseph ôta son chapeau qui ruisselait.

— Madame Tournayre, aux termes de l'article 82 de la loi du 29 juillet 1939, vous êtes arrêtée pour vous être livrée régulièrement à des avortements, et notamment sur la personne d'Eliane Junier, décédée. L'avortement est puni de cinq à dix ans d'emprisonnement. Cette peine pourra être augmentée si le juge considère que la mort de cette jeune fille représente un homicide involontaire.

Pendant que Joseph parlait, Devèze avait sorti une paire de menottes de sa poche et les fermaient sur les poignets de Nadine Tournayre.

— Vous n'avez pas le droit. C'est mon mari qui…

— Non, madame, la coupa Joseph. Les empreintes digitales ont révélé que c'est vous qui utilisiez les instruments. Allons-y.

Devèze et Nadine Tournayre partirent devant. Joseph trouva des clés et verrouilla la porte.

6

La Commission de la Constitution du Conseil national s'est réunie hier.

La Montagne, 16 octobre 1941.

— Tu es beau. Je t'aime.

Valérie embrassa Jocelyn avec tendresse. Dans la pénombre, il avait un visage d'ange.

Ils s'étaient réveillés l'un contre l'autre, et avaient fait l'amour sans bruit, pour ne pas réveiller Colette, leur fille de 3 ans.

La main de Jocelyn descendait le long du corps de sa femme, et ils sentirent un profond désir les rapprocher à nouveau, lorsqu'une petite voix jaillit de la chambre voisine.

— Maman, j'ai fait pipi !

— J'arrive, mon cœur.

Valérie soupira, embrassa Jocelyn et sortit du lit, nue. Grelottante, elle fourragea sur le sol pour trouver sa chemise de nuit, qu'elle enfila en allant jusqu'à la chambre de Colette.

Jocelyn écoutait les bruits du petit matin. La conversation de sa femme et de sa fille. L'épicerie Dufour qui ouvrait. La porte de l'appartement de Madame Bergougnoux, cette vieille peau, qui ne manquait pas une occasion pour faire une réflexion désagréable. Elle était toujours la première devant l'épicerie pour faire la queue. Elle contestait sans relâche le poids de ce qu'on lui avait servi, demandait à Monsieur Dufour de peser une nouvelle fois, racontait qu'elle avait perdu son ticket de beurre mais qu'elle le porterait demain, vous me connaissez Monsieur Dufour, je suis une honnête femme, pas comme certains qui viennent on ne sait d'où… Même sans qu'il la croise dans l'escalier ou dans la rue, elle avait réussi à lui pourrir la vie. Il s'étira, considéra que malgré tout la vie valait la peine d'être vécue, quand on avait deux superbes et adorables femmes chez soi !

Dans la cuisine, il prépara un bol de lait chaud pour Colette, le mélangeant à un verre d'eau, pour faire un peu de volume. Pendant que le lait chauffait, il alluma la TSF, réglée sur la BBC, malgré l'interdiction d'écouter toute émission anglo-saxonne depuis l'automne précédent. Duke Ellington jouait *It was a Sad Night in Harlem*. Pas seulement à Harlem, pensait Jocelyn. Une longue nuit s'était abattue sur la France, et rien ne permettait d'espérer qu'une aube radieuse se lève bientôt sur le pays. Ils étaient pourtant de plus en plus nombreux à mettre en œuvre des moyens humains et matériels pour faire revenir la liberté. Deux jours après l'invasion de la

Russie, Jocelyn s'était rapproché de membres du Parti communiste dissous en 1939. Il ne se sentait pas particulièrement proche de l'idéologie stalinienne, mais ce témoignage de l'absence de parole d'Hitler l'avait révolté et avait été pour lui la preuve que la fringale nazie n'avait pas de limite.

Colette sortait de sa chambre en racontant à sa mère ce qu'elle allait cuisiner à Mathilde, sa poupée préférée. Valérie lui avait tricoté un petit gilet en réutilisant de la laine d'un vieux chandail. L'automne s'annonçait précoce et la ration de charbon était tombée à 6 kilos par jour et par foyer. La petite fille se jeta dans les bras de son père qui venait d'enfiler son manteau.

— Bonne journée, ma princesse ! dit Jocelyn en soufflant dans le cou de Colette. Je vais gonfler ce ballon et il va s'envoler jusqu'au ciel !

La petite s'étouffait de rire.

— Encore ! Encore !

Jocelyn embrassa encore les joues rebondies de sa fille et se releva. Valérie était près de lui.

— Au revoir jolie maman que j'aime. Passe une bonne journée.

Valérie sourit pour le rassurer. Exclue de l'Instruction publique du Maréchal à cause de l'appartenance de Jocelyn à la loge des Enfants de Gergovie, Valérie donnait des cours particuliers à des enfants de réfugiés qui n'étaient pas encore repartis dans leur ville d'origine.

La rue était déserte. Jocelyn regarda malgré tout à droite et à gauche, vérifiant qu'il n'était pas observé, ou suivi. Depuis quelques jours, il avait l'impression d'avoir quelqu'un derrière lui. Arrivé au siège de *La Montagne*, il accrocha son manteau à une patère.

Alexandre Varenne l'attendait à la porte de son bureau. La mine sombre, la barbe en bataille, le sourcil broussailleux, il semblait encore plus sévère que d'habitude.

— Suivez-moi, Jocelyn, intima-t-il, sans prendre la peine de dire bonjour. C'était grave.

Le journaliste emboîta le pas à son patron qui contourna son bureau et lui fit signe de s'asseoir. Un long soupir s'échappa de la bouche de Varenne.

— Vous vous souvenez de l'acte constitutionnel n°5 ?

La question de Varenne prit Jocelyn au dépourvu. Il préparait dans sa tête un tract pour dénoncer l'avance allemande en Russie, et n'était pas prêt à discuter de Constitution.

— Honnêtement, non. Il y est question de tribunal, je crois…

— Il instaure une « Cour suprême de justice dont l'organisation et la compétence seront réglées par une loi ». Loi promulguée dans la foulée. Je l'ai ressortie du *Journal Officiel*. Lisez.

Il tendit un fascicule à Jocelyn. L'article premier était encadré au crayon de papier. *« La Cour suprême de Justice est chargée de juger les anciens ministres ou leurs subordonnés immédiats, accusés d'avoir commis des crimes ou délits dans l'exercice ou à l'occasion de leurs fonctions, ou d'avoir trahi les devoirs de leur charge dans les actes qui ont concouru au passage de l'état de paix à l'état de guerre avant le 4 septembre 1939. »*

Jocelyn était atterré. Les événements de l'été 40 avaient été assez agités pour que cette loi passe inaperçue. Il leva les yeux vers Varenne.

— Je dispose d'une source proche du Garde des Sceaux qui m'a appelé ce matin. Cette cour de Justice de Riom va se mettre en branle pour juger les responsables de la défaite.

— On avait pourtant l'impression qu'ils étaient déjà condamnés par le conseil de Justice depuis l'été dernier.

— C'est pour cela qu'il a été créé. Barthélémy[1] et sa clique poussent Pétain à enterrer cette patate chaude et qu'on n'en parle plus. Mais c'est ce que d'autres membres du gouvernement ne veulent pas. Il serait trop facile d'annoncer un tribunal populaire et de l'empêcher de siéger.

— Il y aura donc procès…

— Oui. Et si vous me permettez l'expression que j'emprunte à un ami vellave, « j'y vois pas beau » : Le pays risque de se ridiculiser auprès de l'étranger. Vous imaginez Blum ou Daladier condamnés pour avoir

---

[1] Joseph Barthélémy, ministre de la Justice, succède à Raphaël Alibert depuis le 27 janvier 1941.

déclaré la guerre à l'Allemagne qui, c'est bien connu, ne rêve que d'amour entre les peuples !

L'ambiguïté de la collaboration apparaissait une nouvelle fois : le gouvernement se présentait comme souverain, mais devait composer avec les exigences de l'occupant qui disposait de tous les moyens pour accroître les difficultés de la vie quotidienne.

Varenne se leva, remonté comme une pendule.

— Mettez-vous au travail. On devrait avoir d'autres informations dans la journée. Préparez quelques notes sur les prisonniers, les magistrats, et si possible, sur d'éventuels témoins qui pourraient témoigner de la probité des accusés.

— La censure…

— Je me charge de ces pauvres types ! Quand bien même nous ne pourrions publier une couverture honnête du sujet, il faut que nous ayons des éléments pour plus tard.

Jocelyn travailla une partie de la journée à son dossier, oubliant sa faim. Il avait joint par téléphone Samuel Spanien, l'avocat de Léon Blum qui s'était fait un plaisir de résumer sa ligne de défense.

— Cet acte d'accusation ne tient pas debout. Par le simple fait que les « actes constitutionnels » de juillet dernier sont inconstitutionnels, justement ! La loi du 24 juillet 1875 décrète que les ministres ne peuvent être jugés que par le Sénat, constitué en cour de justice. Mais comme le Sénat ne siège plus pour la bonne raison qu'il a été dissous…

Jocelyn ne ratait pas une miette du discours de l'avocat. Il prenait des notes avec frénésie, le combiné coincé sous le menton. Il venait à peine de le reposer que la voix de stentor de Varenne le fit bondir de sa chaise.

— Cluzel !! On vient de m'annoncer que le Maréchal va prononcer une allocution. Installez-vous à côté de la TSF et ne ratez pas une miette !

Jocelyn se rendit dans la salle de réunion, où un superbe meuble radiophonique permettait de recevoir toutes les stations du monde.

Il tourna le bouton en bakélite et entendit les ampoules grésiller pendant qu'elles commençaient à chauffer.

— … diffusion nationale, récitait le speaker. Le Maréchal Pétain vous parle depuis Vichy.

Varenne et plusieurs journalistes étaient entrés dans la pièce et écoutaient, appuyés aux murs. La voix sentencieuse du chef de l'Etat s'éleva dans la pièce.

« Français, le Conseil de Justice politique m'a remis ses conclusions. Ces conclusions sont claires, complètes, parfaitement motivées. »

— Encore heureux, chuchota quelqu'un.

« Le Conseil de justice a estimé que la détention dans une enceinte fortifiée devait être appliquée à MM. Edouard Daladier et Léon Blum, ainsi qu'au général Gamelin. »

— Emprisonnés avant d'être jugés, remarqua Jean Rochon. C'est pratique.

Varenne lui jeta un regard noir.

Pétain continuait la lecture de son discours d'un timbre monocorde. Lorsqu'il annonça la détention de Paul Raynaud et Georges Mandel dans une enceinte fortifiée, le tumulte fut immédiat.

« La sentence qui conclura le procès de Riom doit être rendue en pleine lumière, poursuivait Pétain. Elle frappera les personnes, mais aussi les méthodes, les mœurs, le régime. »

— Incroyable, murmura Varenne d'une voix tremblante. Il annonce déjà le verdict. J'espérais qu'il aurait eu le bon sens de suivre les quelques conseils que je lui prodiguai jadis dans mes lettres, mais c'était peine perdue. Ses affidés ont fini de le couper de la réalité.

Il quitta la pièce et s'enferma dans son bureau pendant que Pétain terminait son discours.

« Gardez-moi votre confiance. Conservez la foi intacte dans les destinées du pays. »

Une épaisse fumée emplissait le bureau. Certains enchainaient cigarette sur cigarette.

— Il n'est pas à une contradiction près, le Maréchal ! s'exclama un journaliste. Il veut qu'on lui garde la confiance, alors qu'il renverse toutes les pratiques de la Justice. Si on veut conserver la foi, c'est simple, il suffit de ne pas l'écouter !

Il parlait sans retenue, sachant que les hommes rassemblés dans ce bureau partageaient ses opinions. *La Montagne* était un lieu où s'échangeaient des idées, des informations, des renseignements. Malgré une surveillance assidue de la part de la censure, Alexandre

Varenne marquait son indépendance vis-à-vis du pouvoir, réussissait à faire passer des messages à travers les lignes de son journal et n'hésitait pas à donner des nouvelles du monde anglo-saxon.

Chacun était retourné à ses occupations lorsque le standard avertit que le bureau d'information de Vichy envoyait le titre du lendemain. Maurice Felut, le rédacteur en chef, prit la communication et commença à insulter le responsable qui était en ligne

— Vous n'êtes pas sérieux ! Vous voulez que je mette un titre pareil en Une ? Et pourquoi pas annoncer qu'ils seront roués en place publique ? Comment, que je me calme ? Parce que Monsieur le préfet nous a mis sur table d'écoute ? Eh bien j'emmerde Monsieur le préfet !

Il raccrocha pour reprendre le téléphone tout de suite après.

— La compo ? Voici le titre de demain : « Le châtiment des responsables ». Et en dessous : « M. Edouard Daladier, le général Gamelin, MM. Léon Blum, Paul Reynaud et Georges Mandel sont condamnés à la détention dans une enceinte fortifiée ». Encore en dessous : « MM. Guy La Chambre et le Contrôleur général Jacomet restent internés à Bourrassol. » Je verrais bien la première information en majuscules, style moderne. Séparée de la seconde par un filet. L'annonce des accusés en corps classiques, majuscules pour les noms de famille et une graisse assez épaisse. Il faut que l'on comprenne en lisant ce titres qu'ils sont condamnés AVANT d'avoir été jugés.

« Je vous rappelle dès que j'ai reçu la suite.

La nuit était tombée. Jocelyn avait préparé de longues notes sur les condamnés, tout en sachant qu'elles ne passeraient jamais la barrière de la censure. Il sortit de l'immeuble rue Morel-Ladeuil pour se rendre jusqu'aux ruelles de ce que l'on appelait le fond de Jaude. Il gravit la rue Charretière et entra dans une vieille maison lépreuse.

— Salut camarade, fit une voix avant de fermer la porte.

Dans la rue, Fernand Brouyard se frottait les mains de joie.

Les lettres de recommandation présentées au chef du personnel avaient fait merveille et le bureau d'Albertine – qui s'était présentée sous le nom d'Adeline Ravoux – attenant à celui de l'amiral Darlan, était parfait pour recueillir toutes les informations nécessaires. Elle avait commencé par mettre en ordre les différents documents qui attendaient depuis le départ précipité de sa « cousine », et dès le soir de son arrivée, s'était présentée au Vice-Président du Conseil. Très pressé, celui-ci s'était à peine rendu compte du changement, et lui avait dicté un premier courrier à destination des préfets. Puis il était parti, lui disant qu'elle ne le verrait qu'une heure par jour parce qu'un ministère ça marche tout seul quand les fonctionnaires font bien leur travail et qu'une tâche plus prenante le retenait souvent au ministère de la Marine.

En quelques jours, elle avait su se rendre indispensable, aidant le vice-président du Conseil et son ministre de l'Intérieur Pierre Pucheu à retrouver leurs documents – qu'elle avait elle-même mis de côté – et rédigeant des synthèses claires et aérées sur la plupart des sujets.

Grâce à la complicité d'une femme de chambre de l'hôtel du Parc dont les parents habitaient Vichy, Albertine trouva un logement rue Faidherbe. Quelle ne fut pas la surprise – partagée – d'Albertine et de Maxime lorsque Madame Minet ouvrit la porte pour la première fois à sa locataire. D'un regard éloquent, Albertine montra à Maxime qu'ils ne devaient pas se connaître. D'ailleurs, considérant que la présence d'une femme – venant de Londres ou pas – constituait une intrusion insupportable dans sa vie privée, Maxime prit le chemin de sa chambre et s'y enferma jusqu'à l'heure du repas.

En revanche, Albertine avait créé une étroite complicité avec les parents en quelques jours. Ravis de cette compagnie, ils se disputaient la disponibilité d'Albertine quand celle-ci rentrait du travail. Tandis que Madame Minet – « Appelez-moi Huguette, ma petite » – se mettait en cuisine (« vous partagerez bien notre frugal repas ce soir ? »), Albertine tenait compagnie à son époux (« Félix pour les intimes »), privé de l'usage de ses jambes par la maladie de Guillain-Barré, et ils discutaient de la situation politique et économique. Le vieil homme semblait avoir lu tous les journaux et écouté toutes les informations (« J'écoute Radio Londres quand la vieille est couchée ! »)

— Darlan est un âne, répétait-il. Depuis qu'il est arrivé au gouvernement, il se couche devant les Boches, en espérant qu'ils vont lui donner une plus grande part de gâteau. Il déteste tellement les Anglais depuis Mers-El-Kébir qu'il fait envoyer la position de leurs navires aux Allemands. Mais ces salauds de Teutons ne veulent qu'une chose, c'est nous faire crever. À force, les Américains vont mal prendre son double jeu et à leur tour, ils nous enverront des bombes.

— Le général ne le permettrait pas, défendait Albertine.

— De Gaulle ! Mais qu'est-ce qu'il peut ? Roosevelt s'en méfie comme de la peste, et Churchill en a assez de financer sa troupe de scouts. Non ma petite Adeline, je n'en vois qu'un pour l'instant capable de s'opposer aux Boches, c'est Weygand.

— Weygand ? Il est délégué général en Afrique française !

— Justement ! rétorqua Félix. Il a les coudées assez franches pour que la Révolution nationale permette à la France de prendre sa revanche. Pourquoi pensez-vous qu'il refuse tout accord militaire avec l'Allemagne ? Il n'est pas comme cette couille molle de Darlan qui donnerait sa chemise à Hitler pour recevoir trente grammes de viande !

Le langage de Félix était imagé, et ses comparaisons audacieuses, mais il avait une analyse acérée de la situation.

— Vous n'aimez pas beaucoup les hommes de notre gouvernement, dit Albertine pour relancer la conversation.

— Un ministre de l'Intérieur qui choisit des prisonniers politiques pour les faire exécuter en représailles d'attentats, vous trouvez que c'est quelqu'un de respectable ?

— Peut-être n'avait-il pas le choix, répondit la jeune femme, se faisant l'avocat du diable. Si Catelas[1] n'avait pas été exécuté comme le demandaient les Allemands, ils auraient peut-être exécuté des innocents…

—Et alors ? s'emporta Minet. Que des Boches assassinent des Français, c'est leur sale boulot ! Ils l'assument ! Mais qu'un ministre Français fasse guillotiner d'autres Français parce qu'ils sont communistes, c'est une honte ! Et que le Maréchal promulgue une loi qui permet de juger des faits antérieurs au délit, c'est indigne de notre pays[2] ! Diderot doit se retourner dans sa tombe !

---

[1] Jean Catelas, député communiste de la Somme, est guillotiné le 24 septembre, comme un condamné de droit commun.

[2] Publiée le 23 août 1941 – donc après l'assassinat de l'aspirant Moser – la loi « réprimant l'activité communiste ou anarchiste » punit de mort les auteurs d'attentats « antinationaux. » Mais, datée du 14 août, elle conserve l'apparence de l'antériorité.

Madame Minet sortait de la cuisine, enveloppée d'un parfum délicieux.

— Si ces messieurs-dames voulaient bien cesser leurs conversations politiques que j'entends de ma cuisine, je les invite à passer à table. Maxiiime, appela-t-elle du bas de l'escalier, le dîner est servi.

Maxime fit savoir qu'il dinerait dans sa chambre et qu'il souhaitait qu'on le laisse tranquille.

— Quelle tête de mule, grogna Félix. Tant pis pour lui, il ne profitera pas de tes miracles culinaires, dit-il à Huguette. Aidez-moi à me sortir de ce trou, ma petite Adeline, poursuivit-il en tendant le bras.

Après le repas, où l'on évoqua beaucoup de sujets, sauf celui de la politique, interdit par Madame Minet (« toi et tes oukases », se lamenta Félix), Albertine regagna sa chambre.

Les dernières braises rougissaient dans le poêle, et la température était supportable. Albertine jeta un regard rapide sur le dessus de l'armoire, où elle avait rangé le poste émetteur. De l'autre côté de la cloison, par le trou qu'il avait percé à côté d'un tableau, Maxime ne perdait pas un de ses gestes. Quand elle commença à se déshabiller, il replaça sans bruit le tableau.

Extrait du journal de Guy Lombard

Février 1915

Pour la première fois depuis deux cents jours, le régiment part en permission.

J'arrive le soir à Courville. L'école n'est pas très loin de la gare, et j'arrive alors que le jour qui rallonge en février commence à décliner. J'ouvre doucement la grille de l'école. La classe de Solange est encore allumée. Je m'approche doucement. Elle est assise sur son bureau, jupe relevée et jambes écartées pour laisser Robert la prendre avec force. Elle s'accroche à lui, la bouche ouverte, souriante.

Ils ne m'ont pas entendu ouvrir la porte de la classe. J'agrippe Robert par le cou et le renverse à terre. Le premier coup lui casse la mâchoire. Pour lui faire passer l'envie d'utiliser son braquemard, je l'écrase. Solange me regarde effrayée, elle ouvre la bouche pour se justifier. La gifle la renverse du bureau et sa tête va cogner contre le poêle.

Je sors de la classe. Reprends mon paquetage et retourne à la gare. Je prendrai le prochain train pour Paris. Fleury m'a laissé une adresse dans la capitale. Rue des Récollets, à côté de la gare de l'Est. C'est un bordel, où je le retrouve en compagnie de deux filles.

« Déjà revenu ? Tu t'embêtais de ton copain ! Viens profiter de la vie ! »

7

M. Edouard Daladier, le général Gamelin, MM. Léon Blum, Paul Raynaud et Georges Mandel, sont condamnés à la détention dans une enceinte fortifiée.

La Montagne, 17 octobre 1941.

Joseph arriva à La Garde en fin d'après-midi et se gara devant ce qu'il appelait avec Irène « l'hôtel de ville » qui rassemblait mairie et école.

Il était persuadé que la solution de l'énigme résidait à La Garde, mais, s'il n'arrivait pas à croire que son père puisse être à la tête – ou en tous cas membre actif –d'un réseau de passeurs, tous les indices menaient à lui. Et Tournayre étant un virulent pourfendeur de Juifs et de leurs pseudo-complots, son père aurait pu être amené à éliminer cet activiste gênant. Il passait devant la mairie lorsqu'une belle voix de baryton l'interpella.

— Joseph, mon grand ! Comment vas-tu ?

Joseph leva la tête. Richard Madeline, instituteur de son état s'avançait vers lui, les bras grands ouverts. Il avait « fait l'école » à des générations d'enfants de La Garde. En poste depuis plus de trente ans, il avait réussi à imposer la République dans un village où le curé tenait une place importante dans la hiérarchie sociale. Bonhomme d'apparence, mais ferme dans ses convictions, il était de ces « hussards noirs » qui avait consacré sa vie à éveiller l'esprit d'enfants dont l'univers s'arrêtait au finage de la paroisse. Joseph l'avait toujours connu et il le croisait souvent dans les chemins qu'il parcourait avec ses chiens, accompagné de Madame Madeline, « maîtresse des filles. »

Joseph salua le vieil homme avec respect. C'était grâce à lui qu'il avait eu envie d'apprendre.

— Tu es venu pour cette triste histoire de Tournayre ? Tout le monde ne parle que de cela ! Je crois que c'est la première fois qu'un meurtre est commis dans le village depuis que j'y suis. As-tu des « indices » comme on dit dans la police ? Viens prendre un café, un vrai ! J'ai réussi à en obtenir quelques grammes. Josette sera contente de te voir.

C'était la première fois que Joseph entendait le prénom de Madame Madeline.

— Je n'en suis qu'au début, mais la liste de suspects s'allonge de minute en minute !

— J'espère que je n'en fais pas partie !

Joseph doutait que son vieil instituteur soit un assassin en puissance, mais il se tut, ne voulant donner aucune information.

D'un geste accueillant, l'instituteur invita Joseph à monter. Des parfums d'enfance l'assaillirent, mélange de papier, d'encre, de poêle à charbon. Ils montèrent les escaliers jusqu'à l'appartement des maîtres. Joseph eut un moment d'hésitation.

— Je ne suis jamais entré chez vous, avoua Joseph, ému. Mais je ne voudrais pas vous priver de café…

— Tatata ! l'interrompit l'instituteur. Si tu n'es jamais venu nous voir en quelques trente ans, je peux bien t'offrir une tasse de café !

Il raviva la cuisinière à charbon, qui dégageait une douce chaleur. Un moulin à café était posé sur une table attenante. Madeline s'en empara et y déposa une cuillère de café qu'il tira d'un sachet en papier. Il donna quatre tours de moulin, et vérifia que la mouture correspondait à ses attentes. Il sortit d'un placard deux globes de verre superposés. Il les sépara, versa de l'eau dans le premier puis quelques mesures de café dans le second. Il vissa les deux globes l'un sur l'autre et posa l'assemblage sur la cuisinière devant l'œil étonné de Joseph.

— Lorsque l'eau chauffe dans la partie inférieure, elle s'évapore, comme tu sais, et la pression ainsi créée pousse l'eau jusqu'à la partie supérieure, ce qui permet au café d'infuser.

Les deux hommes regardaient, fascinés, la démonstration en train de se produire.

— Maintenant que toute l'eau est arrivée dans la partie supérieure, poursuivit Madeline, nous allons attendre sagement que le café infusé redescende sous l'effet conjugué de la gravité et de…

— Écoutez donc ce vieux savant Cosinus, toujours prêt à donner une leçon !

Madame Madeline entrait dans la cuisine en nouant une robe de chambre en pilou qui avait connu des jours meilleurs. Cette accorte femme, toujours souriante, avait donné le goût de la couture à Irène lors de la préparation de costumes pour le carnaval ou la fête de fin d'année. Elle s'approcha de Joseph qui s'était levé et l'embrassa sur les deux joues.

— Comment vas-tu mon garçon ? Excuse ma tenue, mais j'aime bien me mettre à l'aise après la classe. Ne le laisse pas t'embêter ! Il ne cessera jamais de vouloir enseigner et d'expliquer pourquoi la Terre est ronde, pourquoi les arbres poussent à la verticale ou pourquoi les étoiles ne changent pas de place dans le ciel ! Joseph n'est pas là pour recevoir des leçons, dit-elle en se tournant vers son mari.

— *Scio me nihil scire* : « je sais que je ne sais rien », aurait dit le grand Socrate, ma chère ! Et que je dois apprendre jusqu'à mon dernier souffle. Joseph faisait partie de mes élèves les plus curieux et les plus intéressés. N'est-ce pas ?

Joseph ne s'attendait pas à un débat sur les vertus de la pédagogie pendant son enquête, mais il appréciait ce moment inattendu, qui l'éloignait d'un quotidien très sombre. Il aurait aimé se pencher plus souvent sur le fonctionnement des cafetières.

Madame Madeline avait sorti du garde-manger un gâteau de sa composition et le posait devant Joseph sur une assiette.

— Qu'en penses-tu, mon biquet ? Notre élève mérite bien une petite pâtisserie !

Joseph se retint de pas prendre un fou rire inextinguible. Jamais il n'aurait imaginé que son maître pouvait être appelé « mon biquet ! » Le biquet en question observait le passage du liquide à travers les globes de la cafetière et n'avait pas entendu la question de sa femme. Elle se tourna vers Joseph.

— On l'a perdu… Une vraie tête en l'air. Sais-tu qu'un jour il a traversé le village avec son cartable parce qu'il pensait au cours de botanique qu'il voulait donner près du lavoir !

Elle regardait son mari avec une tendresse immense.

— Mais dis-moi, tu n'es pas venu pour entendre un vieux couple se chamailler.

Joseph raconta le motif de sa visite : la maladie de Sebastian, l'état d'extrême fatigue dans lequel se trouvait sa sœur, et le meurtre de Tournayre.

— Ma chère Irène, soupirait Madame Madeline. Elle était une de mes plus brillantes élèves ! Je lui disais toujours qu'elle avait des doigts de fée…

— Elle travaille toujours aussi bien, l'assura Joseph. Même si les commandes se sont raréfiées depuis quelques temps…

— Quel désastre, se désola Monsieur Madeline. Nos campagnes sont moins touchées que les villes, mais j'imagine combien il doit être difficile de trouver à manger…

— Tu emporteras le reste de gâteau pour ton neveu. Pauvre trésor ! l'interrompit sa femme.

— Tout cela ne serait pas arrivé si on n'avait pas laissé la bride sur le cou aux Juifs qui n'ont cessé de s'enrichir depuis l'affaire Dreyfus, lança Madeline d'un ton docte.

— Mon ami, nous en avons déjà parlé…

— Et maintenant que le pays est au bord du gouffre, les rats quittent le navire ! Que fait la police, Joseph ? Que fait-elle pour les empêcher de s'enfuir ? J'en ai discuté avec ce pauvre Tournayre le soir de sa mort, et…

— Savez-vous d'où il venait ? l'interrompit Joseph surpris des idées antisémites de son instituteur.

— Non, mais il me semble qu'il allait chez tes parents, répondit Madeline, contrarié de l'interruption.

— Je vous ai coupé la parole. Poursuivez.

— Eh bien, il me racontait que de nombreux Juifs passaient en zone libre pour se soustraire aux contrôles allemands, profitaient du laxisme de la police de notre zone – tes collègues, Joseph ! Ils portent la responsabilité de cet exode ! – et tentaient de se fondre au milieu des vrais Français, munis de faux papiers.

Joseph expliqua qu'une Police aux Questions juives venait d'être créée et que son but était de surveiller la communauté juive de manière plus efficace. Il garda pour lui que cette politique éloignait la police de sa vraie mission et qu'un personnel plus nombreux aurait pu lutter contre le marché noir, plus néfaste à ses yeux que la présence des Juifs.

Joseph se levait pour partir et remercier Madame Madeline, « Josette. »

— Vas-tu chez tes parents ? demanda son mari. Je dois discuter avec ton père de champagnisation. Je peux t'accompagner ?

Joseph accepta avec soulagement. Il ne les avait pas vus depuis plusieurs mois et s'inquiétait des retrouvailles.

Située à quelques centaines de mètres du village, la maison était perchée sur une légère éminence qui la rendait visible à plusieurs kilomètres de distance, et lui permettait de profiter d'un panorama à 360°. Ancienne villa gallo-romaine construite sur un plan carré, on disait que la demeure avait été le refuge de Templiers en fuite.

L'atelier de Blaise Dumont occupait une vaste pièce qui communiquait avec un dédale de caves impressionnant grâce à la déclivité du terrain. Joseph et l'instituteur entrèrent sans bruit.

Le père de Joseph était penché sur un microscope. Il prenait des notes avec fébrilité et n'avait pas entendu ses visiteurs arriver.

Madeline toussota pour attirer son attention.

— Richard, constata Dumont.

— Je venais voir si tu avais du nouveau pour cette levure.

— On est bons ! je suis sûr qu'on est bons !

Lunettes sur le bout du nez, cheveux en bataille, veste de vigneron qui n'avait pas été au lavoir depuis des années, Blaise Dumont était dans son monde.

— Si on veut obtenir une fermentation homogène, il ne faut pas plus de 24 grammes par litre de fructose. En ajoutant de la levure *saccharomyces cerevisiae*, on arriverait ainsi à augmenter la durée de la fermentation et obtenir une effervescence soutenue.

— Bonjour, père.

— Ah. Tu es là, toi. Nous avons beaucoup de travail avec Richard, et je ne pense pas que cela t'intéresse. Rien de ce qui se passe dans cette maison ne t'intéresse d'ailleurs. (Il se tourna vers Madeline) : Viens voir ce que j'ai trouvé.

Joseph s'interposa.

— Je ne suis pas venu vous demander d'argent mais vous parler de Gaston Tournayre.

— Tu fréquentes ce genre d'individu, maintenant ?

—Je ne fréquentais pas, et ne le ferai jamais. Vous ne savez pas qu'il est mort ?

Blaise Dumont secoua la tête.

— S'il fallait que je m'intéresse à tous ceux qui meurent, mon travail n'avancerait guère ! En quoi cette nouvelle qui vaut que tu te déplaces peut-elle me concerner ?

Joseph sentait la moutarde lui monter au nez. Il fallait une volonté de fer pour envisager de défendre un type pareil. Joseph se raisonna en pensant que Brouyard était pire.

— Où étiez-vous dans la nuit du 4 au 5 octobre dernier ?

— C'est ce que l'on demande aux suspects, n'est-ce pas ? À ceux que l'on soupçonne de tremper dans des affaires crapuleuses ? Tu penses que je me livre à des assassinats à mes moments perdus ? Comme si je pouvais m'offrir le luxe d'avoir des moments perdus ! Viens Richard.

Il allait se tourner vers son microscope pour montrer à Joseph son désintérêt quand celui-ci l'empoigna par le bras et le força à se tourner vers lui.

— Où-étiez-vous-dans-la-nuit-du-4-au-5-octobre ? C'est la dernière fois que je vous le demande avant de vous emmener au commissariat pour un interrogatoire !

— J'étais à Lyon, Monsieur le fouille-merde ! Tu entends ? À Lyon ! À la foire où je présentais nos travaux ! Et j'ai des témoins, si c'est ce qu'il faut à l'inspecteur que tu es ! Ça te suffit ?

Joseph ne répondit même pas. Il tourna les talons pour dissimuler sa fureur. Mais avait au moins une réponse : son père était peut-être Jonas, mais il n'était pas l'assassin de Gaston Tournayre.

Tango et Java avaient suivi cet échange animé de leurs yeux inquiets. Ils manifestèrent une joie sans mélange quand Joseph quitta la pièce. Un chien de chaque côté, ils partirent vers l'intérieur de la maison.

Joseph ne pouvait s'en aller sans expliquer à sa mère que la santé de son petit-fils se dégradait à toute vitesse.

Femme active, elle occupait ses journées entre la gestion de l'exploitation familiale et l'entretien d'une roseraie dont elle partageait la passion avec des correspondantes du monde entier. Celle-ci occupait une vaste cour carrée, entourée de dépendances qui isolaient la maison du reste du monde. Le bureau d'Agnès Dumont donnait de plain-pied sur la cour. En été, de hautes portes-fenêtres laissaient entrer les parfums des roses. Ce jour-là, elles étaient fermées, un ciel gris obscurcissait la pièce réchauffée par un vaste cantou dans lequel on aurait pu faire cuire un cochon entier.

Au moment où Joseph entrait après avoir frappé à la porte, sa mère serrait la main du curé de la paroisse. Le père Bruno ressemblait à tout sauf à un prêtre. Un peu bedonnant, les yeux rieurs, il portait sur le monde un regard désabusé, sentant bien que toute son énergie ne suffirait pas à ramener ses ouailles dans le droit chemin.

— Mes hommages, chère Madame. Tout est en ordre, vous pouvez être tranquille. Ne me raccompagnez pas, je connais le chemin. Dieu vous bénisse !

— Je pense qu'il a des préoccupations plus importantes que ma pauvre personne, répondit-elle avec un sourire. Au revoir mon père.

Agnès Dumont se retourna vers son fils

— Tu as vu ton père... Et tu l'as contrarié.

Ce n'était pas une question. L'atelier était situé au-dessus du bureau d'Agnès dont il était séparé par un simple plancher.

— Je lui ai simplement demandé où il était la nuit du meurtre de Tournayre.

— Tu soupçonnes ton père de meurtre ? De quel droit ?

Joseph ne répondit pas. Il n'aurait jamais imaginé qu'une enquête l'amènerait à poser de telles questions à ses parents. Et que dans ce cas-là, il n'était pas leur fils, mais un officier de police judiciaire. Et qu'il avait plus de droit que lorsqu'il était enfant.

— Tournayre n'est pas mort dans sa pharmacie. J'ai tout lieu de croire qu'il a été tué ici, à La Garde.

— Par qui ? interrogea Agnès brutalement.

— Si je le savais… Je sais en tous cas que ce n'est pas mon père. Il vient de me dire qu'il était à la foire de Lyon.

— Tu aurais pu me le demander, je te l'aurais dit. Et j'aurais pu te dire aussi, mais tu le savais déjà, que ton père serait incapable de tuer quelqu'un. Sauf peut-être celui qui s'en prendrait à ses formules chimiques. Il est au-delà de la vengeance, ou de la passion assassine. Quand bien même il aurait été ici, il était incapable de tirer un coup de feu. Je pense même qu'il ne sait pas où sont les fusils.

Un silence pesant s'installa. Des années d'absence, d'éloignement, avaient fait de cette famille démembrée un monde de silence, dont les habitants étaient incapables de se retrouver.

— Je voulais vous dire aussi… Sebastian va mal.

Agnès se figea.

— Il a sans doute une pneumonie, et les médecins ne peuvent dire s'il sera assez solide pour résister à l'hiver. Irène se prive pour le nourrir, mais le rationnement ne lui permet pas…

— Si ma fille a jugé bon d'avoir un enfant dans les conditions que l'on connaît, je ne peux lui venir en aide. Elle devait fonder une famille honnête, dans les principes de la religion, avec un mari dont le métier pouvait subvenir à leurs besoins. Ce n'est pas ce qu'elle a choisi.

— C'est son fils que vous condamnez.

— J'ai du travail, coupa Agnès. Tu n'as rien d'autre à me dire ?

Joseph comprit qu'il était inutile de parlementer. Il sortit de la pièce, escorté de ses deux chiens.

Le jour tombait et Joseph n'avait plus le temps d'interroger les habitants du village propriétaires de caves où Tournayre aurait pu être abattu.

8

Il y a un an à Montoire, la France choisissait la voie de la collaboration.

La Montagne, 24 octobre 1941.

Personne n'osait prendre la parole de part et d'autre de la table rectangulaire du conseil des ministres. Pétain et Darlan se faisaient face sur le grand côté et les ministres étaient placés par le service du protocole en fonction de leur importance[1]. Même le Maréchal, les yeux rouges, était incapable de prononcer le premier mot.

Après un toussotement discret, Pierre Pucheu, ministre de l'Intérieur, demanda la parole à Pétain et se leva.

— Monsieur le Maréchal, messieurs les ministres, notre pays déjà affecté par les conditions que nous connaissons tous, doit faire face à une situation d'une gravité sans précédent. Comme vous le savez, les

---

[1] Le plan de la table du conseil des ministres est reproduit par Michèle Cointet, *Vichy Capitale*, p.161.

exigences de l'occupant face à l'assassinat de Nantes ont été disproportionnées[1]. Il exige que 100 otages soient exécutés à partir d'une liste de 200 noms. On m'a signalé que le Führer lui-même demande l'exécution immédiate de 150 personnes.

Un silence glacial pesait dans la salle de réunion du palais Sévigné. Assise derrière Darlan, Albertine Rossignol, alias Adeline Ravoux, prenait des notes en sténo avec le plus de discrétion possible.

— Cet acte criminel et irresponsable, poursuivait Pucheu, doit cependant nous faire réfléchir : En admettant – et tout laisse à le penser – que ce crime ait été commis par des communistes, nous ne pouvons, en tant que Français, envisager de livrer ses auteurs aux mains de l'occupant. Mais nous n'avons pas le droit de mettre en jeu la sécurité de nos compatriotes en zone occupée. J'ai pu, après plusieurs semaines de travail, obtenir de la sagesse politique de l'occupant que les représailles restent choisies dans un milieu restreint. Une liste de militants communistes a donc été proposée aux autorités allemandes.

Lucien Romier, ministre d'État, conseiller personnel du Maréchal, demanda la parole.

— Comment avez-vous pu vous-même désigner des otages ? attaqua-t-il en se penchant sur sa droite pour regarder l'amiral.

---

[1] Le 20 octobre, le chef de la Kommandantur de Nantes est assassiné par Gilbert Brustlein et Spartaco Guisco.

— Je ne les ai pas désignés. J'ai laissé les Allemands substituer une seconde liste à la première.

— Vous n'en aviez pas le droit ! rétorqua Romier, outré. Anciens combattants ou communistes, ce sont tous de bons Français. Il fallait laisser la responsabilité entière de ce massacre aux Allemands. A présent, vous la partagez.

Pucheu était livide. Peut-être venait-il de comprendre dans quel engrenage il avait engagé son gouvernement.

Pétain s'agitait sur son fauteuil. Albertine le regardait sans comprendre. Le vieil homme secouait la tête et semblait aux prises avec un intense débat intérieur. Il leva la main. Les regards se tournèrent vers lui.

— Cette situation dramatique ne peut perdurer. Malgré vos efforts, Monsieur le ministre, des dizaines de Français innocents peuvent perdre la vie à cause de l'inconséquence de certains.

L'avant-veille, le Maréchal avait prononcé un discours à la radio, appelant à la responsabilité de chacun, condamnant « l'étranger » ordonnateur de ces crimes et n'hésitant pas à inciter à la délation, puisque pour un coupable dénoncé et retrouvé, cent Français seraient épargnés.

— J'ai discuté ce matin avec le général Laure, continuait Pétain, qui m'a suggéré de me livrer moi-même aux autorités allemandes.

Avant que les ministres ne sortent de leur stupeur, il commença sa lecture d'une voix encore plus chevrotante que d'habitude.

— « Parce que deux officiers allemands ont été lâchement assassinés par des inconnus, cent Français déjà ont été fusillés ou vont l'être, en deux jours, et d'autres sont encore menacés.

« Nous sommes, vous le savez, résolus à rechercher et à châtier les coupables et à lutter de tout notre pouvoir contre les puissances étrangères qui ont armé leur bras. Mais il ne m'est pas permis de laisser verser le sang de ceux qui n'ont pas pris part à ces attentats.

« Si, refusant d'entendre ma voix, il vous faut encore des otages et des victimes, me voici. Je me présenterai aujourd'hui même à la ligne de démarcation de Moulins et me rendrai à Versailles où, attendant votre décision, je me considèrerai comme votre prisonnier[1]. »

Après le premier moment de stupéfaction, tout le monde se mit à parler en même temps. Les uns appuyaient la proposition du Maréchal et le qualifiaient de héros. Les autres s'inquiétaient qu'il veuille mettre à exécution ce qu'il avait prononcé le 17 juin 1940 en « faisant don de sa personne à la France. »

— Nous sommes prêts, le général Laure, mon médecin personnel et moi-même à partir dès cet après-midi pour Moulins, poursuivit Pétain sans se soucier du tumulte. Nos valises sont prêtes.

L'amiral Darlan demanda la parole et se leva après que Pétain la lui eût accordée.

---

[1] Le texte intégral de ce courrier est à retrouver dans Bénédicte Vergez-Chaignon, *Pétain,* p.665.

— Monsieur le Maréchal, cette proposition vous honore et confirme que vous êtes un grand homme. Cependant… Il ne faudrait pas que cette offre – héroïque, je le répète – produise l'effet contraire à celui que vous recherchez. Si votre honnêteté et votre détermination ne peuvent être mis en cause, nous n'avons aucune garantie que les Allemands, qui ont montré leur duplicité à plusieurs reprises, ne profitent de votre présence en zone occupée pour vous retenir contre votre gré. Ce qui présenterait pour eux l'opportunité de nommer un *Gauleiter* comme ils l'ont fait en Pologne… Avec les conséquences que l'on connaît. Je pense que mes collègues partageront mon opinion.

Sans attendre, Pierre Pucheu se leva. Il était placé presque en face de Darlan et pouvait s'adresser à lui en le regardant en face.

— Je partage l'avis de Monsieur le vice-président du Conseil. Cette proposition courageuse ne doit pas être effectuée sous le coup de l'émotion. Tout porte à croire que ces attentats ont été commis par des étrangers, à l'instigation de gouvernements étrangers. Votre sacrifice reviendrait à reconnaître implicitement que ces crimes ont été commis par des Français. Il me semble cependant judicieux d'adresser un signal à l'occupant et de lui transmettre un courrier qui montrerait votre détermination. Je vous proposerai dans la matinée une lettre de protestation conservant néanmoins votre proposition.

La porte de la salle s'ouvrit sans bruit, et Maxime Minet fit un signe discret à Albertine. Il tenait dans sa main une feuille de papier pliée en quatre et adressée au ministre de l'Intérieur. Albertine tendit le bras et s'en saisit. Elle la fit passer par les membres du conseil, circulant de main en main jusqu'à Pucheu.

Celui-ci déplia la feuille et son visage exprima un soulagement intense.

— Messieurs, j'apprends à l'instant que l'auteur du crime odieux perpétré contre le Feld Kommandant Holz a été arrêté ce matin à Nantes. Cela remet en question les menaces de l'occupant, et je dois m'en entretenir le plus rapidement possible.

Des applaudissements emplirent la salle. Pucheu se tourna vers Albertine et éleva la voix pour être entendu.

— Mademoiselle Ravoux, appelez immédiatement le général Von Stülpnagel au Majestic à Paris. Dites-lui que je demande à être reçu en urgence. (Il regarda sa montre). Je pars dans l'instant. J'espère être à Paris avant sept heures ce soir.

— Je crois, Messieurs que l'ordre du jour est épuisé, déclara Darlan. Le conseil est donc levé.

Albertine quitta la salle. Il n'y avait pas que l'ordre du jour qui était épuisé, se dit-elle. La tension de ce conseil des ministres l'avait anéantie. Elle se demandait comment ces hommes pouvaient tenir le coup, et surtout comment ils pouvaient discuter avec froideur du sort de centaines d'otages innocents. Appuyée à la porte des toilettes, les yeux fermés, elle tentait de faire le vide dans son esprit, de le sortir de cette ambiance mortifère. Elle regarda sa montre. 11h30. La prochaine vacation pour Londres était à midi et demi. Après avoir donné les instructions pour que la voiture du ministre de l'Intérieur soit prête pour une longue distance, elle quitta le pavillon Sévigné et regagna la rue Faidherbe. La porte de la cuisine était fermée et personne ne la vit monter en silence les escaliers. Arrivée dans sa chambre, elle cala une chaise sous la serrure et grimpa sur le lit pour attraper la valise posée sur la commode et dans laquelle elle rangeait l'émetteur. L'installation était longue et minutieuse. Albertine en avait répété les gestes des centaines de fois et pouvait préparer l'appareil les yeux fermés. Assise à la table, écouteurs sur les oreilles, elle avait rédigé un court message crypté et attendait le signal d'émission. Puis elle reconnut l'indicatif de Kathryn. Sans hésiter, elle tapa le sien, puis envoya son message.

Le matériel remballé, elle se regarda dans la glace. Les joues rouges, essoufflée, elle ne ressemblait pas à une secrétaire calme et posée. Elle se força à respirer doucement, puis appliqua un léger maquillage à ses yeux brillants.

Lorsqu'elle ouvrit la porte de la chambre, Maxime était planté devant.

— Mais !... que faites-vous là, Maxime ?

— Je... Euh, je vous ai vue partir en courant après le conseil, alors j'ai cru que vous étiez malade, et je venais prendre de vos nouvelles...

L'alibi ne tenait pas la route. Albertine ne courait jamais dans son rôle de secrétaire, et Maxime aurait dû être dans son bureau

Il croisait souvent, trop souvent, la route d'Albertine depuis quelques jours.

— C'est gentil de vous inquiéter pour moi, mais vous savez, je suis une grande fille, et j'ai un diplôme de secouriste ! Venez vite : nous devons retourner au travail !

9

Plusieurs personnes ont fait parvenir des indications sur les meurtriers de Nantes et Bordeaux. Leurs proches parents, prisonniers, seront libérés.

L'Œuvre, dimanche 26 octobre 1941.

Un panache de fumée annonça l'arrivée du train avant que la locomotive n'apparaisse au détour de la courbe de Montferrand. Le convoi s'immobilisa dans des jaillissements de vapeur et le grincement des freins. Les premières portes s'ouvrirent. On remarquait les passagers parisiens, ankylosés de leur voyage de 7 heures. Un peu hagards, ils prenaient leurs bagages et se dirigeaient vers la sortie où les attendaient, parfois, leurs familles.

Joseph la vit tout de suite. Il ne pouvait la manquer, avec un béret rouge qui illuminait son beau visage. Elle portait une redingote prune, de coupe classique mais qui soulignait sa taille de guêpe. Pour compenser l'absence de bas, Albertine portait des bottes tricotées, à la semelle de raphia. Cela n'amincissait pas ses mollets si fins, mais elle ne semblait pas avoir froid !

Elle se jeta dans les bras de Joseph, et le serra fort contre elle. De la même taille que lui, elle le regardait dans les yeux.

— Il faut promettre, mon chéri, il faut promettre de faire disparaître ces moments affreux, où des innocents sont envoyés au peloton d'exécution ! Nous devons tout faire pour que notre petit garçon vive dans un monde meilleur !

— Je te le promets. La tâche est immense. Heureusement que le monde ne compte pas que sur nous deux !

— J'ai très envie de ne pas m'occuper du monde aujourd'hui ! De m'occuper de toi, et que de toi.

— Ça tombe bien, moi aussi !

Main dans la main, ils traversèrent la ville jusqu'au jardin Lecoq, encore tranquille à cette heure de la matinée. Les cygnes parcouraient sans bruit le bassin et les feuilles des arbres se teintaient d'ocre, de jaune et de rouge. Au loin, le sommet du Puy de Dôme brillait de la neige tombée dans la semaine[1].

Arrivés à l'appartement, ils se déshabillèrent dans la chambre et firent l'amour sous des épaisseurs d'édredons superposés.

---

[1] *La Montagne* du 25 octobre 1941 annonce les premières chutes de neige.

— J'ai préparé un repas du dimanche ! annonça Joseph avec fierté. Et nous allons nous partager une demi bouteille de vin !

Une tranche de jambon sec occupait l'assiette avec un petit monticule de macaronis. Joseph y avait posé quelques pincées de fromage râpé du plus bel effet.

— Quel festin ! s'exclama Albertine, poursuivant leur comédie. Je ne pense pas que ces messieurs de Vichy puissent faire meilleur repas.

— Ils mangent bien mieux que nous ? interrogea Joseph en servant le vin à Albertine.

— Les repas du Maréchal sont plus copieux, et un peu plus variés, mais les ministres ne sont pas toujours très bien lotis. Certains cachent dans leurs armoires quelques saucissons qu'ils sont allés chercher dans la campagne ! J'ai entendu les femmes de ménage en parler.

— Ça ne leur coupe pas l'appétit d'envoyer des otages à la guillotine ?

— On ne parle que de cela dans les couloirs ! Pucheu s'est fait des ennemis irréconciliables en proposant une liste de communistes.

— Darlan ne le soutient pas ?

— Darlan essaie de se soutenir lui-même. Il essaie d'éviter que les Allemands mettent la main sur l'Afrique du Nord, mais il est incapable de protéger Weygand que le Maréchal est en train de lâcher lui aussi pour satisfaire les volontés allemandes.

— On a pourtant l'impression qu'il fait tout pour leur faire plaisir !

— Ce n'est pas assez, et ce ne sera jamais assez. Te rends-tu compte qu'Hitler a envoyé un consul général pour mieux surveiller le gouvernement[1] ! Il loge à deux pas de la résidence du Maréchal !

— En nous affamant, ils croient affaiblir notre détermination. C'est vrai qu'on ne pense qu'à manger.

— Ou à être l'un contre l'autre, suggéra Albertine en se levant. Elle prit la main de Joseph et le tira sans effort jusqu'à la chambre.

Après une sieste câline, ils allèrent au cinéma. Malgré la pénurie, le choix était assez ouvert. Le Ciné-Globe proposait, comme la réglementation l'exigeait, un film allemand, *La folle étudiante* qu'ils éliminèrent d'emblée. Joseph accepta d'aller voir *Les musiciens du ciel* malgré son aversion pour Michel Simon, mais Albertine insista pour voir comment la beauté de Michèle Raoul pouvait supporter un uniforme d'officier de l'Armée du Salut.

Ils restèrent serrés l'un contre l'autre pendant la projection, main dans la main. Joseph profita peu du film. A part celles de la maison de ses parents, toutes les caves de La Garde avaient leur entrée sur une rue du village. Comment pouvait-on abattre un homme d'un coup de fusil et le transporter sans que personne n'ait rien vu ?

---

[1] Roland Krug Von Nidda loge rue de Moscou, villa Roubeau.

De son côté, Albertine pensait à son fils, à leur fils. Elle serrait la main de Joseph, comblée de bonheur d'avoir près d'elle celui qui lui avait donné ce petit homme en devenir. Résolue à se battre pour qu'il connaisse la liberté et la paix, elle ne voulait pas penser qu'elle exerçait une activité dangereuse et que les « pianistes » comme elle avaient une espérance de vie en opération qui ne dépassait pas six mois.

10

Tension accrue dans le Pacifique. Les relations entre les deux pays sont virtuellement rompues

.

La Montagne, 27 octobre 1941.

La maison de la famille Taravent était située dans le quartier d'Issoire qu'on surnommait « le faubourg », parce que situé sur la rive droite de la Couze, à l'extérieur des anciens remparts. Il était composé de petites maisons, collées les unes aux autres, dans un alignement improbable, et certaines rues sinuaient sans raison particulière. La rue de Brioude constituait une transition entre la campagne et la ville. Une extrémité débouchait sur des parcelles agricoles et des jardins potagers, l'autre arrivait à quelques mètres d'un petit pont d'où l'on apercevait le jardin de la sous-préfecture.

La façade était sombre, mais les carreaux des fenêtres brillaient comme des miroirs, et les voilages semblaient sortir d'une lessiveuse. Joseph frappa à la porte. Il entendit le bruit d'un fauteuil que l'on déplaçait.

— Qu'est-ce que c'est ?

— Police. Inspecteur Dumont.

— La police ? Mais pourquoi ?

La porte s'ouvrit en grinçant. Un petit bonhomme racorni, les épaules recouvertes d'une couverture, regardait Joseph avec inquiétude. Il avait les oreilles décollées, un crâne dégarni, et un visage tout rond. Ses yeux exprimaient à la fois la franchise, la gentillesse et l'inquiétude.

— C'est pas souvent… Même jamais que la police vient chez nous. C'est pour quoi ?

— Nous pourrions en parler à l'intérieur, proposa Joseph.

Il aurait préféré rester dehors, craignant que l'intérieur de la maison ne soit à l'image de la façade, mais il n'avait pas envie que l'annonce de sa visite fasse le tour du quartier.

Jean Taravent se recula pour le laisser entrer. La pièce faisait office de cuisine, salle à manger, et Joseph aperçut dans l'ombre un lit à la couverture bien tirée, recouverte de coussins rembourrés.

Si la pauvreté sourdait de chaque coin de ce petit espace au plafond bas, tout était d'une propreté impeccable. La table était cirée. L'évier était vide, quelques casseroles pendaient au mur. Le petit poêle était éteint, un seau de charbon sur le côté, et la température ne devait pas dépasser les quinze degrés. Un vieux fauteuil était recouvert d'une couverture au crochet qui dissimulait tant bien que mal les outrages de l'usure.

—Asseyez-vous, inspecteur, proposa Taravent en tirant une chaise de sous la table. Prenez une couverture si vous avez froid. On n'allume que le soir, parce que… Enfin, vous savez. Ce n'est pas souvent que la police vient chez moi. C'est même la première fois. J'espère que ma fille n'a…

— Votre fille n'a rien à voir avec mon enquête, le rassura Joseph. Je viens vous voir au sujet de Gaston Tournayre. Vous savez qu'il est mort ?

Le visage de Taravent exprima d'abord la surprise, puis l'inquiétude.

— Mort… mais comment ? Qui ?...

— C'est ce que je veux trouver, et vous allez pouvoir m'aider. Je viens de la Garde, où on m'a parlé de vos rapports tendus avec Tournayre.

— Et vous pensez que j'aurais pu ? Oh non, Monsieur. Ce n'est pas mon genre. Gaston nous a bien aidés, ma fille et moi. Je m'étais bêtement endetté, et s'il n'avait pas été là…

— Il vous a pris vos parcelles au quart de leur valeur, tout de même, s'offusqua Joseph.

— Il a été plus malin, que voulez-vous ? Et il nous loue cette maison avec un loyer modeste.

— Vous voulez dire que vous logez chez lui ? s'étonna Joseph.

Taravent opina avec tristesse.

— Je n'avais plus rien. Les quelques meubles que vous voyez m'ont été donnés par des voisins. J'ai été bien heureux quand Gaston m'a proposé cette maison.

Voilà un homme qui se fait plumer avec le sourire, pensa Joseph. Qui tend la joue gauche quand on lui met une gifle, et en redemande encore.

— Votre travail à la SCAL vous permet de payer le loyer ?

— J'ai vécu longtemps à la campagne. Vous savez qu'on a l'habitude de vivre modestement. Ma fille Cécile – elle ne va pas tarder à rentrer – gagne quelques sous qui nous aident bien. Mais depuis six mois, Gaston ne me demande plus de loyer.

Joseph allait interroger Taravent sur cet accès de bonté lorsque la porte s'ouvrit sur une jeune fille aux bras chargés de vêtements.

— Regarde ce que m'a proposé Madame Tardif, Papa ! annonça-t-elle avec enthousiasme. Elle nous donne tout ça en échange de quelques travaux de reprises ! Et… Oh, pardon, je n'avais pas vu que tu avais de la visite !

Taravent, qui regardait sa fille se tourna vers Joseph.

— Ma fille Cécile, inspecteur. Elle aide son vieux père au-delà de ce que devrait faire une jeune fille de son âge.

— Un inspecteur, demanda Cécile en fronçant le sourcil. Vivre dans la misère est devenu suspect ?

Avant que Joseph ne réponde, Taravent s'était levé.

— Ne dis pas de bêtises, ma chérie. La police est venue nous interroger parce que Gaston est mort, et…

Elle l'interrompit

— Tournayre ? Il est… ? Mort ? Vraiment ? demanda-t-elle à Joseph, des larmes dans les yeux.

— Oui, Mademoiselle.

Cécile Taravent se précipita vers le fond de la pièce, où elle ouvrit une porte qui menait à un escalier. On l'entendit monter les escaliers. Une porte claqua.

— Elle est très sensible, expliqua Taravent.

Ou autre chose, pensa Joseph. Il n'avait pu discerner si c'était de la joie, du soulagement, ou de la tristesse.

Il prit congé de Taravent, qui n'apparaissait pas comme un suspect de premier rang. Il allait monter dans la voiture, garée à quelques mètres de la maison, quand il entendit la porte claquer. Cécile Taravent se dirigeait vers lui à grands pas.

— Je peux vous parler ?

Joseph opina, et lui montra la direction de la ville.

— Mon père vous a sans doute décrit la bonté de Tournayre de long en large, commença-t-elle avec de la colère dans la voix.

— Il y a un peu de ça, oui…

— Mon Dieu… il ne comprendra jamais !

Joseph ne disait rien, la laissant organiser ses idées. Ils traversèrent le pont Charlemagne, puis empruntèrent une des petites rues sombres qui menait à l'abbatiale.

— J'ai vingt ans, inspecteur. Ma mère est morte d'épuisement, en 32, parce qu'elle essayait de boucher les trous que faisait mon père en plaçant son argent n'importe où avec n'importe qui… il suffisait qu'on lui parle de profit facile pour qu'il s'enthousiasme comme un gamin. Il aurait donné sa chemise au premier venu !

— Ce qui n'était pas le cas de Tournayre…

— Il n'était pas chasseur, mais voyait les pigeons venir de loin ! Mon père était la proie idéale. Il n'a rien compris, rien vu venir, et quand Tournayre l'a chassé de chez nous, il l'a presque remercié ! J'avais quinze ans, mais j'aurais pu le tuer !

Elle s'interrompit, se rendant compte de ce qu'elle avait dit, et à qui.

— Oh ! je n'aurais pas dû… Vous ne croyez pas que… ?

— Vous n'êtes pas dans ma liste des suspects, et j'aurais sans doute pensé comme vous, la rassura Joseph.

Elle sourit, gênée.

— Ce n'est pas bien de vouloir la mort de quelqu'un, mais quand il fait souffrir ceux que vous aimez…

— Tournayre avait une raison particulière de s'acharner sur votre père ? Continuer à lui faire payer un loyer pour un taudis comme celui que vous occupez…

— J'aurais préféré vivre sous un pont, ou dans les bois. Mais Papa a insisté, comme si nous rendions un service à Gaston. S'il avait su…

Elle pleurait. Un barrage s'était ouvert, et des larmes ruisselaient sur son beau visage. Joseph lui tendit un mouchoir.

— Ce qu'aimait ce salaud, c'était dominer les autres. Il organisait, anticipait, pour les voir souffrir à cause de lui.

— Et pourtant il a suspendu le loyer et…

Au moment où il prononçait ces mots, Joseph comprit. Cécile lui indiqua du menton la direction du jardin public, peu fréquenté.

— Tournayre est venu un matin où mon père était à l'usine. Il a refermé la porte derrière lui, m'a poussé contre la table de la cuisine. « Ne crie pas, me dit-il, ça va bien se passer entre nous ». Il a relevé ma jupe et…

Cécile enfouit son visage dans ses mains. Joseph la prit dans ses bras. Elle poursuivit son récit, d'une voix étouffée.

— Puis il m'a dit : « Tu viens de payer un mois de loyer, ma jolie ! Arrange-toi pour être seule quand je viendrai. Ton connard de père sera content de ne plus avoir de dettes ! » Quelques jours après, Papa m'annonça qu'il avait reçu une lettre de Tournayre lui disant qu'il renonçait à lui faire payer de loyer jusqu'à nouvel ordre.

— Votre père ne s'est pas posé de questions ?

Cécile eut un sourire triste

— Mon pauvre père… Il était si heureux qu'il nous a acheté de la brioche !

Joseph raccompagna Cécile jusqu'à la porte de la petite maison. Ses larmes avaient séché.

Joseph arriva à la Garde peu avant midi. Les deux borders l'attendaient, comme à leur habitude. Ils s'étaient habitués à ne plus avoir de crouton à cause des restrictions, mais n'en tenaient pas rigueur à Joseph. Le trio se dirigea jusqu'au café. Des odeurs puissantes émanaient de la cuisine. Quelques clients, que Joseph ne connaissait pas, dégustaient un petit salé aux lentilles qui raviva sa fringale.

— Salut citoyen ! l'interpella le patron. Ça te fait envie ?

— Sers m'en une double part, s'il te plait, et comme on est lundi, ajoute un pichet de vin.

Joseph s'installa à une table, et s'assit de manière à voir qui entrait.

René posa une assiette fumante devant Joseph qui ferma les yeux de plaisir. Lorsqu'il les ouvrit, le contenu de l'assiette lui apparut dans sa triste réalité. C'était bien du petit salé, mais il n'avait pas l'abondance que laissait supposer le fumet !

Un quart de jarret pointait un os vigoureux vers le plafond, et une côte brillante de gras était posée sur un petit dôme de lentilles d'où émergeaient des rondelles d'oignons.

— On n'a rien vu d'aussi appétissant en ville depuis deux ans ! affirma cependant Joseph à René.

— Je t'en ai rajouté un peu, mais les connards du contrôle économique se faufilent partout. Pire que les gabelous d'autrefois ! Mais c'est vrai qu'on se nourrit mieux ici que chez vous de la ville.

—En parlant de bien se nourrir, tu pourrais me mettre une part de ton petit salé dans un bocal ? C'est pour ma sœur.

— Je te fais ça tout de suite. Ça avance, ton enquête ?

Joseph éluda la question.

— J'ai rarement vu un mort rassembler autant d'hostilité, dit-il en savourant une bouchée de lentilles.

— A moi, il a jamais rien fait, alors je peux pas dire. Mais j'en entendais pas mal à son sujet au comptoir.

— Assez pour que quelqu'un ait envie de le flinguer ?

Au moment où René allait répondre, la porte s'ouvrit sur Rantanplan. Ses épaules étaient couvertes de neige.

— Vingt dieux ! De la neige à Toussaint ! heureusement qu'on a vendangé, sinon on aurait perdu nos doigts. Salut Joseph !

— Viens partager mon modeste repas. René a fait des miracles.

René rougit de plaisir. Il partit chercher une assiette pendant que Rantanplan s'asseyait en face de Joseph. Il soufflait dans ses mains pour les réchauffer.

— C'est la mauvaise saison pour les cantonniers… Si ça continue, je vais commencer à pelleter de la neige pour le 11 novembre. Bon. Changeons de sujet. J'ai repensé à ce qu'on avait dit la dernière fois, ici. Au sujet de Tournayre.

Joseph attendait.

—Le samedi qu'il est venu avant d'être dézingué, je l'ai vu traverser le village.

— Tu as vu d'où il venait ?

— Non… Il remontait la rue, de son pas décidé. J'étais à nettoyer une gouttière à la mairie. Il m'a même pas regardé, est passé devant moi comme si j'existais pas, et il est allé chez tes parents.

— Tu es sûr ?

— Certain.

— Par où est-il passé ? Il a sonné au portail ?

— Même pas. Il est passé par la porte du potager.

— Et tu l'as vu ressortir ?

Rantanplan souleva son béret et se gratta la tête. René lui apportait son assiette. Il se recula et déboutonna le gilet qui retenait une bedaine imposante.

— Oh non, je suis parti quelques minutes après, et j'y ai plus fait attention.

— C'est la première fois qu'il entrait chez mes parents ?

— Je surveille pas toutes les allées et venues, tu sais ! Et pis, je suis pas toujours là.

Joseph opina, mais il savait que rien n'échappait à Rantanplan qui arpentait les rues et les chemins du canton depuis des années.

— Tu travaillais un samedi ?

— Je fais pas la semaine anglaise, moi ! Si je peux gratter quelques sous en plus, c'est toujours ça !

Il engloutissait des bouchées énormes de son plat. Joseph attendait qu'il attaque l'assiette.

— À quelle heure t'es-tu arrêté ? demanda-t-il sans en avoir l'air.

— Je m'arrête quand j'ai soif ! D'habitude, vers l'heure de l'apéro. Je suis venu ici, René m'a servi un verre de pierre à fusil, et je suis rentré à la maison. Tu sais, il me faut marcher un moment.

Il habitait un peu à l'écart du village, à côté du « pavillon », un petit belvédère construit par un bourgeois excentrique.

Les deux hommes sauçaient leurs assiettes. Rantanplan étouffa un rot peu discret, et se leva.

— Bon, je te laisse ! Et tâche de nous trouver celui qui nous a débarrassé de cette engeance.

Joseph dût se résoudre à payer le repas de Rantanplan. Il n'avait rien vu venir ! Il sortit un billet pour René. Celui-ci n'avait pas bougé du restaurant le samedi 4 octobre, occupé à servir un mariage. Joseph prit congé, appela les chiens qui s'étaient couchés sous la table.

Andrieux ouvrait son épicerie après une sieste bien méritée. Dans la conversation, Joseph apprit qu'il avait passé le samedi du meurtre du côté de Riom-ès-Montagne ou un cousin produisait des Saint-Nectaire.

Tous les autres habitants qu'il rencontra avaient un alibi solide le soir du meurtre. Le plus étonnant était la présence de Tournayre chez ses parents. Il aurait donc été tué là ? Son père était absent et, comme disait Nestor, il y avait « belle lunette » que ceux-ci n'avaient plus de domestiques à demeure. Joseph entra par la petite porte du potager et intima l'ordre aux chiens de ne pas faire de bruit. Un escalier d'une trentaine de marches rattrapait le dénivelé du sol et débouchait sur une vaste grange, autrefois destinée à stocker le foin mais qui n'abritait plus aujourd'hui qu'une Renault à gazogène et quelques charrettes utilisées pendant les vendanges. Tournayre aurait-il été transporté dans la Novaquatre familiale ? Joseph ouvrit le coffre à deux battants. La grange était sombre et il n'avait pas de lampe torche. Mais son père laissait toujours des bougies dans les interstices des pierres. Il en alluma une et se pencha à l'intérieur. Les sièges arrière avaient été rabattus. Un drap était roulé en boule. Joseph le prit de sa main libre et le déplia grossièrement. Il reconnaissait au toucher la toile des draps domestiques, faite de chanvre et de lin. Quand il était petit, il n'aimait pas se glisser à l'intérieur à cause de leur rugosité. Une tache sombre occupait presque toute la surface de la pièce de tissu. Joseph remua le drap. Un bruit métallique le fit sursauter dans le silence. Il approcha la bougie. Sur le plancher de la voiture, une petite plaque ovale en laiton apportait les informations manquantes.

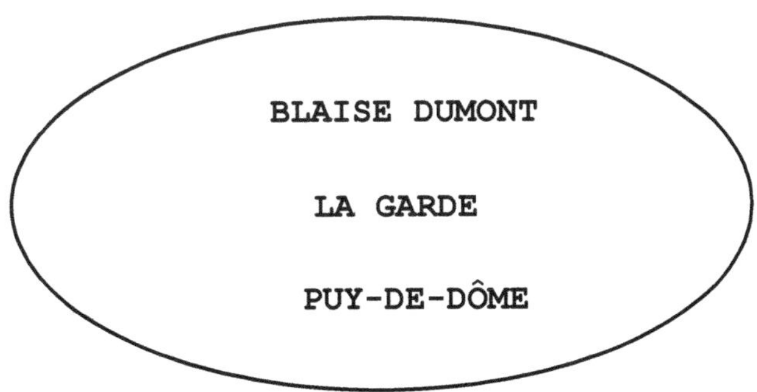

Joseph s'assit sur l'abattant du coffre, des idées contradictoires se bousculant dans sa tête. Tout menait Tournayre à La Garde le dernier jour de sa vie : témoignages, indices, preuves matérielles, analyses… Il avait bien été transporté dans la voiture de son père mais Joseph ne comprenait pas comment celui-ci aurait pu tuer Tournayre à 200 kilomètres de distance, sans avoir jamais tenu un fusil dans ses mains.

Les chiens se relevèrent avec lui, déplaçant un nuage de poussière. Joseph referma le coffre sans bruit et ressortit de la maison sans que personne ne l'ait vu. Il savait que Tango et Java ne le dénonceraient pas.

Extrait du journal de Guy Lombard

28 mars 1916

Jouy-en-Argonne. Le régiment attend un assaut boche dont on dit qu'il sera terrible. Nous sommes prêts.

Depuis Noël, nous nous entrainons avec Fleury. D'abord une pierre, à 100 mètres, puis un oiseau à 200. Un matin, alors que nous étions de garde, je vis Fleury épauler.

— Viens voir. Regarde le canon qui brille, là-bas.

De l'autre côté du no man's land, une étincelle d'acier signalait une sentinelle. Elle était au moins à 300 mètres.

— Ma ration de tafia que je lui perce le casque.

Fleury épaula sans un geste superflu, appuya le canon de son fusil sur un sac de sable. Un simple coup de feu et la cible disparut en une fraction de seconde.

Nous nous sommes exercés ainsi plusieurs semaines. Sur des Boches, ou d'autres cibles. Lors de la bataille d'Avocourt, nous nous installons dans une maison abandonnée, en première ligne, pas loin des positions allemandes. Concours de tir toute la journée : 30 hommes abattus à nous deux ; 18 pour Fleury dont la vue porte encore plus loin que la mienne. On le surnomme désormais « Œil-de-Lynx. »

Quelques jours plus tard, nous recevons la visite du général Pétain. Le commandant Rozières nous fait venir et nous présente au général qui nous félicite de porter ainsi des coups mortels à l'ennemi. Fleury est ému aux larmes. Le général reste avec le régiment une partie de la journée, partage le repas des hommes. Sans manières, il s'est assis à côté de moi. M'interroge sur mon métier, me parle pédagogie et explique qu'il en faut aussi lorsque l'on enseigne la stratégie aux militaires de l'école de guerre de Paris. Je n'aurais jamais imaginé adresser la parole à un officier supérieur, sauf pour lui démontrer que la guerre est un instrument du capital contre le prolétariat. L'attitude du général incite à discuter, à argumenter. Il a entendu parler de notre adresse au tir et nous demande une démonstration. Appuyés sur le parapet, nous tirons en parfaite simultanéité. Deux casques boches sont tombés.

Avant de partir, Le général nous assure qu'il ne nous oubliera pas et qu'il racontera aux autres régiments comment nous utilisons notre don.

Ce n'est pas un don. Nous avons désormais le goût du sang dans nos cellules. Et nous aimons tuer.

11

La Finlande devra arrêter rapidement son offensive contre la Russie, si elle veut conserver l'amitié des Etats-Unis, déclare M. Cordell Hull.

La Montagne, 5 novembre 1941.

Le commissariat bruissait d'un murmure continu et d'une agitation inhabituelle. La veille au soir, le cabinet civil du Maréchal avait annoncé sa visite le 11 novembre prochain, pour honorer, place de Jaude, au pied de la statue de Vercingétorix, les morts de la Grande Guerre. Au petit matin, un courrier spécial apportait un épais dossier contenant toutes les instructions pour mettre en place un service de sécurité digne de ce nom. Une note précisait que « Le Maréchal souhaite donner à cette visite tout le lustre qu'elle mérite en hommage aux glorieux soldats qui ont servi sous ses ordres, sans toutefois distraire de leur travail quotidien les personnalités locales qui soutiennent depuis plus d'un an l'œuvre du gouvernement ».

A 10 heures du matin, Fraysse revenait essoufflé de la préfecture où il avait reçu des précisions sur le déroulé de cette matinée. Il convoqua les hommes du commissariat dans son bureau. Assis à son fauteuil, il commentait les instructions face aux inspecteurs dont certains prenaient des notes.

— Nous n'aurons pas la gare à surveiller, puisque le Maréchal vient avec son véhicule officiel. Il faudra sécuriser le trajet de l'entrée de Clermont à la préfecture. Vigouroux, vous vous chargez de prendre contact avec le cabinet civil pour confirmer le trajet souhaité par le préfet : Arrivée par la Plaine, traversée de Montferrand – prévoyez quelques hommes pour vérifier les immeubles Michelin de la place de la Fontaine, les ouvriers ont parfois de mauvaises inspirations communistes – rue des Jacobins, place Delille, cours Sablon, boulevard Lafayette, et boulevard Desaix. Aucun arrêt, je répète, aucun arrêt sur ce trajet. Même si le Maréchal souhaite dire bonjour aux officiers du quartier militaire. J'en doute, mais prenez vos précautions.

Vigouroux fit claquer son carnet et hocha la tête.

— Ce sera fait, chef.

— Le dépôt de gerbe doit se faire à 11 heures. Le cabinet civil a bien insisté sur la correspondance avec l'heure de la fin des combats. Toutes les organisations d'anciens combattants doivent être placées à partir de 10 heures autour du monument. J'espère qu'il ne pleuvra pas trop, ou pire… Le convoi arrivera vers 10h30 à la préfecture, Monsieur le préfet accueillera le Maréchal et ils descendront tous les deux à pied jusqu'au monument.

Devèze, c'est vous qui vous chargez de ce tronçon. Je veux un flic tous les dix mètres pour contenir la foule. Tous les magasins doivent être fermés sur ce trajet.

— Bien, chef.

— Heureusement, poursuivit le commissaire, ce n'est qu'une visite « de voisinage ». Nous n'avons pas à nous occuper d'affiches ou de tracts. (Il consulta ses notes) : Le cabinet civil transmettra à la préfecture quelques dizaines d'affiches au format double colombier pour qu'elles soient collées sur le trajet en voiture.

Brouyard toussa si fort que tous les regards se tournèrent vers lui.

— Et il faudrait peut-être nettoyer du côté des réfugiés juifs et des étrangers. Ceux-là ils doivent pas s'approcher du cortège à moins d'un kilomètre !

— J'allais y venir, Brouyard, je vous remercie de votre prévenance, rétorqua Fraysse en fusillant son inspecteur du regard. Et vous allez vous charger de la besogne.

Le visage grassouillet de Brouyard s'illumina.

— Utilisez vos petites fiches pour ramasser tous les étrangers susceptibles de se trouver sur le parcours et mettez-les au frais dès la veille au soir. On les relâchera quand tout sera terminé.

Brouyard se frottait les mains en anticipant sur la manière dont il allait procéder à ces rafles.

Fraysse se tourna vers Joseph.

— Dumont, vous vous occupez de la zone autour de Vercingétorix : il est prévu que le Maréchal distribue des médailles à quelques anciens combattants. Vérifiez les identités, et faites-les s'avancer après le dépôt de gerbe. Attention : c'est souvent après la remise des décorations que le public s'agite et veut serrer la main du Maréchal. Il apprécie ce moment, mais un repas est prévu à la préfecture, et il faudra faire vite. Ne le laissez pas discuter trop longtemps avec ses admirateurs.

Joseph acquiesça. Les « tours de France » de Pétain avaient commencé dès l'automne précédent, et réunissaient toujours une foule immense qui se pressait pour voir le vainqueur de Verdun, qui avait, pensait-on, sauvé la France de l'hitlérisme.

12

Tikhvine, nœud ferroviaire entre les lacs Ilmen et Ladoga est occupé par les Allemands.

La Montagne, *11 novembre 1941*

Une foule imposante s'était massée sur la place de Jaude pour la deuxième visite du Maréchal dans la capitale auvergnate. Un an jour pour jour après sa première rencontre avec les clermontois, le vainqueur de Verdun avait tenu à montrer l'attachement qu'il avait pour eux.

La cérémonie à la préfecture venait de se terminer. Les notables présents avaient prononcé un discours revu et corrigé l'avant-veille par le cabinet civil du maréchal. Un petit cortège s'était formé à la sortie de la préfecture, et s'ouvrait sur les marches du perron. L'absence de balcon contrariait le Maréchal qui se plaisait à saluer la foule venue l'acclamer. Un public nombreux s'était assemblé boulevard Desaix et attendait avec impatience que le héros de Verdun se dirige vers le héros de Gergovie.

D'un pas lent mais assuré, Pétain avançait et saluait la foule avec bonhomie. Derrière lui, l'amiral Darlan essayait de faire bonne figure et souriait, intimidé. Il rougit lorsqu'on entendit, un lointain et unique « Vive Darlan ! » Pétain se tourna vers le vice-président du Conseil et lui chuchota :

— Je ne savais pas que vous étiez ventriloque, Darlan…

Pétain s'approcha enfin des représentants de la Légion Française des Combattants avec qui il s'était battu vingt-cinq plus tôt contre un ennemi que l'on ne nommait pas aujourd'hui. Pétrifiés d'honneur, ces anciens soldats regardaient le Maréchal avec des yeux humides de reconnaissance. Le petit cortège passa devant le théâtre et s'avança vers le socle de la statue de Vercingétorix. D'autres vétérans barraient un côté de la place de Jaude, alignés dans leurs anciens uniformes bleu horizon dont certains n'étaient plus adaptés à la morphologie de leurs occupants. À l'extrémité de cette haie d'honneur, un mutilé, cul-de-jatte et défiguré, dont la main gauche était remplacée par une pince articulée se tenait dans un semblant de garde-à-vous. Il lui manquait le nez et une partie de la mâchoire inférieure. Une plaie béante mal cicatrisée laissait apercevoir le larynx. Livide, Ménétrel essayait de repousser Pétain de cette vision d'horreur, mais les deux hommes ne se quittaient pas des yeux. Une empathie profonde et sincère les rassemblait ici. René Fleury, dit Œil-de-Lynx, vivotait de la vente des billets de la loterie nationale dans une guérite à l'angle de la rue du 11-novembre. Sa pension de mutilé lui suffisait à peine pour louer une chambre minable au rez-de-chaussée d'un immeuble qui tombait en ruines. Il vouait à Pétain une dévotion sans faille et serait reparti au front s'il lui avait demandé. Le Maréchal se redressa et fit un salut militaire impeccable. Des larmes coulaient sur le visage disloqué, et Œil-de-Lynx se redressa comme il pouvait pour porter la main valide à sa tempe.

En retrait, quelques hommes du nouveau service d'ordre légionnaire suivaient cet échange d'un regard impénétrable censé montrer leur supériorité.

Tous les immeubles situés sur le passage du cortège avaient été inspectés, et des hommes étaient placés au milieu de la foule en liesse que Joseph surveillait, obligé parfois de repousser quelques admirateurs trop entreprenants. Des mains se tendaient pour attirer l'attention de Pétain et recevoir le privilège de le toucher. Joseph se demandait si ceux-là se laveraient les mains pour ne pas perdre le bénéfice de cette onction presque divine.

Escorté par le préfet, Pétain saluait d'un geste de la main la foule qui l'acclamait et parfois se déplaçait jusqu'à des spectateurs pour leur dire quelques mots. Joseph voyait les lèvres de Ménétrel s'agiter pour donner des conseils à Pétain, mais celui-ci continuait son chemin sans lui prêter attention.

À proximité de l'agitation, la rue du théâtre était cependant déserte. Le service d'ordre s'intéressait au parcours du cortège et ne regardait pas derrière. Vêtu d'un bleu de travail, coiffé d'une casquette qui cachait son regard et équipé d'une grande sacoche en cuir portée en bandoulière, un homme arriva de la rue du 11-Novembre et poussa la porte de l'entrée des artistes. Il passa sans bruit devant le petit logement des concierges. Les couloirs étaient déserts et il emprunta le petit escalier qui menait aux coulisses. La lumière était rare. Il progressait à tâtons, les mains en avant, essayant de deviner les obstacles. Sa sacoche accrocha un porte-manteau dont la chute provoqua un vacarme d'artillerie.

— Y'a quelqu'un ? cria une voie féminine ? Bouge pas mon Jules, c'est encore un de ces rats qui trainent partout.

L'éclairage des coulisses s'alluma. L'homme se dissimula derrière un rideau, au moment où la concierge arrivait.

— Mais qu'est-ce que c'est que ce bordel ! Oh mon Dieu ! qui c'est qui… C'est pas des rats, ça ! Y'a quelqu'un ? répéta la concierge.

Au moment où elle passait devant le rideau, celui-ci s'ouvrit d'un coup sec. Elle ne vit que la longue baïonnette tenue à l'horizontale qui s'approchait d'elle, tenue par un homme au visage invisible dans l'ombre.

— Ju… ! commença-t-elle.

L'homme enfonça la lame dans le ventre de la concierge dont la bouche se remplit de sang. Il releva la baïonnette d'un coup sec jusqu'à ce qu'elle soit bloquée par le sternum. Il repoussa le corps de sa victime, agité de mouvements réflexes qui accrochèrent une toile de décor. Aux aguets, il dressa l'oreille. L'éclairage lui permit de se repérer et, ajustant sa sacoche, il s'engagea dans les escaliers qui menaient aux cintres. Une porte ouvrait sur les combles à la charpente majestueuse qui soutenait le dôme du théâtre. Les énormes solives formaient un hexagone parfait au milieu duquel deux étroites échelles conduisaient au belvédère. Armé d'un pied-de-biche, il en fit sauter le montant d'un vitrage. Les notes de la sonnerie aux morts montaient de la place.

L'homme posa sa sacoche sur le petit plancher et en sortit plusieurs pièces métalliques. Il les assembla sans précipitation. Elles s'emboitaient avec précision, et devinrent en quelques minutes un fusil à long canon, muni d'une crosse en chêne. Il n'y avait pas de chargeur, mais l'homme savait qu'il n'aurait droit qu'à une cartouche qu'il engagea dans le magasin. La culasse se referma avec un bruit sec.

Le tireur avait une vue parfaite sur la cérémonie. La statue de Vercingétorix ne gênait pas l'axe de tir, Il ne pleuvait pas et la brise légère ne risquait pas de déplacer la visée.

Le moment était arrivé de déposer une gerbe aux pieds du chef arverne. Trois anciens combattants attendaient que le Maréchal veuille bien s'approcher d'eux et déplace la gerbe. Pétain laissa sa canne à Ménétrel et s'avança vers les hommes qu'il salua.

Sans lunette de visée, le tireur avait construit un axe impeccable entre la mire et le pontet. La tête de Pétain était le troisième point de cette ligne. Son index se rapprochait de la détente. Il avait enlevé son gant droit pour mieux sentir le contact avec l'acier, et augmenter la précision

Alors que Pétain s'apprêtait à pousser la gerbe vers le pied de la statue, un des hommes marcha sur son lacet. Déséquilibré, il se retint à la gerbe que Pétain tenait des deux mains. Emporté par le poids, celui-ci s'inclina en avant, au moment où on entendit un lointain claquement.

La tête du vétéran le plus proche explosa et ses voisins immédiats furent éclaboussés de matières sanglantes. Une partie de l'hémisphère gauche du cerveau fut projetée sur le pardessus du docteur Ménétrel dont les yeux se révulsèrent avant qu'il ne tombe évanoui.

La gerbe était tombée par terre et Pétain regardait les hommes s'éloigner de lui sans comprendre leur réaction.

Joseph, qui était le plus près du Maréchal se précipita vers lui et le fit tourner de force contre le socle de la statue.

— On était plus à l'abri dans les tranchées, vous ne trouvez pas ? lui demanda Pétain sans que ça voix ne tremble.

Joseph ne répondit pas. Il avait entendu le coup de feu et regardait les toits environnants.

Œil-de-Lynx avait lui aussi compris de quoi il s'agissait. Placé où il était, il avait suivi la trajectoire de la balle et avait vu le tireur se relever après avoir raté son tir, et l'avait reconnu. Il n'en croyait pas ses yeux et se surprit une fois encore de leur capacité à voir si loin et si bien malgré les tortures subies par son corps. Comment avait-il osé ?

L'agitation sur la place était à son comble. Les légionnaires s'étaient regroupés autour du Maréchal qui racontait des souvenirs de marmitage sur la cote 301, Ménétrel se relevait seul de son évanouissement, des policiers couraient partout sans savoir où se diriger, les civils s'étaient dispersés et abrités dans les entrées d'immeubles ou les restaurants pour éviter une deuxième balle.

Dans le belvédère, l'homme s'était accroupi sur le plancher. Il démonta son fusil dont il lança les pièces dans la sacoche en cuir. Il ajusta sa casquette et commença à descendre les échelles qui menaient aux combles lorsqu'il entendit une voix.

— Marinette, où c'est que t'es ?

La porte s'ouvrit et les deux hommes se firent face.

— Vous êtes qui, vous ? demanda le concierge avec force. Dégagez de là et vite.

Comme il se retournait pour montrer le chemin au tireur, celui-ci le saisit par le cou et d'un geste fit basculer sa nuque en arrière. La colonne vertébrale se rompit dans un craquement sec.

Le tireur descendit les escaliers jusqu'à la scène sans se retourner. Il sortit par où il était rentré. Des policiers s'agitaient dans la rue et aucun ne s'adressa à lui.

Sur la place, il ne restait que le corps sans tête de l'ancien combattant. Joseph s'approcha de lui, surmontant son dégoût. Projetées en arrière par une balle à forte vélocité, les vertèbres cervicales s'ouvraient d'un angle de près de 45°. Accroupi, il cherchait parmi les débris si la balle pouvait avoir été arrêtée par la boîte crânienne. Elle se trouvait à l'intérieur d'un amalgame de matière cérébrale. De la pointe de son couteau, Joseph repoussa les fragments et fit glisser la balle déformée dans une des petites enveloppes qu'il conservait toujours. Encore accroupi, il se retourna et observa la ligne de tir. Le toit du théâtre offrait une vue imprenable sur la place de Jaude. C'est sans doute là que le tireur s'était posté.

Au moment où il se relevait, il sentit qu'une main s'accrochait à lui. Il se retourna. Il avait déjà aperçu le visage broyé de l'ancien combattant cul-de-jatte vendeur de billets de la loterie nationale. Mais jamais d'aussi près. La moitié inférieure de la tête semblait avoir été repliée sur elle-même en un bourrelet de chairs à vif qui laissait voir le palais et une partie du larynx.

— He le honnais ! He le honnais ! hurlait l'homme qui bondissait sur sa chaise roulante.

— Je ne comprends pas, excusez-moi, dit Joseph, en essayant de se débarrasser de la main de fer qui serrait son bras.

— He le honnais, He ous dis ! H'est Onhard ! H'en uis ûr...

— Calmez-vous, Monsieur. Je dois aller relever des indices au théâtre, mais venez demain au commissariat. Vous pourrez m'expliquer tout ça.

S'il avait eu des jambes, l'invalide aurait trépigné. Il lança un soupir qui se transforma en un borborygme chargé de mucosités variées.

Joseph se dirigea vers le théâtre, accompagné de deux policiers. Il fallait en interdire l'accès pour protéger le maximum d'indices. Il aurait aimé pouvoir retourner au commissariat et prendre la « boîte à outils » de Nestor, mais il voulait être le premier sur les lieux, sans être dérangé par des visiteurs curieux et désordonnés.

La loge du gardien était déserte. Les hommes montèrent les quelques marches qui menaient au couloir des loges sans entendre aucun bruit. De la lumière filtrait sous la porte menant au plateau. Un des policiers l'ouvrit et avança sur la scène vivement éclairée.

— Inspecteur ! cria-t-il. Venez-voir !

Joseph sentit immédiatement l'odeur de sang frais. Des pieds dépassaient d'un décor dont le poids seul aurait pu écraser n'importe quel être vivant. Les trois hommes durent s'y reprendre à plusieurs fois pour dégager le corps de la victime. La blouse était trempée de sang encore rouge. La blessure béante révélait une attaque violente.

— Avec quel instrument peut-on faire cela ? demanda Joseph à voix haute.

— Si je peux me permettre, inspecteur, c'est une baïonnette répondit le policier le plus âgé. J'en suis sûr.

On pratiquait ça souvent dans les corps à corps. Vous percez, et vous remontez d'un coup sec. Comme ça, vous êtes sûr que le gars d'en face se relèvera pas.

— Donc un ancien combattant, comme vous ?

— Ça se pourrait bien. Je suis pas expert en scènes de crime, mais des Boches, j'en ai percé plus que j'aurais voulu et c'est comme ça qu'on faisait.

Joseph hocha la tête. Son regard accrocha une trace sanglante sur un rideau. On voyait nettement des trainées de sang, de part et d'autre d'une large pliure. Le policier s'était approché avec lui.

— Regardez la forme sur le tissu. C'est une baïonnette cruciforme. La pauvre femme n'avait aucune chance.

Joseph envoya un des hommes chercher un fourgon pour emporter le corps, puis se mit à la recherche des escaliers.

Après plusieurs volées de marches, Joseph et son escorte débouchaient sous les combles. Le corps du concierge gisait, inerte, la tête inclinée vers l'arrière dans un angle impossible. Joseph tâta le pouls.

— Il est encore chaud. Attention. L'assassin n'est peut-être pas loin. Avancez avec précaution, dit-il au policier, et surtout limitez vos déplacements. Il ne faut pas effacer d'éventuelles traces.

En arrivant au plancher du belvédère, il remarqua que la poussière avait été déplacée. Deux empreintes de pieds étaient visibles. Il s'accroupit pour profiter de l'éclairage rasant et aperçut contre le mur la douille de la cartouche. Il la prit avec son stylo et l'observa. C'était un modèle qu'il ne connaissait pas. Nestor allait avoir de quoi s'occuper. Il plaça la douille dans une autre enveloppe et préleva quelques échantillons de poussière là où les empreintes de pieds étaient les plus nettes, mais sans grand espoir.

L'homme avait cependant laissé une multitude d'indices, sans se préoccuper du risque d'être identifié ou pas. Soit il était imprudent, soit il savait être invisible pour l'instant. Le témoignage du policier était de première importance. Un ancien combattant. Qui en voulait assez au Maréchal pour envisager de le tuer. Parce qu'il avait servi sous ses ordres ? Parce qu'il n'était pas d'accord avec la Révolution Nationale ? Joseph réfléchit. La balle aurait-elle pu être dirigée contre l'amiral Darlan ? Ses erreurs depuis le printemps l'avaient rendu peu populaire, mais pouvait-il être la cible d'un tireur isolé ? Les attentats se multipliaient en France, surtout en zone occupée, et visaient d'abord des Allemands. Même si Laval avait échappé de peu à un attentat au mois d'août… Joseph essayait de retrouver la position des officiels au moment où la balle avait frappé l'aide de camp. S'il avait eu une photo… Il parcourut la place désertée et aperçut au loin Léon Jourde qui prenait le chemin de son magasin rue du Port. Joseph courut après lui et le rattrapa.

— As-tu pris des photos de la scène ?

— Je ne fais pas dans le sensationnel, Monsieur l'inspecteur ! je suis un artiste ! répondit Jourde avec un grand sourire.

— Alors cher maître, ce moment particulier vous a-t-il inspiré ?

— J'étais trop loin quand le coup de feu a été tiré, poursuivit le photographe en reprenant son sérieux. Mais je dois avoir quelques clichés qui pourraient t'intéresser sur la procession.

Fraysse approchait à vive allure des deux hommes.

— Dumont ! Réunion d'urgence à Vichy demain après-midi. Rassemblez tous les éléments que vous savez si bien collecter dans votre boîte à outils ! Il y aura le grand patron, vous aurez intérêt à être convaincant !

Extrait du journal de Guy Lombard

Près de Saint-Quentin

Au matin du 15 avril 1917, le silence est retombé de part et d'autre de la ligne Hindenburg, après deux jours et deux nuits d'un pilonnage intensif.

Le jeune lieutenant Jourdan, frais émoulu de Saint-Cyr est persuadé qu'il a en mains les clés de la victoire. Si la France n'a pas encore gagné la guerre pense-t-il, c'est parce que l'État-major ne l'a pas encore, lui, confronté à l'ennemi. Il passe ses journées au fond de la casemate, à tracer des signes sur les cartes du front. Le saillant de Rocourt est face à nous. Protégé par trois rangées de réseaux, qui s'étalent sur une centaine de mètres. Jourdan fait sonner le rassemblement à 5 heures du matin. Il parcourt la tranchée où les hommes attendent et écoutent son discours. Il parle en marchant d'un bout à l'autre de la tranchée. Les hommes sont alignés face à face et croisent le regard du lieutenant. Ils n'entendent qu'une bribe de phrase, puisque Jourdan avance en poursuivant son laïus.

Nous ne sommes pas sûrs de bien comprendre. Il veut attaquer ce matin, sans préparation d'artillerie, les lignes ennemies protégées par trois rangées de barbelés, étendues sur une centaine de mètres. Nous nous regardons. Fleury croise mon regard. Son visage poupin est livide. Il a lui aussi compris la même chose que moi. Jourdan nous envoie à la mort. À côté de moi, Jacques Danton. Il a 22 ans. Arrivé depuis deux semaines avec son régiment de renfort. Il pue. Ses intestins se lâchent quand il a peur. Il tremble de tous ses membres et ne peut fixer sa baïonnette au canon. Je suis obligé de l'aider. Lorsque Jourdan s'approche de nous, il croise le regard de Danton. Le bouscule. L'insulte. « On ne tremble pas quand on défend sa patrie. La victoire est à nous. » Danton tombe à genoux devant Jourdan et le supplie. De la morve coule de son nez. Il s'accroche à ses bottes. « Pas aujourd'hui mon lieutenant, pas aujourd'hui. J'irai le premier les autres jours, mais pas aujourd'hui, s'il vous plaît. » Deux fois Jourdan lui ordonne de se relever. On a l'impression que Danton rétrécit, veut rentrer dans la boue de la tranchée. Muets, les hommes échangent des regards perplexes. Et si c'était le petit qui avait raison ? Jourdan regarde ces soldats et voit leur confiance faiblir. Alors qu'ils montaient à l'assaut la peur au ventre, sans se poser de questions, ils sont maintenant hésitants, inquiets de la stratégie de leur chef. Aux pieds de Jourdan, Danton semble s'être endormi en position fœtale, secoué de tremblements. Jourdan le repousse de sa botte maculée de boue. Et Danton se racornit encore plus. Jourdan sort son revolver, vise calmement et tire. La tête de Danton explose. Les hommes plus proches de lui reçoivent des morceaux de cerveau sur leurs bandes molletières. Ils regardent Jourdan qui range son revolver comme s'il venait de le nettoyer. « Deux hommes pour me débarrasser de cette lavette. Assaut dans 15 minutes. » Lorsqu'il se retourne pour se diriger dans la casemate, il est face à moi. Je lui lance mon poing dans la gueule. Il est projeté en arrière et tombe dans les bras de Fleury.

13

Le contre-amiral Platon, retour de Djibouti, expose la situation de la côte française des Somalis.

La Montagne, 12 novembre 1941

Une réunion de crise avait été convoquée d'urgence à l'hôtel des Célestins, siège du ministère de l'Intérieur.

Les officiers de police judiciaire du département du Puy-de-Dôme étaient réunis dans la grande salle à manger de l'hôtel. Pendant qu'ils s'installaient, le personnel de l'hôtel débarrassait les dernières tables du déjeuner.

Pierre Pucheu, ministre de l'Intérieur, présidait cette assemblée. Il sortait à peine de la crise des otages et affichait une mine sombre. Il s'était déjà fait quelques ennemis au sein du gouvernement, et certains n'attendaient qu'un faux pas de sa part pour lui tirer une balle dans le dos. À sa droite, Antoine Mondanel, que l'amiral Darlan avait nommé à la tête de la PJ en avril.

Mondanel ne se perdait pas en discussions stériles et attaqua le sujet rapidement ;

— Le moment n'est pas de chercher les responsabilités ou de faire tomber des têtes. L'individu qui a tiré sur le Maréchal a su avec talent passer entre les mailles de notre filet. J'ai lu les premières constatations sur son intrusion à l'opéra et son mode opératoire. Nous avons à faire à un homme décidé, sûr de lui, qui n'hésitera pas à recommencer. Quelqu'un peut-il m'en dire plus ?

Fraysse poussa Joseph du coude et le désigna à Mondanel.

— Oui, Monsieur… ? interrogea celui-ci

—Inspecteur Dumont, brigade mobile de Clermont-Ferrand, Monsieur.

— Nous vous écoutons, inspecteur.

Joseph se leva. Il tombait de sommeil après avoir fait l'aller-retour jusqu'à l'abbaye de Malemont, où il avait réveillé Nestor pour procéder d'urgence aux analyses des éléments de la scène de crime. Il s'éclaircit la voix et consulta ses notes.

— Nous avons trois certitudes : il s'agit d'un tireur d'élite, ancien combattant, qui fabrique ses projectiles lui-même. Sa cible était bien le Maréchal, comme le prouvent les photos réalisées sur place.

Joseph montra les clichés que Jourde avait agrandis. Un trait reliait le belvédère du théâtre à Pétain. Darlan se trouvait en retrait et ne pouvait pas être la cible du tueur.

Mondanel prenait des notes. Il leva la main pour arrêter Joseph.

— Avez-vous estimé la distance entre le belvédère où se trouvait le tireur et la position du Maréchal ?

— Pas plus d'une centaine de mètres, en tenant compte de l'angle de tir.

Mondanel opina.

— Poursuivez, je vous prie.

— Les informateurs que nous avons réveillés cette nuit n'ont entendu aucune rumeur, aucun projet d'un attentat contre la personne du Maréchal. Je pense qu'on peut exclure de la liste des suspects les truands auxquels nous sommes habitués. Nous pensons qu'il s'agit d'un acte isolé, perpétré par un homme seul.

— Ne tirez pas de conclusions hâtives. Nos recherches doivent porter sur les groupes de terroristes qui en veulent à la stabilité de l'État, communistes bien sûr, mais ne négligeons pas les autres pistes.

Joseph allait répondre lorsqu'on frappa à la porte. Pucheu n'eut pas le temps de répondre qu'Albertine entrait et se dirigeait vers lui. Elle chuchota à son oreille et lui remit une feuille de papier. D'ordinaire la mine pâlotte, Pucheu prit une teinte cadavérique.

— Vous en êtes sûre ?

Albertine hocha la tête.

« Qu'elle est belle ! » pensait Joseph, qui se permit d'oublier un instant la raison de sa visite. Lorsqu'Albertine se redressa, leurs regards se croisèrent. Ils échangèrent un clin d'œil discret. Le rendez-vous était pris. Elle quitta la pièce sans se retourner. Pucheu se leva.

— Messieurs, ma secrétaire vient de m'annoncer que le ministre de la guerre, le général Huntziger vient de mourir dans un accident d'avion.

Des cris de stupéfaction s'élevèrent dans la salle. Tout le monde se mit à parler en même temps.

— Encore un coup d'un terroriste ? demanda un OPJ.

— Les cocos au poteau ! cria un autre.

Pucheu leur fit signe de se calmer et consulta le document que lui avait remis Albertine.

— Selon les informations que je viens de recevoir, il s'agit d'un accident, l'avion personnel du général s'est écrasé à proximité du mont Aigoual à une altitude de 1300 mètres. Les conditions météorologiques semblent en cause. Six autres personnes ont péri avec le général. Commissaire Mondanel, je vous prie de continuer et diriger la réunion sans moi. Je dois m'entretenir des suites de l'accident avec le vice-président du conseil.

Tous se levèrent au départ de Pucheu, puis ils reprirent leur place. Antoine Mondanel regarda les hommes présents.

— Il faut agir vite. Si comme vous le pensez, l'homme a agi seul, il est plus dangereux que l'Amicale de France, et je sais de quoi je parle[1]. Il n'a aucune base,

---

[1] Composée d'anciens membres de la Cagoule, l'Amicale de France est responsable de l'assassinat de Marx Dormoy, ministre de l'Intérieur du Front populaire. Elle comptait parmi ses dirigeants Bernard Ménétrel,

aucun contact, aucun passé. Bref, il est introuvable. Faites jouer vos réseaux d'informateurs, d'anciens combattants. Recherchez dans les dossiers militaires où il est fait mention de tireurs d'élite. Le successeur du général Huntziger nous donnera j'en suis sûr tout son appui. Cet homme se cache certainement quelque part. Au travail, Messieurs. Il nous faut des résultats rapidement.

Tous se levèrent dans un raclement de chaises.

L'équipe du commissariat de Clermont se rassembla autour de Fraysse.

Joseph s'était éclipsé sans bruit, et fila rejoindre Albertine qui l'attendait à l'abri du kiosque du casino, battu par le vent

— Il faudra trouver un autre endroit ! Je suis gelée…

— Viens te réchauffer. Allons prendre quelque chose de chaud au *Fidèle Berger*.

Elle se serra contre lui, et ils s'installèrent, Albertine sur une banquette contre le mur. Joseph face à elle, ne voulait pas la quitter des yeux. Il ne faisait guère plus chaud que dehors, mais il n'y avait pas de vent. On leur proposa une infusion de feuilles de frêne, à défaut de thé.

Les mains entourant sa tasse, Albertine cherchait ses mots.

---

médecin et conseiller de Philippe Pétain. Antoine Mondanel fait arrêter les auteurs de l'attentat à l'automne 1941. Ils sont libérés par les Allemands après l'invasion de la zone sud.

— C'est de la folie, Joseph ! Le docteur Ménétrel, le général Laure, Monsieur Pucheu, Monsieur Romieu ont passé une partie de la nuit à essayer de se mettre d'accord sur ce qu'il fallait faire. Les uns veulent faire arrêter tous les communistes, les autres accusent les Anglais, pour d'autres, c'est un coup des traitres de Londres ! Ils se rendent compte qu'ils ne contrôlent plus rien, malgré toutes les précautions prises.

— On ne peut écarter l'idée d'un attentat politique, mais ça ne me semble pas cohérent avec les discours d'autrefois. Pas sûr que même les communistes soient prêts à flinguer le Maréchal. Et que dit-il, lui ?

— Il n'a pas l'air d'avoir vraiment compris ce qui s'était passé. Il croit à un mouvement de foule qui aurait mal tourné.

— Quand je l'ai mis à l'abri, j'ai eu l'impression que ça l'amusait, qu'il retrouvait l'ambiance des tranchées !

— Tu as une idée de qui a pu monter un truc pareil ? Il faut être fou !

— Et dangereux ! Il n'a pas hésité à éventrer la concierge et à briser la nuque de son mari.

Albertine eut une moue de dégoût, oubliant qu'elle avait été formée à faire subir le même sort si elle se trouvait en danger.

— Pauvres gens.

— Ce qui m'étonne, c'est la préparation, l'organisation. Ce type savait exactement où il allait et ce qu'il faisait.

Joseph s'arrêta et regarda Albertine

— Tu es sûre que ce ne sont pas tes patrons de Londres qui ont commandité l'opération ?

— Je ne suis pas dans leurs petits secrets, mais je ne vois pas leur intérêt. Pétain est chancelant, et n'a guère d'autorité, mais il reste un rempart contre le retour de Laval, même si j'ai entendu dire que celui-ci travaillait d'arrache-pied pour revenir aux affaires. Et…

Joseph l'interrompit.

— Attends ! Je pense à quelque chose : Vigouroux nous a parlé il y a quelque temps d'un rapport de la gendarmerie de Randan au sujet de tirs suspects. Si c'était notre tueur qui s'entraînait ?

— Ce ne serait pas très prudent de sa part, commenta Albertine.

— Tu as raison, mais on ne sait jamais. Ce serait normal que le type gravite dans le coin. S'il veut abattre le Maréchal, il ne faut pas qu'il soit trop loin de lui. (Joseph leva les yeux. Dans le miroir fixé au mur, il remarqua un mouvement inhabituel) : Dis donc… Tu connais le type qui nous regarde par la vitrine ?

— Mais oui ! C'est Maxime, un secrétaire. Tu crois qu'il nous espionne ?

— Je ne sais pas, on va lui demander.

Plus rapide, Albertine s'était déjà levée. Quand elle arriva à la porte, Maxime avait disparu.

14

L'avion du général Huntziger s'écrase au sol.

La Montagne, 13 novembre 1941

La réunion à Vichy s'était terminée en milieu d'après-midi et Mondanel avait donné des instructions précises aux différentes brigades. Pendant tout le trajet, Brouyard avait énuméré la liste des suspects juifs, communistes ou francs-maçons dont il tenait un inventaire minutieux. Les regards de Joseph et de Fraysse se croisaient, en imaginant ce que Brouyard ferait des « terroristes » qui lui tomberaient entre les mains. Joseph demanda à faire une halte à la gendarmerie de Randan. Il dut patienter quelques minutes avant que l'on retrouve la boîte dans laquelle étaient rassemblés les douilles, balles et objets récoltés sur la zone de tir.

Joseph repartit dans la nuit pour Malemont. La route était humide, glissante, et quelques flocons se mêlaient à une pluie glaciale. À Chassagne, Il faillit manquer l'embranchement du chemin qui menait à l'ancienne abbaye.

Un grand feu de bois brûlait dans le cantou de la cuisine. Transi, Joseph s'en approcha et exposa l'une après l'autre ses deux faces pour retrouver une température normale. Nestor, Alphonse, Jean Rochon, Douglas et deux autres hommes que Joseph ne connaissait pas étaient assis autour de la grande table.

Assis à une extrémité, sérieux comme un pape, Sebastian jouait avec de petits personnages en bois. Deux camps distincts s'opposaient. Un petit groupe se déplaçait avec rapidité, encerclant les autres qui tombaient sous un feu nourri, que le petit garçon imitait.

Joseph suivait le combat avec intérêt.

— Ce sont des résistants qui attaquent un groupe d'Allemands, expliqua Alphonse.

— Il n'y a pas d'Allemands chez nous, répondit Joseph.

— Ça ne va pas tarder…

Joseph était réchauffé. Il s'installa à table. Sebastian, qui s'était rendu compte de la présence de son oncle se lova sur ses genoux.

— Tu t'es bien remplumé, s'exclama Joseph. (Il se tourna vers Alphonse) Vous l'avez sauvé. Merci.

— La vie au grand air, de bonnes choses à manger, y'a que ça de vrai ! Hein petit bonhomme ? Raconte à Joseph ce qu'on a fait aujourd'hui.

— On a monté en voiture avec le vola ! raconta Sebastian avec enthousiasme.

— Le vola ? demanda Joseph

Sebastian avait certes meilleure mine, mais il n'avait guère fait de progrès de conjugaison et de vocabulaire !

— C'est le cheval, traduisit Alphonse. Je l'ai emmené vers Brionnet pour chercher du bois. Et qu'a-t-on trouvé aussi ?

— Des chanmignons ! cria Sebastian. Je vas te montrer.

Il sauta de la chaise, courut jusqu'à la souillarde et en revint avec un cèpe qui était aussi gros que sa tête.

— Bravo ! dit Joseph en applaudissant.

Irène serait si heureuse d'avoir de bonnes nouvelles de son fils. Alphonse l'avait adopté, et on sentait une intime complicité entre eux.

— Je te donne ton diplôme de grand-père ! annonça Joseph avec emphase.

Alphonse rougit de plaisir.

— C'est trop rien, répondit-il, gêné. Et ça me fait de la compagnie.

Nestor frappa la table d'une règle et annonça la fin de la récréation.

— Ce n'est pas pour vous contrarier mes enfants, mais on a du pain sur la planche.

Alphonse fit un signe discret à Sebastian, qui partit se coucher après avoir fait un bisou à chacun. Les hommes prirent place autour de la table.

— Je laisse la parole à Douglas, dit Nestor. Il a une information importante à nous donner, et c'est pour cela qu'il est venu tout exprès de Lyon.

— Il y a un traitre dans le réseau. Sapin a été arrêté.

— Qui est Sapin ? demanda Joseph.

— Un autre résineux, ne put s'empêcher de dire Nestor.

— Il travaille avec moi sur les livraisons de papier pour nos publications clandestines, poursuivit Douglas sans réagir au calembour. Nous avions rendez-vous la semaine dernière à notre imprimerie rue de la Vieille-Monnaie et j'ai été retardé de quelques minutes. Au moment où j'arrivais vers l'immeuble, J'ai vu Pierre encadré de deux policiers. Nos regards se sont croisés, mais il n'a pas fait mine de me reconnaître.

— Vous n'avez rien remarqué avant ? Pas de filature, d'ombre dans les portes cochères ? demanda Jean Rochon.

— Rien de tout cela. Nous prenions toutes les précautions nécessaires, mais je n'ai jamais eu le sentiment que nous étions surveillés.

— Qui le connaissait parmi nous ? interrogea Joseph.

— C'est bien ce qui me tracasse : personne. Nous avions cloisonné nos activités et seuls les membres des *Cahiers du Témoignage chrétien* connaissent l'implication de Pierre. Je ne vois qu'une possibilité : il y a un agent double dans le réseau.

— Il faut redoubler de prudence, remarqua Jean Rochon.

— Nous sommes tous prudents, rétorqua Joseph. Mais si cet espion est infiltré depuis un moment, il connaît nos pseudonymes, nos planques, nos projets. Il faut condamner l'appartement du cours de Verdun pour les futures réunions. Il doit être surveillé.

— Joseph a raison, conclut Nestor. Prévenez vos correspondants de rompre toute relation avec l'appartement. Où pouvons-nous faire notre prochaine réunion ?

— Je vous propose de nous retrouver place Morand, au numéro 6, suggéra Douglas. C'est le siège de mon entreprise. Personne ne viendra nous embêter.

— Tout le monde est d'accord ? interrogea Nestor. Bien, passons maintenant à l'épisode clermontois. Joseph, tu étais aux premières loges. Et le premier sur la scène de crime. Raconte-nous.

Joseph fit un récit le plus détaillé possible des quelques minutes qui avaient failli coûter la vie au chef de l'État français. Sur une feuille, il traça les positions respectives de chacun, et l'emplacement où se trouvait le tireur.

— C'est incroyable, dit un des hommes présents. Que personne ne se soit douté ou n'ait été informé qu'un attentat pareil se mijotait… Mais « que fait la police ? »

— C'est bien ce qui contrarie Pucheu et le préfet. Jamais on n'a eu autant d'indics et d'informateurs, et pourtant, on n'a pas le moindre début d'une piste.

— Qui a pu avoir le culot de préparer un tel truc ? s'interrogea Nestor à voix haute. Ce n'est pas Collette, il est en taule[1]…

____

[1] Paul Collette est l'auteur de l'attentat – raté – contre Pierre Laval le 27 août 1941.

— Collette a été l'instrument des anciens de la Cagoule. Notre type a agi seul, sans appui. Je ne vois pas les branleurs du CSAR[1] organiser une opération de cette envergure. Surtout maintenant, compléta Joseph.

— Dommage qu'il l'ait raté, dit le voisin d'Alphonse qui avait une trogne de paysan bien nourri.

Nestor n'avait pas fait les présentations, mais tout le monde savait que c'était mieux ainsi.

— Au contraire ! s'exclama Nestor. Si c'est le hasard qui a fait trébucher Pétain, alors, rendons grâce à Dieu, ou Vichnou… Que sais-je ? La disparition du Maréchal aujourd'hui serait catastrophique.

— Pourtant, c'est bien à cause de lui qu'on en est où on en est aujourd'hui, non ?

— Qui sait si ça ne se serait pas pire ? Depuis décembre dernier, Laval fait tout pour dévaloriser la politique de Darlan.

— C'est quand même l'Amiral qui a ouvert l'Afrique du Nord aux Allemands, non ? Et c'est à cause de lui qu'on en est où on en est, répéta le paysan. Le rationnement, les jours sans alcool, le pain rassis…

— Si Pétain disparaissait aujourd'hui, vous pouvez être sûrs que les Allemands profiteraient de l'occasion pour mettre la France en coupe réglée, expliqua Nestor. C'en serait fini des deux zones, et un *Gauleiter* serait

---

[1] Le Comité Secret d'Action Révolutionnaire – la Cagoule – est responsable de nombreux attentats avant la guerre. Ce sont ses hommes qui assassinent l'ancien ministre de l'Intérieur Marx Dormoy en juillet 1941.

nommé pour organiser le pillage, encore plus que ce qui se passe aujourd'hui. Il n'en faudrait pas beaucoup pour qu'on ressemble aux Polonais !

Un long silence suivit les explications de Nestor.

— Ouais, conclut Alphonse en rejetant son béret sur la tête. Autrement dit, on sait ce qu'on a…

— Je ne prends pas parti pour Pétain, et je crois que s'il est un « rempart » comme il le dit, c'est plus par défaut que par activisme. N'empêche que pour l'instant, sa présence limite les dégâts.

— Mais les Allemands sont de plus en plus gourmands, compléta Joseph. Pensez qu'un consul spécial a été nommé à Vichy. Il est là pour peser sur les décisions du gouvernement. Je ne donne pas une semaine à Weygand avant qu'il soit viré. Il est trop encombrant pour que Pétain le garde.

— Pourtant on avait bien l'impression qu'ils étaient d'accord, grogna le paysan qui essayait de comprendre les secrets de la politique.

— Ils l'étaient jusqu'à un certain point, expliqua Nestor. La Révolution Nationale, oui, l'exclusion des Juifs de l'administration, oui. Mais Weygand ne supporte pas l'idée que les Allemands puissent s'approcher des colonies et de l'Empire.

Joseph sortit deux enveloppes. La première contenait la balle qui avait traversé la tête de l'ancien combattant. Dans l'autre, il avait déposé les objets récupérés à Randan. Joseph les ouvrit avec précaution.

— A vue d'œil, c'est du 8 mm, constata Nestor. Mais il y a quelque chose qui me tracasse.

Il se leva avec difficultés, et partit en claudiquant vers l'ancienne fenière dans laquelle il avait aménagé son « labo » de criminalistique. Il s'installa sur un tabouret devant un microscope, gratta l'enveloppe de la balle, déposa quelques grains de poussière sur un petit rectangle de verre, en superposa un second et glissa l'assemblage sous le microscope.

— Cartouche industrielle, modèle de base qui équipe les revolvers règlementaires. Ce sera difficile de trouver où le tueur les a obtenues. Par contre… Viens voir au microscope.

Nestor plaça les deux projectiles côte à côte et fit à Joseph de s'approcher.

— Si tu regardes bien, tu vois des stries, des rayures parallèles sur chacune d'elles.

Joseph acquiesça.

— Tu remarques qu'elles sont légèrement spiralées, ce qui correspond aux tenons à l'intérieur du canon…

— Et comme les marques sont les mêmes sur les deux balles, poursuivit Joseph…

— Bingo ! Ton enquête a fait un pas de géant. Et d'autre part, on voit une entaille à la tête de la balle de gauche, celle que tu as prélevée sur la victime.

— Un défaut de fabrication ? demanda Joseph.

— Au contraire ! Un procédé très dangereux, interdit, même en temps de guerre. En pénétrant dans les chairs, la balle se déforme, s'ouvre à la manière d'une hélice, et provoque des dommages irréparables. Il ne devait plus rester à la victime beaucoup de cerveau…

— C'est ce qu'on appelle les « balles Dum-Dum ? »

— Exactement ! Tu as autre chose ?

— Oui, je t'ai apporté de la poussière que j'ai relevée sur les traces de chaussures que j'ai relevées sur le sol du belvédère.

— De la poussière ! Quelle attention délicate ! On en manque tellement ici…

Nestor posa l'enveloppe sur la paillasse. Il saisit quelques grains avec une pince à épiler et les déposa sur une nouvelle lame de verre. Après avoir enserré son échantillon sous une seconde lame, il posa le tout sous le microscope.

— Finalement… ça ne va peut-être pas être si compliqué que je craignais…. J'ai déjà vu ça quelque part. Il y a du coton, des fibres textiles…

Il déplaça les lames de quelques millimètres pour avoir un autre point de vue.

— Oui, oui, oui… Attends, je dois avoir un cliché.

Il prit un album sur une étagère au-dessus de la paillasse, dans lequel étaient disposées des centaines de photos prises au microscope. Il le feuilletait rapidement, sachant très bien ce qu'il cherchait.

— Ça y est ! Regarde !

Joseph obéit. Des rubans en spirales étaient croisés avec des tubes, plus épais, qui ressemblaient à des spaghetti.

— Tu as vu ? Maintenant, jette un coup d'œil là-dessus, dit Nestor en lui montrant le microscope.

Les images se confondaient dans les moindres détails. Devant l'air ahuri de Joseph qui attendait une explication, Nestor expliqua en sept mots :

— Ton tueur marche sur de la moquette.

— Je peux donc éliminer Malemont et les fermes de la zone nono, conclut Joseph, désespéré.

— On peut éliminer beaucoup d'endroits, et surtout, en déduire beaucoup plus.

— Éliminons les maisons particulières…

— Parce que l'assassin ne se fait pas héberger par la bourgeoisie locale, termina Nestor.

— … Les bureaux ou les administrations…

— … En admettant qu'elles aient les moyens de se payer de la moquette !

— Ou alors…

— Ou alors ?

— Si je voulais échapper à la vigilance policière, que je cherche un endroit discret où on ne me pose pas de questions, j'irais peut-être dans un hôtel.

— Bien sûr ! On peut s'y installer avec de faux papiers, et pourvu qu'on paye rubis sur l'ongle, la direction ne fait pas de difficultés.

— Il reste à faire le tour des hôtels clermontois qui ont de la moquette, conclut Joseph.

— Tu as de la chance, remarqua Nestor, il y en a moins qu'à Vichy !

15

La Montagne, 14 novembre 1941

La porte de l'appartement explosa avec fracas. Blottie contre Jocelyn, Valérie sursauta et pensa que Colette était tombée de son lit. Elle se levait pour prendre sa robe de chambre surprise que la lumière soit allumée dans la cuisine. Elle aperçut deux hommes surgir dans l'embrasure. Ils la saisirent sous les aisselles et la portèrent jusqu'à la cuisine.

— Mais qui…

— Ta gueule, dit un des hommes.

Elle entendait sa fille hurler de peur. Dans la chambre, des voix d'hommes et des bruits de coups la faisaient tressaillir. On lui avait parlé des descentes de la Gestapo en Allemagne. Mais on n'était pas en Allemagne. Ce n'était pas la Gestapo. C'était un cauchemar. Elle se leva. L'homme qui était à côté d'elle fit un geste.

— Je vais chercher ma fille. Vous allez me frapper pour ça aussi ? dit-elle en le regardant droit dans les yeux.

— Dépêche-toi, trainée.

Valérie ne releva pas. Colette était roulée en boule dans un coin de la chambre et gémissait comme un petit animal. Sa mère s'accroupit à côté d'elle et la prit dans ses bras.

— Alors, tu arrives avec ta gosse ? cria l'homme depuis la cuisine.

Valérie se leva. Elle arrivait dans la cuisine lorsqu'elle vit Jocelyn, tiré par deux sbires qui le tenaient sous les bras.

— Mais que ?...

Elle sentait Colette blottie contre elle qui hésitait entre se cacher du cauchemar, ou regarder ce terrifiant spectacle.

Un homme s'approcha d'elles.

— On emmène ton jules, poupée. Ça lui réussit pas ses idées communisses. Il va nous parler des tracts qu'il écrit pour le père Staline, et après on te le rendra, peut-être.

— Vous n'avez pas le dr…

La gifle venue de nulle part la déstabilisa et l'envoya rouler par terre. Elle sentit la tête de Colette heurter le placard.

— Et ça, j'ai le droit, salope ? Ton mec est une crevure de rouge. Et toi aussi, sûrement. On va tous vous mettre au placard avant qu'ils continuent à dégommer les Boches. Je reviendrai te chercher bientôt quand j'en aurai fini avec lui.

Il s'accroupit devant Valérie, lui prit une poignée de cheveux dans la main et commença à tirer pour qu'elle le regarde.

— Tu sais ce qu'ils font les Boches ? Ils prennent des bons Français en otage, et ils les butent. À cause de mecs comme ton mari. Alors, on va lui faire passer l'envie de faire le mariole.

Valérie sentait sa tête partir en arrière. L'homme la relâcha brutalement. Alors qu'il se relevait, Jocelyn essaya de se dégager des deux balèzes. Il en envoya un sur la table de la cuisine, mais l'autre sortit une matraque et l'abattit sur son bras. On entendit un craquement sec. Jocelyn s'effondra en hurlant.

— Ah mais c'est qu'ils commencent à m'emmerder les deux tourtereaux ! il se tourna vers le policier effondré sur la table. Lève-toi lopette, et dégage-moi cette merde.

Ils emmenèrent leur prisonnier.

— Pas la peine de venir le chercher, dit le gros. On te le renverra… ou tu lui rendras visite au cimetière...

Valérie avait posé la tête sur ses genoux. Colette était mouillée de peur dans ses bras, et aucune des deux ne bougeait.

Un grincement de parquet fit lever les têtes vers la porte d'entrée.

— Qu'est-ce qu'elle fait là, la petite dame, dit le gros, d'un ton jovial.

— Ah Monsieur le policier, vous avez bien fait de venir. Je suis sûr que c'est un dangereux terroriste, et je ne suis pas tranquille de dormir avec une telle engeance dans mon immeuble.

— Vous avez bien fait de nous appeler, Madame Bergougnoux. On va s'en occuper.

— Vous êtes bien bon, Monsieur le commissaire. Et, je voulais vous dire aussi, que des fois, ils écoutent des drôles de choses dans la TSF. Moi j'écoute toujours Radio-Vichy, mais eux, c'est pas les mêmes musiques.

Brouyard se dirigea vers la radio et tourna le bouton. Les lampes chauffèrent et une voix anglaise s'éleva dans la pièce silencieuse. Brouyard sourit.

— Et en plus ils sont gaullistes, les amoureux ! Il s'avança vers Valérie. Je m'occuperai de toi plus tard, ma mignonne. T'as intérêt à être là quand je reviendrai.

Les armoires à glace emportèrent Jocelyn, inconscient.

— Tu sais, Brouyard, j'aurais pu m'en sortir tout seul, dit un policier en descendant l'escalier.

— Ça fait un moment que je le filoche, cet enfoiré. Et je voulais voir comment qu'était sa gonzesse. Elle aura peut-être besoin de se faire consoler quand il sera passé à la question.

Extrait du journal de Guy Lombard

18 décembre 1917

La salle d'audience du tribunal militaire rue du Cherche-Midi est déserte, ou presque.

À côté de moi deux autres hommes. L'un est déserteur, l'autre s'est mutiné. Je ne les connais pas. Le Président du Tribunal, un commandant en chef nous appelle par nos noms.

Le cas du déserteur et du mutin sont vite évoqués. Peine de mort. Leur avocat commis d'office, un jeune dandy ne fait aucun effort pour les défendre.

Le procureur se gargarise de mots pour prouver la bestialité qui m'a poussé à frapper un supérieur. Il ne dit rien de celle de Jourdan qui a froidement abattu un gamin qui chiait de trouille.

Pendant son réquisitoire, la porte s'ouvre. Une haute silhouette se glisse dans les bancs du public. Les officiers qui président sont prêts à se lever. Un rapide signe de la main. Ils ne bougent pas. Cette silhouette, c'est le général Pétain. Le Président du tribunal marque un temps d'arrêt, regarde le général. Un imperceptible signe de tête et le réquisitoire se poursuit. Il n'est pas fait mention de mes deux tentatives réussies de sauver des hommes sous le feu. Lorsque Fleury est tombé, je me suis couché sur lui dans un geste vain de lui éviter d'autres souffrances. Le tir s'est arrêté. J'ai regardé Œil-de-Lynx. Son visage semblait avoir été découpé. Une fine buée s'échappait de ce qui lui restait de bouche. Lorsque je le pris dans mes bras pour le porter, son corps paraissait léger. Il s'arrêtait au-dessous du bassin. Ses deux jambes avaient disparu. Mes souvenirs m'ont emporté loin de ce tribunal. Lorsque je reviens à la réalité, Mon regard croise celui de Pétain. Se souvient-il de notre repas partagé en Argonne ? Pense-t-il comme moi à Fleury ? Son regard bleu est indéchiffrable, je sens son mépris. Il n'interviendra pas. Il n'est pas cité comme témoin. Il vient assister à la mise à mort d'un homme.

Mon avocat prend la parole. Bien nourri, joufflu, satisfait. D'un clin d'œil, il m'assure de la réussite de sa plaidoirie. Elle est affligeante. Il n'apporte aucune explication à mon geste. Ne revient pas sur l'inhumanité de Jourdan.

Si j'étais à la place du Tribunal, je me condamnerais. Pétain me regarde comme s'il voyait un lépreux.

Une heure après, le tribunal revient après avoir délibéré. J'ai compris. Je suis accusé de violence envers un supérieur et rébellion. Le Président souligne que le Tribunal a fait preuve de mansuétude à mon égard et me condamne à vingt ans de bagne. Lorsque j'ai la parole, je veux parler de l'héroïsme de mes camarades. On me fait taire. Ce n'est pas le sujet. D'un mouvement irrité, Pétain quitte le tribunal. On l'entend qui grommelle. Un mot de lui et j'étais sauvé. Je le croyais humain. Comment peut-il refuser de comprendre l'évidence ? De voir que ces hommes sont prêts à mourir pour leur patrie, à défendre leur sol, à protéger leurs compagnons ? Mais pas à mourir sous les ordres imbéciles d'un officier médiocre imbu de lui-même. Je pensais que lui-même aurait corrigé Jourdan. Et qu'il était venu pour expliquer mon geste au tribunal.

Les Boches étaient mes ennemis, c'est pour cela que je les abattais. Je sais qu'aujourd'hui, j'ai un nouvel ennemi.

16

Le porte-avions britannique « Ark Royal » coulé par un sous-marin.

La Montagne, 15 novembre 1941

La réunion à Malemont s'était terminée tard. Les attentats contre les Allemands remettaient en question leur autorité et fragilisaient les bases de la collaboration, mais que la personne du Maréchal soit visée, et c'était tout l'édifice de la Révolution Nationale qui menaçait de s'écrouler. D'autre part, la mort accidentelle du ministre de la Guerre, le général Huntziger, allait entraîner un remaniement, et déjà les couteaux étaient affutés en coulisse.

Avant d'entrer au commissariat, Joseph entendit des cris provenant du rez-de-chaussée. Le garde essayait de calmer une jeune femme qui tentait de forcer le passage.

— Je vous dis qu'il n'est pas là, répétait le vigile pour la centième fois.

— Alors laissez-moi l'attendre dans son bureau ! Je dois lui parler ! Je le connais !

La jeune femme était décoiffée, son visage défiguré par la douleur. Elle essayait de frapper le policier qui se protégeait comme il pouvait. Il leva les yeux et fit un long soupir de soulagement.

— Tenez, je ne vous mens pas, le voici qui arrive.

La jeune femme se jeta dans les bras de Joseph qui reconnut Valérie.

— Jo ! Ils l'ont arrêté ! L'ont frappé... Il est blessé... Colette… Sais pas où… Je n'en peux plus !

Elle s'effondra, évanouie.

— Aidez-moi à la monter dans mon bureau, demanda Joseph au gardien. Et préparez un café, ou trouvez un fond d'alcool.

Le gardien ouvrit les portes, et Joseph monta les escaliers, Valérie dans les bras. Il l'installa sur un fauteuil lui tapota les joues. Elle secouait la tête en gémissant, comme pour sortir d'un cauchemar. Le vigile entra muni d'une bouteille de cognac et d'un verre qui avait connu des jours meilleurs.

— On garde ça en réserve, au cas où...

Joseph s'empara de la bouteille et versa un doigt d'alcool dans le verre. Il ouvrit les lèvres de Valérie. Elle fronça les yeux quand le cognac arriva sur la langue, toussa, cracha, puis se réveilla tout à fait. Joseph lui fit boire de force une deuxième gorgée.

— Où ?... commença-t-elle. Puis elle se souvint, regarda Joseph. Il faut le sortir de là ! Ils vont le tuer ! Elle essaya de se lever, mais Joseph la retint.

— Assieds-toi et explique-moi. Calmement.

Elle ferma les yeux, rassembla ses pensées, et raconta l'arrestation de Jocelyn par Brouyard et son équipe de gros bras.

— Il n'a rien fait, Joseph. Il a pris sa carte du Parti, mais c'est pour condamner l'invasion de la Russie. Il n'a jamais rien fait de mal.

— Tout ce que font les communistes est « mal », tu le sais bien. Brouyard n'attendait que cette occasion pour mettre une nouvelle tête à son tableau de chasse, même si, en théorie, il doit s'occuper des biens juifs. Je vais voir ce que je peux faire.

— Mais ils vont le tuer ! Le torturer ! Fais quelque chose !

Son angoisse reprenait le dessus. Joseph la raccompagna jusqu'à la rue.

— Je te promets de le retrouver. S'ils l'ont arrêté pour l'interroger, il n'est pas ici. Il y a des endroits plus discrets que je ne connais pas. Ne…

Il allait dire « ne t'inquiète pas », mais lui-même n'était pas tranquille. Il connaissait la violence de Brouyard, qui voulait bouffer du communiste et du Juif tous les matins et montrer son zèle aux supérieurs du SPAC. Il regarda Valérie s'éloigner, le dos voûté, épuisée d'angoisse. Elle croisa sans la voir une chaise roulante qui avançait sur le trottoir en direction du commissariat. Joseph reconnut le mutilé qui s'était agrippé à lui le jour de l'attentat. Celui-ci émettait des sons inarticulés et avançait à toute vitesse vers Joseph.

— He Heux hous harler ! 'Est imhortant !

Joseph se rappela l'énergie avec laquelle il avait tenté de le retenir. Surmontant sa répugnance, il s'avança.

— Bonjour Monsieur, vous voulez me voir ?

— He honnais h'assassin ! he hou his heu he le honnais !!

Joseph avait au moins compris « assassin ». Il se mit derrière la chaise roulante et la poussa jusqu'au commissariat, où il trouva un bureau.

Il s'assit face à Œil-de-Lynx dont un œil laissait échapper un liquide purulent. Joseph se concentra sur un point de ce qui restait de son visage qui ne lui donnait pas de haut-le-cœur.

— Vous connaissez celui qui a tenté de tuer le Maréchal ? Vous en êtes sûr ?

—hien hûr heu h'en huis hûr ! He huis pas hou ! Huste un heu ahimé ! On h'appelle Œil-heu-Lynx. H'ai encore une honne hue.

Il essaya de rire de son humour, ce qui entraîna un gargouillis du côté de la trachée. Ça n'allait pas être facile… Joseph alla chercher une feuille de papier et un crayon et expliqua à Œil-de-Lynx ce qu'il attendait de lui. L'homme disloqué opinait. Sa bouche tordue esquissait ce qui pouvait passer pour un sourire. Avec une agilité surprenante, il sortit une planchette du dossier de sa chaise, sur laquelle il étalait les billets de loterie. Il se saisit du crayon et, fronçant les sourcils, écrivit avec application.

Joseph s'était mis derrière lui, et lisait au fur et à mesure :

« LOMBARD Guy,

« 22ème régiment d'infanterie,

« Montbrison, Schneckenbusch, Roye, Canny, Saint-Quentin,

« 11 mars 16 : Me sort du no man's land sans mes jambes.

« Devant Raucourt, frappe lieutenant Jourdan.

« Tribunal militaire, 1917.

« Bagne. »

Son travail d'écriture terminé, Fleury leva les yeux vers Joseph, s'apprêtant à dire quelque chose, mais les mots ne pouvaient sortir. Des larmes se perdaient dans les bourrelets de son visage ravagé. Il reprit la feuille et écrivit :

« Il a trahi le Maréchal. Ce n'est plus un soldat digne de ce nom. »

— He h'ai hamais hevu, s'excusa Œil-de-Lynx. Husqu'à ahant-hier.

— C'est très bien. C'est parfait, le rassura Joseph. Vous m'avez beaucoup aidé. Je vous fais raccompagner à Jaude.

— Hon, hon. He heux y aller hout heul. Hais… Si hous aviez un heu he soupe ?

Le pauvre homme mourrait de faim ! Joseph n'y avait pas pris garde, mais il flottait dans ses vêtements misérables et sa peau décharnée laissait apparaitre les os de ses bras.

— On va vous trouver ça, Monsieur. Merci de votre aide.

Joseph alla chercher un morceau de pain dans une petite pièce qui faisait office de cuisine. Il ouvrit les placards, trouva un vieux biscuit et trois morceaux de sucre qu'il porta à Œil-de-Lynx. Celui-ci fit faire un rapide demi-tour à sa chaise et repartit vendre ses billets. Joseph remonta à son bureau. Si le tireur était celui que Fleury disait avoir vu, il ne devrait pas être très difficile de le trouver. Chaque ligne donnait des informations essentielles. Un ancien combattant, qui avait suivi son régiment sur les principaux théâtres d'opération, et qui s'était conduit en héros, en sauvant la vie à un compagnon d'armes. Rebelle, il avait tabassé un supérieur, ce qui lui avait valu un jugement en cour martiale qui l'avait condamné au bagne. La piste devait être facile à remonter. Les bagnes avaient été abolis sous le gouvernement Daladier en 38, mais l'administration pénitentiaire conservait bien quelque part les dossiers des bagnards. Dans la situation actuelle, il était impossible de se rendre à Paris. Joseph monta les escaliers jusqu'au bureau de Fraysse et poussa la porte sans frapper.

— Eh bien ! s'exclama le commissaire. Heureusement que je ne faisais pas ma sieste !

— Vous n'allez plus avoir envie de la faire après ce que je vous aurai annoncé !

Et Joseph expliqua ce qu'Œil-de-Lynx lui avait écrit.

— Formidable ! dit Fraysse en frappant sur son bureau. On va rechercher la trace de ce Lombard. D'abord chez les militaires : le ministère de la Guerre est à l'Hôtel thermal. On saura où est passé ce 22ème régiment. Puis au ministère des Colonies qui avait en charge l'administration du bagne.

Devant l'air dubitatif de Joseph, il poursuivit :

— D'accord avec vous, c'est plus facile à dire qu'à faire… Première chose, appeler le ministère, dit-il en empoignant son téléphone. Standard ? Trouvez-moi le numéro du ministère des Colonies à Paris. Oui. Je sais ce que je dis. À Paris. Pourquoi serait-on sur écoute ? C'est à nous d'écouter !

Il regarda Joseph.

— C'est un sacré gaillard que nous avons là. Pour qui le désir de vengeance doit être plus fort que tout. Quand est-il passé en cour martiale ?

— Fin 17.

— L'agression d'un officier devait être sérieusement punie, il n'a pas été condamné à moins de quinze ans. Et il existe je crois une procédure qu'on appelle le doublage, qui oblige le bagnard à rester autant de temps à Cayenne…

— Donc il s'est évadé, termina Joseph.

— En effet. À mon avis…

Le téléphone sonna.

— Oui. Commissaire Fraysse de la Brigade mobile de Clermont-Ferrand. Quelqu'un s'occupe encore de l'administration pénitentiaire ? Passez-le-moi je vous prie.

Il fit un signe de victoire à Joseph.

— Commissaire Fraysse, Clermont-Ferrand, répéta-t-il. Dans le cadre d'une enquête sur un attentat qui vise le Maréchal, nous sommes à la recherche d'un de vos anciens détenus. Je vous passe l'inspecteur en charge du dossier.

Joseph prit le combiné et expliqua à son interlocuteur (« Philippe Poisson, archiviste ») ce qu'il recherchait et pourquoi.

— Ça ne devrait pas être trop compliqué. Donnez-moi quelques jours et je vous rappelle dès que j'ai le dossier. Enfin, une recherche qui sort de l'ordinaire ! Je le ferai passer par le courrier militaire, il échappera au contrôle postal. Mais pour le reste… Attendez, je vérifie un truc.

Il revint en ligne quelques minutes plus tard.

— C'est ce que je pensais. Le 22ème RI était basé à Sathonay-Camp, près de Lyon. Le dossier de votre assassin y est sûrement. Et comme c'est en zone libre, vous n'aurez pas de problème pour le consulter.

Joseph retourna à son bureau. Les hommes décrochaient leurs imperméables du porte-manteau pour aller déjeuner. Il surveillait Brouyard qui incommodait l'entourage de ses pets sonores et odorants. Son intestin était sensible au rutabaga et Brouyard était ravi d'en faire profiter ses voisins.

À midi moins deux, Brouyard repoussa sa chaise, et s'habilla en quelques secondes.

— Je reviens à deux heures, lança-t-il à Vigouroux. Pendant ce temps, démerde-toi pour avoir logé les deux youpins que je t'ai dit. Je veux qu'on aille les serrer avant la fin de la journée.

On l'entendit qui descendait l'escalier de son pas éléphantesque. Vigouroux s'attela à l'épluchage des fiches.

Joseph prit manteau et chapeau sous le bras, et sortit du commissariat par la porte qui donnait rue de Colmar.

Brouyard avait quelques mètres d'avance, et Joseph se laissa distancer pour être sûr de ne pas être repéré. L'un derrière l'autre, ils arrivèrent jusqu'à la cathédrale, que Brouyard contourna sans lui jeter un regard, avant de s'engager dans la rue des Gras. *« Il ne va pas me rendre visite, tout de même ? »* se demandait Joseph qui habitait dans une petite rue perpendiculaire. Non. Brouyard tourna dans la rue de la Boucherie, qu'il descendit jusqu'à la rue des Petits Fauchers. Joseph rit tout seul : Brouyard allait passer un moment de détente avec une des filles du Moulin Rouge. Il attendit quelques minutes, puis poussa la porte du lupanar.

— Mais regardez qui vient là ! s'exclama Brigitte, pensionnaire de la maison close, que Joseph croisait souvent le matin quand chacun rejoignait son lieu de travail. Tu as la mine pâlotte, mon chéri, tu as besoin d'un remontant ?

Elle prit Joseph dans ses bras et lui fit un baiser chaste mais langoureux sur la joue.

— Je viens en voisin… J'ai vu que Brouyard était entré, et il a oublié ses fiches en partant, expliqua Joseph en sortant une enveloppe de sa poche.

Brigitte porta le pardessus de Brouyard. Il lui prit des mains et, se tournant, glissa l'enveloppe dans une poche intérieure tout en subtilisant la carte de police de Brouyard. Brigitte examinait son vernis à ongles et ne remarqua pas le manège de Joseph.

— Surtout ne dis rien à Fernand. Il est d'assez méchante humeur, et ce n'est pas la peine de lui faire remarquer qu'il perd la boule en oubliant des papiers importants !

— Promis, mon chou ! Et reviens quand tu veux !

***

La cérémonie d'obsèques nationales pour le général Huntziger et les autres victimes de l'accident d'avion eurent lieu en l'église Saint-Louis de Vichy le samedi 15 novembre.

Légionnaires, diplomates, représentants des chantiers de la jeunesse, arrivèrent peu avant dix heures sur le parvis battu par les vents. L'Allemagne et l'Italie avaient dépêché sur place des délégations spéciales pour rendre hommage au soldat défunt. Otto Abetz, ambassadeur d'Allemagne à Paris était venu tout exprès, accompagné d'un représentant du général Stülpnagel, commandant en chef des troupes d'occupation, ainsi que du nouveau consul général d'Allemagne à Vichy, Krug von Nidda.

Arrivé à dix heures, le chef de l'État français saluait dans l'église les délégations allemande et italienne « dans un geste d'hommage et de gratitude[1] », tandis que leurs officiers, debout, répondaient au Maréchal la main droite levée.

Le soir même, Albertine envoyait à Londres un message résumant la conversation que Pétain, Darlan, Jacques Benoist-Méchin – secrétaire d'État à la vice-présidence du Conseil chargé des rapports franco-allemands – avaient eu avec Abetz. Sa présence avait été jugée nécessaire pour traduire et expliciter à l'un ou l'autre des protagonistes les termes qui pourraient lui paraître obscurs.

Le codage lui avait pris beaucoup de temps. Elle devait être sûre des mots qu'elle employait, et sa traduction ne devait présenter aucune équivoque. Et le style télégraphique ne permettait pas toujours d'exprimer les sentiments.

Épuisée, Albertine n'avait plus sommeil. L'heure de vacation arrivait. Porte bloquée par une chaise, volets fermés, lampe de chevet occultée par une couverture qu'elle avait étendue sur sa tête, Albertine attendait l'indicatif de Kathryn.

---

[1] *La Montagne,* 17 novembre 1941. Les articles publiés dans les journaux sont imposés par l'Office Français de l'Information.

Top ! Elle envoya son chiffre, et avec application commença à composer son message :

« Rencontre Pétain Abetz – STOP – Pétain soutient effort de guerre allemand – STOP – souhaite contribuer à armement allemand – STOP – je cite : au-delà des obligations contenues dans la convention d'armistice – STOP – Abetz demande renvoi Weygand pour favoriser négociations – STOP – Darlan demande protection allemande en Afrique face aux Alliés – STOP ET FIN. »

Albertine retira son casque et appuya son front contre l'appareil de transmission. Elle était éreintée. Le rôle d'agent infiltré était difficile à tenir. Combien de fois n'avait-elle pas souhaité faire entendre raison à ces hommes au pouvoir ? Leur dire en face qu'ils affamaient leur pays et que l'Allemagne se jouait d'eux comme un chat avec une souris ? Elle débrancha un à un les composants de son appareil puis rangea le tout sur son armoire. Il faisait si froid qu'elle se déshabilla dans son lit, enfila une chemise de nuit en pestant de n'avoir pas eu le droit d'emporter un pyjama qui tenait bien plus chaud, mais aurait semblé trop « british » en cas de contrôle, et éteignit la lampe de chevet. Elle se força à penser à ses deux hommes, et finit par s'endormir un sourire aux lèvres.

De l'autre côté de la cloison, lumières éteintes, Maxime n'avait rien perdu de l'activité d'Albertine.

17

53 000 mineurs des charbonnages américains sont virtuellement en grève.

La Montagne, 17 novembre 1941

Jocelyn Cluzel avait été transféré à Lyon. Jugeant sa fonction suffisamment importante pour démanteler les menées antinationales, le directeur du service de police anticommuniste en avait pris la décision l'avant-veille. De son côté, Joseph avait trouvé la trace de Lombard à la caserne de Sathonay-Camp, d'où était originaire le 22ème Régiment d'Infanterie. Pour ne pas éveiller les soupçons il avait pris le train jusqu'à la gare de Perrache, et il n'était qu'à quelques mètres de la prison Saint-Paul. Devant le porche en pierre de taille, il pensa à la phrase de Dante « vous qui entrez, quittez toute espérance ». Les murs noirs débordaient d'humidité. De conception ancienne, la prison était composée d'une rotonde centrale, d'où rayonnaient six corps de bâtiments accueillant les détenus.

Joseph présenta sa carte de police à travers le grillage du portail. Il fallut un bon moment pour que celui-ci soit ouvert, et un gardien conduisit Joseph au bureau des admissions.

— C'est pas l'heure des visites, attaqua un fonctionnaire.

— Police, lui renvoya Joseph en lui mettant sous le nez la carte de Brouyard. J'enquête sur un attentat qui a visé le Maréchal. Vous voulez aider la police, non ?

— D'accord, d'accord, soupira le gardien, vous fâchez pas. C'est qui vot'paroissien ?

— Cluzel. Jocelyn Cluzel. Il vous a été amené de Clermont avant-hier. Arrêté pour menées communistes.

— Ah ! C'est un rouge ! Fallait le dire tout de suite. Il est pas en cellule. On leur a réservé un coin tranquille où on peut les interroger. Il se leva avec difficulté. Suivez-moi. Pouvez pas y aller tout seul.

Il conduisit Joseph dans les entrailles du bâtiment, éclairées d'ampoules nues reliées entre elles par des toiles d'araignée. Joseph frissonna. Ce couloir lui rappelait la description du château du comte Frankenstein dans le film de James Whale. Ils étaient allés le voir avec Sabine qui s'était accrochée à lui pendant toute la séance. Il avait adoré. Le salpêtre recouvrait les murs crasseux. Après ce qui lui sembla une longue marche, le couloir s'élargit sur un espace carré, garni de six portes en bois. L'une d'elles s'ouvrit au moment où ils arrivaient. Un homme rondouillard en bras de chemise en sortit. Il avait un mégot aux lèvres, et essuyait son front transpirant avec un mouchoir à carreaux.

— Roger, je t'amène de la visite, commenta le gardien. C'est comment vot'nom, déjà ?

— Brouyard. Fernand Brouyard.

— Voilà. L'inspecteur Brouyard demande à voir le prévenu commenta-t-il avant de faire demi-tour.

— On a un mal de chien à les faire craquer, ces cocos, commenta le gros homme. Je lui ai même installé l'électricité dans le cul. Si vous voulez essayer de lui tirer les vers du nez, allez-y. Y'a tout le matériel. Enfin, quand je dis le nez… ce qu'il lui en reste, hein ! Je vais pisser un coup. A tout de suite.

Il rit tout seul de son humour sophistiqué. Joseph hésita à entrer. Il savait que les polices parallèles de l'État français n'hésitaient pas à tabasser leurs prisonniers parfois jusqu'à la mort. Brouyard s'était vanté plusieurs fois d'avoir fait parler des terroristes en se complaisant dans la description des sévices qu'il leur avait infligés.

Joseph poussa la porte. Une odeur de brûlé, de sang et d'urine le prit à la gorge. Deux lampes de forte puissance éclairaient Jocelyn. Nu, méconnaissable, les mains attachées au-dessus de sa tête et liées à un crochet fixé au plafond. La corde était juste assez courte pour qu'il ne puisse poser que l'extrémité des pieds au sol. Un fil électrique sortait de l'anus. Son corps était lacéré de longues trainées qui laissaient voir la chair à vif. Du visage tuméfié, on ne reconnaissait pas grand-chose. Un seau d'eau fumait à côté des pieds de Jocelyn, dont la peau boursouflée montrait qu'on les lui avait plongés dans l'eau bouillante.

Joseph ne pouvait détacher son regard de cette vision d'horreur.

—Dieu du ciel… parvint-il à bredouiller.

Jocelyn leva la tête avec difficulté.

—Jo… Tu es venu… Content… Approche. Vite…Je… te dire…

Joseph avança avec précaution pour ne pas glisser.

— Je vais t'enlever tout ça et te ramener à la maison. On va…

— Non, l'interrompit Jocelyn. Trop tard… Approche encore… écoute… tu vas…

Lorsqu'il comprit ce que Jocelyn attendait de lui, Joseph sentit les poils de sa nuque se hérisser.

— Je ne peux pas. Ne me demande pas ça.

— Si… Tu peux… pour Valérie. S'il te…

Les feuilles des arbres du cours Suchet volaient dans tous les sens, emportées par un vent de tempête. Joseph ne sut jamais comment il était sorti de la prison. Il avait couru le long du sombre couloir et arrivé dans la cour, s'était précipité au portail qu'un gardien était en train de refermer. Il posa la main sur un arbre, se pencha en avant et vomit.

— Eh bien, mon biquet, t'as pas l'air en forme, remarqua une pute qui arpentait le trottoir.

Joseph l'ignora et traversa le quai Perrache jusqu'au Rhône. Il respira plusieurs fois à fond. Des larmes de rage lui brûlaient les yeux. Comment pouvait-on réduire l'homme à cet état de bestialité ? Quelle humanité sortirait de cette guerre où l'on encourageait la torture ? Il remonta le quai en titubant, sachant à peine où il allait. Il avait besoin de quelque chose de fort. Il s'arrêta dans un bistrot à l'angle de la place Carnot et de la rue de Condé et s'accouda au comptoir.

— On dirait que vous avez vu le diable, s'étonna le patron.

— C'est presque ça, acquiesça Joseph. Servez-moi un cognac, ou un calva. Ce que vous avez…

— C'est que… j'ai pas bien le droit, aujourd'hui…

— Je ne dirai rien à personne, promis. Et je vous offre ma tournée.

— Ah dans ce cas, je peux pas refuser ! accepta l'homme avec un grand sourire.

Des images surgissaient dans la tête de Joseph. La batterie dont le fil courait jusqu'à… Le chalumeau posé sur la table à côté d'un nerf de bœuf imbibé de sang. Le réchaud pour faire bouillir l'eau. Et le long scalpel qu'il avait…

— Ça va pas, mon petit vieux ? interrogea le bistrotier.

Joseph secoua la tête. Un haut-le-cœur remonta de son estomac. Il eut à peine le temps de sortir qu'un nouveau jet de bile jaillit sur le trottoir. Il retourna au comptoir, avala son verre cul-sec et fit signe au patron de le resservir. Son deuxième verre avalé, il laissa un billet de 10 Francs sur le comptoir.

— Eh ! Attendez votre monnaie, l'interpella le patron, sans conviction. Les affaires ne tournaient pas vite, c'était toujours bon à prendre.

Joseph prit la rue Victor-Hugo jusqu'à la place Bellecour. Il avait informé l'archiviste du 22ème Régiment d'infanterie à Sathonay-Camp qu'il viendrait consulter le dossier de Guy Lombard. Fraysse avait dû faire intervenir quelques gradés pour que Joseph puisse accéder aux informations. Joseph mourait d'envie de retourner à la prison et d'étriper le tortionnaire de Jocelyn. Il s'appuyait à une façade de la rue Auguste-Comte, avec la nausée, lorsqu'on l'appela.

— Raoul ? Qu'est-ce que tu fais là ?

Françoise rentrait de ses courses avec un panier peu garni. Elle prit Joseph par le bras et le tira pour l'emmener. Il résista.

— Non. J'ai rendez-vous. Une enquête.

Elle le regardait avec angoisse.

— Tu es sûr que tu vas bien ?

Joseph esquissa un sourire.

— Non, je ne vais pas bien. Mais il faut que j'avance. C'est important. Dis… Tu pourrais m'héberger ce soir ?

— Bien sûr ! s'exclama-t-elle. Tu es le bienvenu.

L'occasion était inespérée. Elle pourrait ainsi faire d'une pierre deux coups.

Joseph repartit vers la Croix-Rousse où il devait prendre le train pour Sathonay-Camp.

Françoise ne prit pas tout de suite le chemin de son appartement. Elle se rendit au commissariat de la rue de la Charité où elle demanda à voir le commissaire Dutheil, chargé de la répression des menées antinationales.

Joseph se retrouva place des Terreaux sans savoir comment il y était arrivé. C'était la première fois qu'il tuait un homme, et c'était son ami. Ils ne partageaient pas toujours les mêmes idées mais avaient appris à s'apprécier et s'estimaient pour leur modération. Lorsqu'ils commentaient les événements, leurs réactions s'accordaient souvent. Franc-maçon, Jocelyn s'était cependant inscrit au Parti Communiste Français après l'invasion de l'URSS en juin. Mais c'était plus un geste symbolique qu'une adhésion pleine et entière aux idées de l'Internationale.

« Peut-on et doit-on mourir pour ses idées ? » s'étaient-ils interrogés un soir.

— Il vaut mieux cela que d'être victime de la mobilisation générale de 14, disait Jocelyn. Les poilus se battaient pour les idées des autres…

— Mais ils défendaient la patrie ! rétorqua Joseph.

— Quelle patrie veut-on aujourd'hui ? demanda Jocelyn. Celle à qui on doit donner « son travail, ses ressources, et sa vie même[1] ? » Je ne veux pas de la patrie du Maréchal. Mais je me battrai. Sans arme parce

---

[1] « Les citoyens doivent à la Patrie leur travail, leurs ressources et leur vie même. Aucune conviction politique, aucune préférence doctrinale ne les dispensent de ces obligations. » *Principes de la Communauté*, article 7.

que je ne saurai jamais m'en servir, mais pour la liberté. Et j'en mourrai peut-être.

Les armes de Jocelyn étaient les mots, se dit Joseph. Et il n'avait pas été tué par ceux qui pratiquaient la torture contre les terroristes, mais par celui à qui il confiait ses projets de liberté et de libération.

Comment en était-on arrivé là ? À ce moment où l'on devait tuer ses amis pour les délivrer ?

Cette pensée ne le quitta pas. Plusieurs fois, il fut tenté de retourner à la prison pour étriper le tortionnaire de Jocelyn. Mais cette brute n'était qu'un lampiste. Les vrais responsables étaient le régime politique qui condamnait des hommes et des femmes pour leurs idées, et ceux qui en acceptaient le principe. Il sentait monter en lui une rage froide et déterminée.

Il prit le funiculaire de la rue Terme jusqu'à la gare de la Croix-Rousse et attendit le départ du train, prostré. Il monta dans la cabine et s'assit sur une banquette en bois. Une dame assise en face de lui changea de place après avoir croisé son regard. Il devait avoir l'air d'un fou, agité de tremblement compulsifs. La tête dans les mains, les bras posés sur les genoux, il pleurait.

Le trajet ne prit pas plus d'une vingtaine de minutes, et Joseph fit un effort considérable pour se concentrer sur la tâche qui l'attendait. Il lui fallut encore quelques kilomètres de marche avant d'arriver à l'entrée du camp. Il se présenta à une sentinelle qui le conduisit à travers une enfilade de baraquements qui rappelaient en dix fois plus grand la caserne Gribeauval de l'avenue Carnot.

Quelques soldats erraient dans les travées, mais n'avaient pas grand-chose à faire, la convention d'armistice ayant réduit l'armée à 100 000 hommes, interdits de toute action militaire.

On fit entrer Joseph dans un bâtiment en pierres de taille où se pressaient un grand nombre d'officiers. Sur leurs épaulettes, les insignes du 61ème RA qui avait rejoint Sathonay.

Les archives se tenaient à l'étage. Le sous-lieutenant Poisson, souriant, la cigarette aux lèvres, accueillit Joseph.

— Je vous ai sorti le dossier de votre bonhomme. Vous ne m'avez pas dit si c'était top secret, alors je me suis permis d'y jeter un coup d'œil. Un sacré gaillard, dites-moi ! Et sans indiscrétion, pourquoi vous le recherchez ?

— On le soupçonne d'avoir voulu attenter à la vie du Maréchal, répondit Joseph, sans émotion.

— Ah, ça ne m'étonne pas ! Regardez ce que j'ai trouvé.

Il ouvrit le dossier de Lombard, tourna quelques pages et montra à Joseph un tableau de tir qui indiquait des scores et des distances.

— Un tireur d'élite. Il était capable de toucher une bouteille à 600 mètres ! J'ai du mal à atteindre une vache dans un couloir, alors je vois ce que ça peut faire. Quel dommage, soupira le jeune homme.

— Quoi, quel dommage ? interrogea Joseph.

— Rien, je rêve… Je me dis qu'une dizaine de types comme lui, bien placés, auraient pu changer, peut-être, le cours de la guerre !

Joseph opina. Il s'assit à la table et dépouilla les quelques pages du dossier.

Guy Lombard était né le 23 septembre 1890 à Châtellerault (Vienne). Après des études sans histoire, il sortait de l'école normale d'instituteurs en 1911. Dès la fin de son incorporation en février 1913, il prenait son poste d'instituteur six mois avant la « loi des trois ans. » En poste pas loin de Chartres, il avait été bien noté de sa hiérarchie, malgré les mentions « socialiste » et « esprit rebelle » notées en rouge en marge de son dossier d'affectation. Engagé au 22ème RI, il participait à toutes les grandes batailles du conflit : régulièrement noté comme courageux et exemplaire, il sauvait la vie de plusieurs camarades, dont André Fleury, en novembre 1916 au Mort-Homme.

Son socialisme ne l'avait donc pas empêché de se conduire en héros et un de ses supérieurs racontait comment après avoir lancé un concours de tir avec Fleury, ils s'étaient spécialisés tous les deux dans l'activité de tireurs d'élite, qui se chargeaient d'éliminer les sentinelles ennemies à plusieurs centaines de mètres de leur tranchée. Comment peut-on, de sang-froid, abattre un de ses semblables se demanda Joseph ? Ce qu'il avait vu le matin même confirmait que l'homme est un loup pour l'homme, bien que se dit-il, ce n'était pas très gentil pour les loups qui ne tuaient pas par plaisir.

C'est au Chemin des Dames que se termina la carrière militaire de Lombard. Il avait « sauvagement agressé » un officier supérieur avant d'aller au combat. La cour martiale « dans sa grande mansuétude » le condamnait à vingt ans de bagne. Sa peine se terminait donc en 1937, mais le « doublage » ne lui permettait pas de rentrer. Il aurait donc dû rester en Guyane jusqu'à la fin de sa vie.

Le dossier militaire était épuisé. Joseph aussi. Il sentait l'abattement monter avec le souvenir de son passage à la prison, tandis qu'une sueur glacée coulait dans son dos. L'archiviste avait disparu dans les rayonnages de sa bibliothèque. Joseph sortit sans bruit.

De retour dans le centre de Lyon, Joseph se rendit au cours de Verdun sans prêter attention à ce qui l'entourait. La nuit était tombée, l'éclairage urbain réduit au minimum. D'instinct, Joseph évitait les flaques. Malgré tout, l'humidité traversait les épaisseurs de papier journal de son soulier droit, et son pied s'engourdissait peu à peu. Avant d'arriver à sa destination, il fit le tour du pâté de maison, puis observa avec attention, au coin de la place Gensoul, si personne ne surveillait l'entrée de l'immeuble. Il frappa à la porte de l'appartement de Françoise selon le code convenu. Quand elle ouvrit la porte, il eut un mouvement d'hésitation. Maquillée d'une légère ombre sur les paupières et d'un rouge à lèvres un peu agressif, elle avait remonté ses cheveux en une coiffure qui se voulait discrète, mais était très élaborée. Elle s'était parfumée aussi, et le chemisier échancré semblait prêt à laisser s'échapper une poitrine généreuse. Seul le pansement à son auriculaire droit assombrissait le tableau.

Joseph jura, mais un peu tard, qu'on ne l'y reprendrait plus. Il avait refusé de comprendre les signaux suggestifs que Françoise lui envoyait lors de ses précédentes visites, et désormais, il était trop tard pour reculer. Il n'en avait pas la force.

Elle tendit la main gauche à Joseph et le conduisit jusqu'à la petite salle à manger, où elle l'aida à quitter son imperméable. Elle le poussa sur un petit canapé, où il s'assit, la tête dans les mains.

— Tu veux boire quelque chose ? demanda-t-elle d'une voix basse et un peu rauque.

— Un café de ton cousin serait bien pour me réchauffer, oui, répondit-il, le visage toujours caché.

Il l'entendit s'affairer dans la cuisine, un parfum de torréfaction se répandit dans l'appartement. Pas désagréable, mais sans rapport avec le café. Puis un bruit de bouchon de champagne qui saute. Joseph leva la tête. Françoise s'approchait, un plateau à la main sur lequel deux tasses fumantes, étaient accompagnées de coupes de champagne pleines d'un liquide pétillant.

— On va commencer par ça, dit-elle en lui tendant une tasse, et après…

Elle le regardait de manière si appuyée qu'il en était gêné pour elle. Il n'avait pas envie d'une aventure d'un soir, et aurait préféré noyer son chagrin dans de l'alcool beaucoup plus fort que le champagne

— Je n'ai rien à arroser, ce soir. Et pas envie de faire la fête.

— Tu n'as pas l'air dans ton assiette, observa Françoise, d'un ton inquiet.

Elle s'assit à côté de lui sur le canapé. Sa main gauche trouva la cuisse de Joseph et sembla animée d'une vie propre.

— Françoise… souffla Joseph avant de terminer son café.

— Moi aussi j'ai envie de toi, depuis que je t'ai vu.

Elle lui prit la tasse des mains. Puis elle se leva, se mit en face de lui, et s'assit sur ses genoux, la jupe relevée. Elle lui caressa les cheveux et le picorait de baisers de plus en plus insistants. Les yeux fermés, Joseph sentait son sexe durcir sous les caresses, mais son cerveau lui interdisait tout mouvement.

— On va oublier la guerre cette nuit, soufflait-elle à son oreille, et les Allemands, et la police…

Joseph ouvrit les yeux et prit les poignets de Françoise dans ses mains.

— Françoise… J'ai dû tuer mon meilleur ami aujourd'hui, et je n'ai pas la tête à la bagatelle. Je veux simplement dormir, et oublier.

— Tu ne pourrais pas oublier dans mes bras ?

— Pas ce soir, en tous cas. Mais donne-moi une coupe de champagne, ça m'aidera peut-être à m'endormir. Où as-tu trouvé ça ? Je n'ai pas vu de champagne depuis le début de la guerre.

— Un admirateur m'en a fait cadeau, après l'arrest... Je veux dire, parce qu'il me trouve belle !

— Qu'est-ce que tu allais dire ? demanda Joseph, réveillé d'un coup.

— Mais, rien... répondit-elle gênée en détournant la tête.

— Ce n'était pas « l'arrestation ? » Regarde-moi !

Françoise se tourna vers Joseph. Elle avait les yeux rouges.

— Raoul, je te jure...

Il lui saisit les poignets et commença à serrer.

— Ne me jure pas, réponds. Tu parlais de quelle arrestation ?

— Je ne peux pas ! Je ne peux pas !

Joseph la gifla de toutes ses forces.

— Dis-moi vite ce que tu as fait, sinon, je vais devenir très violent !

Recroquevillée sur le canapé, Françoise pleurait, bégayait.

— Ce n'est pas de ma faute. Ils m'ont forcée, m'ont menacée...

Joseph releva Françoise, et la força à le regarder.

— Calme-toi et raconte-moi. Tout.

Elle roulait à vive allure sur son vélo entre Saint-Jean et l'Hôtel de ville pour arriver avant la fermeture du garage. Le froid rosissait ses pommettes et elle ne voulait pas penser à ses doigts qui s'engourdissaient sur le guidon. La nuit commençait à tomber et, ce jour-là comme les autres depuis plus d'un an, les réverbères ne s'allumeraient pas. Les rues étaient désertes. Elle traversa la Saône par le pont Bonaparte, et sentit le vent qui la poussait contre le trottoir. Sur la place Bellecour, Louis XIV attendait un hypothétique libérateur. Elle tourna à gauche pour prendre la rue de la République qui n'avait pas été rebaptisée depuis que Pétain dirigeait la zone Sud, puis accéléra pour rejoindre la rue de l'Arbre où se trouvait le garage.

Il faisait nuit maintenant et elle distinguait mal les rares piétons qui courbaient le dos sous le vent du Nord. L'immeuble du Progrès de Lyon *était encore éclairé. Elle arrivait à l'angle de la place des Cordeliers lorsqu'un homme surgit de derrière un camion. Elle cria pour l'avertir, et dirigea son vélo vers un marronnier. La roue avant se brisa contre le trottoir et Françoise sentit la peau de ses genoux se déchirer sur l'asphalte.*

L'homme se précipitait pour l'aider. Sa voix trahissait l'inquiétude.

— Mademoiselle ? Vous n'avez rien ? C'est de ma faute. J'aurais dû être plus prudent. Je peux vous aider ?

Elle secouait la tête, assise par terre, incapable de parler, tremblante, et frottait ses genoux endoloris. Sa jupe était déchirée, son sac à main s'était ouvert.

— Vous avez mieux supporté le choc que votre vélo. Il va rouler beaucoup moins bien !

Et se penchant, il prit la roue avant disloquée. La chambre à air pendait comme un serpent noir endormi.

— Tiens ? dit l'homme, il y a quelque chose qui est tombé...

Affolée, elle essayait de se relever, mais ses jambes ne lui obéissaient plus. Elle tourna la tête à droite et à gauche. Peut-être pouvait-elle essayer de s'enfuir. Elle ne réussit même pas à s'accroupir.

L'homme dépliait une feuille de papier qui tenait entre le pneu et la chambre à air. Il se tourna vers elle. Son visage n'exprimait plus l'émotion, et ses yeux étaient vrillés dans ceux de Françoise, comme s'il voulait lire à l'intérieur de son crâne.

— Ce n'est pas très prudent de circuler avec des messages non codés, vous savez. Ils pourraient tomber entre de mauvaises mains.

Une sueur glacée coulait le long de la colonne vertébrale de Françoise. Elle leva la tête vers l'homme et lui jeta un regard suppliant. Il sortit de la poche de son manteau une paire de menottes. Il en attacha une à son poignet gauche et chercha du regard où fixer l'autre.

Sans ménagement, il tira sur la chaînette, obligeant Françoise à le suivre à genoux. Ils s'écorchaient sur le trottoir. Elle perdit un soulier et sa tête heurta le réverbère lorsque l'homme tira son poignet avant de refermer la deuxième menotte.

— Vous allez m'attendre ici, pendant que je vais téléphoner à mes collègues depuis ce bar.

Il s'accroupit devant elle, agitant le papier sous ses yeux et lui prit le menton.

— Tu vois, petite salope. À cause de toi, plusieurs de tes camarades qui ne rêvent que de plaies et bosses vont

mourir... Parce que tu vas tout me raconter quand on arrivera dans la maison poulaga !

En se relevant, il lui donna un coup de pied dans les côtes. Elle se mordit les lèvres pour ne pas hurler.

— Il m'a conduite au commissariat. J'ai attendu toute la nuit dans une cellule, sans manger, sans boire. Puis ils m'ont emmenée dans un bureau, m'ont fait asseoir. Un homme s'est approché de moi, m'a tenu les bras et a appuyé son corps contre le mien, Je ne pouvais pas bouger et je ne voyais rien. J'ai senti qu'on me prenait la main et soudain… (Elle gémit en revivant la scène) J'ai senti une douleur effroyable et j'ai hurlé, hurlé ! L'homme s'est détaché de moi, pendant que celui qui m'avait arraché l'ongle l'a mis devant mes yeux avec une pince. « Il en reste neuf. On continue ? »

« J'étais incapable de répondre. Puis celui qui m'avait arrêtée est entré dans le bureau, et a demandé à ses hommes de nous laisser. Il m'a mis le marché en main. Je lui donnais toutes les informations que je pouvais, sinon, comme je ne présentais pas d'intérêt pour eux, il laissait les bourreaux s'occuper de moi, et je finissais mes jours dans le Rhône.

— Tu l'as vu après qu'on s'est croisés tout à l'heure ?

Elle hésita. Joseph l'empoigna

— Réponds !

— … Oui. Oui. Je l'ai vu et…

— Et il m'attend en bas, ou il va monter bientôt avec ses mercenaires.

— Il doit monter… plus tard, quand… Elle regarda les coupes de champagne.

— Quand j'aurai bu le somnifère qui est dedans, c'est ça ?

Elle hocha la tête.

— Tu es trop dangereuse pour nous, Françoise. Tu connais la règle…

— Oh non ! Non ! Tu ne peux pas faire ça. Par pitié ! Elle se jeta à ses genoux.

Joseph ne se sentait pas de tuer encore de sang-froid ce jour-là. Il alla dans la cuisine. À côté de la bouteille de champagne, une petite fiole contenait un liquide qu'il versa en totalité. Il retourna vers Françoise et lui tendit la bouteille.

— Bois. Finis la bouteille.

— Mais je vais…

— Si c'est vraiment un somnifère, tu dormiras un moment. Dépêche-toi. Quand doivent-ils arriver ? Il est huit heures passées.

— Ils ne devraient pas tarder. Que vas-tu faire ?

— Je crois que ça ne te regarde plus.

Françoise commença à boire par petite gorgées. Quand elle eut atteint la moitié de la bouteille, ses yeux commencèrent à papillonner. D'un signe de tête, Joseph l'encouragea à continuer.

Elle s'effondra quelques gorgées plus tard. De la fenêtre qui donnait sur la rue, Joseph aperçut des ombres qui se dirigeaient vers l'immeuble. Il traversa l'appartement, et ouvrit une fenêtre qui donnait sur une cour intérieure sombre comme un tunnel. Dans la chambre, il retira les draps du lit, et les noua avant de les attacher à la balustrade. La porte de l'immeuble s'ouvrait, il entendit les voix fortes des policiers dans l'escalier. Sur la pointe des pieds, il ouvrit la porte du placard du faux plafond, et utilisa les étagères comme une échelle. Des coups remuaient la porte de l'appartement. Au moment où la serrure lâchait, Joseph refermait le placard.

— Police ! hurla un homme. On ne bouge plus !

Plusieurs autres entrèrent dans l'appartement et se répandirent dans les trois petites pièces.

— Chef ! Y'en a une qui bouge plus du tout, là !

— Il est passé par la fenêtre !

Des pas se dirigèrent vers la chambre où Françoise était endormie.

— Merde, grommela-t-on. Elle dort cette imbécile.

Puis Joseph entendit des gifles.

— Réveille-toi connasse ! Où il est, ce Raoul, bon Dieu ? C'est quoi son vrai nom ?

Françoise gémissait sous les coups mais ne pouvait se réveiller. Joseph avait reconnu la voix de Brouyard. Comment était-il arrivé ici ? Il entendit les hommes se rendre dans la chambre où il avait accroché les draps.

— Ça donne sur la cour intérieure ! S'il y a une sortie par la rue d'Enghien et que vous n'y avez mis personne, vous êtes bons pour la circulation jusqu'à la fin de la guerre ! Suivez-moi !

— Et elle, qu'est-ce qu'on en fait ?

— Laissez-la cuver son champagne. De toutes façons, elle ne nous sert plus à rien elle, connait pas leurs vrais noms.

Joseph attendit un bon quart d'heure avant de redescendre de sa cachette. Il regarda par la fenêtre si des ombres suspectes trainaient encore. Il était épuisé. Il s'effondra dans un fauteuil, bercé par les ronflements discrets de Françoise, qui dormait la bouche ouverte. Il aurait volontiers fermé les yeux lui aussi. Mais l'appartement n'était plus sûr, et n'importe quel flic pouvait avoir envie d'y revenir.

Il sortit en prenant à nouveau toutes les précautions, et remonta vers Bellecour par la rue Vaubecour. Une planque était à la disposition des fugitifs dans le quartier Saint-Georges. Joseph décida d'y passer la nuit. Seuls Nestor et Jean Rochon en connaissaient l'existence.

Il était à mi-chemin sur la passerelle qui enjambait la Saône, lorsqu'il entendit des pas derrière lui. Il accéléra un peu, sans se retourner.

— Eh, « Raoul ! » T'es pressé, dis donc ! Si on causait un peu tous les deux ?

Brouyard ? Comment et pourquoi cette colique se trouvait-elle derrière lui ? Joseph s'arrêta et fit un lent demi-tour sur lui-même. L'obèse avançait, sûr de lui, un revolver dans la main droite. Arrivé à deux mètres de Joseph, il leva son arme.

— Tu t'attendais pas à ce que je t'appelle comme ça, hein ? J'étais sûr que t'étais dans le coup, que tu protégeais tes « camarades » cocos et youpins. Et quand mon collègue Dutheil m'a parlé d'un réseau qui venait d'Auvergne… Avec la description que lui avait donné la greluche, et ma carte que je retrouvais pas… J'ai additionné 2 + 2.

Il perçut la réaction de Joseph.

— Bien sûr que je savais que c'était toi. Une des filles du bordel m'a dit qu'elle t'avait vu parler avec Brigitte… Alors, j'y ai demandé, à la Brigitte. Bon, maintenant, elle ouvre plus la bouche quand elle sourit, mais pour les pipes, elle mordra plus ! Lève les mains, maintenant. Non, pose-les sur la rambarde plutôt, et recule les jambes en les écartant… voilà. Encore ! Ça te fait faire de l'exercice. Les guignols de Lyon étaient sûrs que tu t'étais échappé. T'es plus malin qu'eux, mais moins que moi ! Je savais que t'allais sortir comme un lapin du chapeau d'un magicien.

Joseph entendit le bruit des menottes. Profitant de l'obscurité, il rapprocha ses bras l'un de l'autre, toujours appuyés sur le parapet, et écarta les jambes au maximum, à la limite de la perte d'équilibre. Brouyard s'approcha de lui, tenant une menotte ouverte dans la main gauche, prêt à la refermer. Son ventre proéminent gênant le passage, il était obligé de se tourner légèrement sur la droite, déviant la trajectoire du revolver. C'est le moment que Joseph attendait. Le poing gauche fermé, il le projeta de toutes ses forces contre le visage de Brouyard. Déséquilibré, celui-ci tomba à genoux, l'arme toujours dans la main droite, tandis que la gauche essuyait le sang qui pissait de son nez.

— Salaud de merde, tu vas voir !

Il envoya son bras armé vers le ventre de Joseph qui reçut le coup en plein estomac et dut reculer. Brouyard en profita pour se relever, oscillant sur ses lourdes jambes. Il leva son arme. Joseph lui saisit le poignet pour l'empêcher de viser, et commença à tordre le bras. Brouyard avait le dos contre la rambarde, et Joseph maintenait le revolver vers le bas. Il sentait le canon dans sa main et l'appuyait de toutes ses forces contre le ventre flasque de son adversaire.

Le coup de feu partit, étouffé par les deux corps collés l'un à l'autre. Brouyard se redressa, la taille appuyée contre la rambarde. Joseph sentit les éclats du projectile à ses pieds au moment où les yeux de son adversaire se révulsaient.

— Petit c… commença-t-il.

Joseph profita de la faiblesse de Brouyard pour donner une ultime poussée à la partie supérieure du corps qui bascula dans la Saône. La masse de 120 kilogrammes sombra dans la rivière. Joseph se pencha par-dessus le parapet. Brouyard avait déjà disparu, happé par la nuit. Joseph fit demi-tour et se dirigea vers la gare de Perrache où il prendrait le premier train pour Clermont.

18

Vives attaques de la radio japonaise contre l'Amérique.

La Montagne, 20 novembre 1941.

Joseph avait dormi pendant tout le trajet de retour. Il s'était effondré sur la banquette et ne s'était réveillé qu'à l'approche de la gare de Clermont. Il avait l'impression de sortir d'un ouragan. Il aurait dû aller voir Valérie et lui raconter la mort de Jocelyn mais n'en avait pas le courage. Pas maintenant.

L'attentat contre le Maréchal datait de plus d'une semaine, et, à part le témoignage d'Œil-de-Lynx, on n'avait aucune piste qui pourrait mener à Guy Lombard. Fraysse devenait de plus en plus nerveux à mesure que le temps passait, et demandait des heures supplémentaires à ses hommes. Sur chaque bureau du commissariat, une pile de documents rassemblait les dossiers des anciens repris de justice, assassins et truands, qui auraient pu venir en aide à Lombard. Joseph attendait que le rapport de l'administration pénitentiaire lui apporte des éléments nouveaux. Il était allé présenter le résumé de son dossier militaire au commissaire et s'était renseigné sur l'autre compagnon d'armes de Lombard, Georges Mazet dont la maison familiale se trouvait à proximité de la gare d'Issoire, mais le pauvre homme était mort en septembre 1918, deux mois avant la fin de la guerre. Fraysse soupira de déception.

— Quand vous pensez au temps que l'on doit passer à recenser les Juifs et les francs-maçons, alors qu'on serait plus utiles à rechercher les fripouilles qui s'enrichissent au marché noir ! Enfin… En parlant de la chasse aux Juifs, je n'ai pas vu Brouyard depuis quelques jours. Vous n'avez pas idée de l'endroit où il peut être ? On m'a dit qu'il était passé à la prison Saint-Paul, à Lyon. Il aurait terminé l'interrogatoire d'un suspect de manière un peu violente, et depuis, il ne donne plus de nouvelles.

Joseph assura son patron qu'il se désintéressait comme de sa première chemise de la vie de Brouyard et qu'une journée sans le croiser était un petit moment de bonheur. Il suggéra que si Brouyard avait tué le prisonnier, ses camarades de combat lui avaient peut-être fait passer un sale quart d'heure… Puis il retourna à sa pile de dossiers. Quelqu'un avait oublié sur son bureau un tas de papiers disparates. Sur le haut de la pile, un article de *La Montagne* intitulé « les Juifs et les sociétés anonymes » était épinglé à un courrier émanant du Commissariat Général aux questions juives.

Cette lettre, signée Xavier Vallat, mettait en garde contre les nombreux procédés utilisés par les Juifs pour passer en zone libre.

Il était question de l'arrestation en Dordogne, sur la ligne de démarcation au poste de Montpon-Ménestérol, d'une jeune femme, accompagnée de Juifs qu'elle faisait passer en zone libre. Ces hommes et ces femmes étaient tous munis de certificats de baptême authentiques. Ils avaient été rédigés par le curé de Marcillac, remis aux autorités occupantes.

Il regarda longtemps la lettre. Il avait l'impression de voir une charpente s'assembler toute seule, jusqu'au moment où la dernière mortaise fait tenir la structure entière. Comment n'avait-il pas vu, pas compris, ce que les indices lui criaient ?

Tournayre vu dans le village le soir du meurtre. Abattu chez ses parents. Son père absent le soir du meurtre. Sa mère qui recevait le père Bruno.

Le message du Commissariat aux Questions Juives était sur le bureau. Joseph, la tête dans les mains ne le voyait plus.

— Ah ; c'est toi qui as mon rapport ! Je me demandais où il était.

Joseph leva les yeux. Devèze, tout sourire, tendait la main.

— C'est pour moi. Je l'avais prêté au patron ce matin. On commence à bien comprendre comment font les Juifs pour se planquer et passer la ligne. Brouyard est sûr que Jonas agit de cette manière. On le tient. Presque.

Tout était dans le « presque ».

Son père était immergé dans ses recherches aléatoires et n'avait aucune idée du monde qui l'entourait. Il se passionnait pour une cause, sa cause, mais n'avait aucun intérêt pour celles des autres. Il n'avait d'ailleurs jamais demandé des nouvelles d'Irène et de Sebastian. Se rappelait-il qu'il avait un petit-fils ?

Agnès Dumont était une femme pragmatique. Joseph ne se rappelait cependant pas l'avoir entendue éprouver de la compassion pour autrui. Si elle aidait des Juifs, alors qu'elle était catholique pratiquante, c'est qu'elle était passée au-dessus de l'accusation de déicide, et avait fait sienne le message « tu aimeras ton prochain comme toi-même » qui pourtant ne fonctionnait pas avec Irène…

Que fallait-il faire ? Aller à La Garde maintenant et dire à sa mère qu'il avait compris ? La menacer de tout révéler si elle ne cessait de se mettre en danger ? Joseph savait qu'il ne ferait jamais cela. On ne dénonce pas sa mère à la Police aux Questions juives, même si celle-ci est débarrassée de Brouyard. L'essentiel était que personne ne puisse faire le lien entre Jonas et sa mère, et ne puisse organiser une descente dans les jours qui allaient venir.

Joseph quitta le commissariat et prit une voiture. Il conduisit à tombeau ouvert jusqu'à la Garde et arriva en moins d'une heure.

Le soir tombait. L'obscurité s'emparait peu à peu du paysage, et les formes s'estompaient. Pour avoir parcouru le jardin dans ses moindres recoins depuis son enfance, Joseph en connaissait chaque relief, chaque obstacle. Ici, une racine de noisetier en saillie. Là, des aiguilles de pin tombées d'année en année transformaient le sol en patinoire. Respectant le silence, Tango et Java s'étaient approchés et Joseph sentait une truffe humide se poser sur chaque main. Il caressa les museaux et le trio descendit une petite allée vers la maison.

Un puit d'aération des caves occupait le centre d'un parterre de roses. Joseph perçut une lueur qui en émanait. Il s'approcha et regarda dans le fond. On ne distinguait pas le sol des caves, situé à plusieurs mètres de profondeur, mais Joseph voyait nettement un long triangle de lumière, comme celle qui s'échappe d'une porte entrouverte. Il connaissait aussi la topographie des caves de La Garde et savait qu'il n'y avait pas de porte à cet endroit.

Accompagné de son escorte à huit pattes, il traversa la grange pour atteindre une porte située à proximité du pressoir qui menait au chai. Dans une petite niche à côté de l'escalier, bougies et allumettes permettaient de se déplacer sans risque dans ce grand espace. Muni de cet éclairage parcimonieux, Joseph redécouvrit cette pièce voûtée où il venait goûter le vin bourru les jours de vendanges. Sur deux rangées, se faisant face, d'immenses foudres dans lesquels Joseph aurait pu tenir debout, étaient alignés. Il s'approcha en silence de l'endroit où il avait vu la lumière. C'était un tonneau comme les autres. La bougie à la main, il observait, cherchait, touchait le bois. Sur la façade, une cannelle[1] servait à prélever le vin au moment de la mise en bouteille. Joseph s'approcha, la toucha. Elle était sèche, et n'avait pas été utilisée depuis longtemps. Il allait toquer le bois pour vérifier le contenu lorsqu'il entendit des voix sourdes qui semblaient venir de l'intérieur du tonneau !

Il fila se cacher au fond du chai. Avant de souffler la bougie, il vit la façade du foudre s'ouvrir sur des charnières invisibles. Peu impressionnés, les chiens se postèrent devant. De la lumière éclaira la pièce à mesure que cette porte secrète s'ouvrait.

— Je crois que tout est prêt, dit la voix de Rantanplan.

— Le départ est dans trois jours. Le père Bruno m'a donné tous les certificats de baptême et Chartoire a reçu les papiers d'identité.

C'était la voix de sa mère ! Agnès Dumont était bien « Jonas, » que Brouyard cherchait à arrêter depuis des mois. Mais Jonas n'agissait pas seul. Sa mère avait mentionné le père Bruno et Chartoire, mais d'autres habitants du village étaient peut-être eux aussi impliqués dans cette dissimulation.

— Pour ceux qui restent, il faut prévoir des logements, des métiers, une histoire, poursuivit Agnès. Tant qu'ils sont ici, ils sont à l'abri, mais dès qu'ils

---

[1] La cannelle est un robinet à vin en bois.

sortiront, ils pourront constituer des cibles. La police ne s'intéresse pas à nous pour l'instant, nous ne devons pas lui fournir de prétexte pour le faire.

— On a commencé à s'en occuper avec Andrieux. Il leur a trouvé des maisons et Buisson travaille avec eux pour qu'ils apprennent un métier.

— Madeline m'inquiète. C'est le seul qui pourrait nous dénoncer.

— Aucun risque ! Sa femme est avec nous, elle s'arrange pour qu'il ne voie rien !

Tout en parlant, Rantanplan avait repoussé la porte et le couple quittait le chai. Joseph sentit Java qui venait le chercher. Elle ne supportait pas qu'un groupe soit séparé et elle faisait son métier de berger en cherchant à rassembler son troupeau.

— Java ! appela Agnès. Laisse les souris tranquilles. C'est l'heure de la soupe.

Face à un tel argument, Java laissa Joseph dans le noir.

19

La tension du Pacifique atteint son point maximum. À Washington, on estime que les chances d'un règlement diplomatique sont désormais minimes.

La Montagne, 1er décembre 1941.

Depuis plusieurs jours, on murmurait dans les couloirs que le Maréchal devrait bientôt rencontrer une personnalité éminente du IIIème Reich. Le renvoi de Weygand lui avait permis de montrer sa bonne foi et sa volonté d'une négociation équitable entre l'État Français et le IIIème Reich.

De nombreux coups de téléphone avaient été échangés entre Berlin et Vichy et le jour de la rencontre fut fixé au 1er décembre, dans le train privé d'Herman Goering. Dans l'après-midi de la veille, le commandant Fontaine, officier d'ordonnance de Darlan, était passé dans le bureau d'Albertine et lui avait dit de préparer une valise pour un voyage de deux jours.

Ne faisant pas partie du cortège officiel, Albertine dut rejoindre à pied la gare où le train du Maréchal attendait. À 21h50 la voiture officielle arrivait, et le vieil homme en descendait, accompagné de son « conseiller » et médecin le docteur Ménétrel. Dans un second véhicule, l'amiral Darlan, le commandant Bonhomme, officier d'ordonnance du Maréchal.

Pour ne pas arriver en pleine nuit, et attendre en zone occupée, le train fit une halte à la Ferté-Hauterive, au nord de Saint-Germain-des-Fossés, en plein milieu des champs battus par le vent du Nord. Dans son compartiment, Albertine l'entendait siffler à travers le mince vitrage. Elle s'était protégée de trois couvertures et avait gardé ses socquettes. Elle rit en pensant à Joseph qui ne l'aurait pas trouvée très désirable dans cette tenue. Mais il ne fallait plus penser aux « hommes de sa vie », comme elle les appelait. Les prochaines quarante-huit heures devaient être consacrées à la collecte d'informations, et elle pourrait profiter de sa position exceptionnelle pour être les yeux et les oreilles du SOE. Avant de quitter la maison de la rue Faidherbe, elle s'était assurée que sa radio était bien dissimulée dans le grenier, à un endroit où personne ne pourrait la trouver. Elle en avait ôté le cristal permettant la liaison. Elle s'endormit avec l'image de « Joseph Junior » qui lui avait adressé son premier sourire avant qu'elle ne décolle.

Le matin du 1er décembre, le train s'ébranlait à six heures précises, et moins d'une demi-heure plus tard, il ralentissait à l'approche de la zone frontalière à Bessay-sur-Allier. Albertine tentait de regarder à l'extérieur, mais la nuit était totale, et aucune lumière n'indiquait l'endroit où l'on pouvait se trouver. La gare, elle, était éclairée *a giorno*. Le cœur battant, Albertine voyait des dizaines de soldats patrouiller le long du quai. Des ordres étaient criés, qui se noyaient dans le sifflement des machines. Un officier regardait la liste des passagers du train que le capitaine Fontaine lui présentait et la comparait à celle qui lui avait été fournie. D'un salut impeccable, l'officier rendit les documents à Fontaine, fit un signe et un coup de sifflet retentit. Le train s'ébranla devant les soldats au garde-à-vous. « C'est sans doute la seule fois de ma vie où je vais passer cette ligne sans être contrôlée », pensa Albertine avec soulagement.

Un beau soleil d'hiver se levait sur les brumes du Morvan. Albertine regardait les notes qu'elle avait prises sur les questions que Pétain et Darlan souhaitaient aborder avec Goering. Elle ne devait faire aucune erreur d'interprétation et chaque terme utilisé ne pouvait prêter à confusion. Un peu avant dix heures, on frappa à sa porte. « On arrive, préparez-vous ! » lui cria-t-on. Elle enfila un gilet sous son manteau, noua une écharpe en laine et ajusta un chapeau discret mais seyant. Elle s'assura que les dossiers étaient bien rangés dans sa serviette et poussa la porte coulissante du compartiment.

Une palanquée de soldats et d'officiers allemands se pressait sur le quai de la petite gare de Coulanges-sur-

Yonne. En retrait, quelques gendarmes observaient la scène, l'air de se demander pourquoi ils étaient là : personne ne s'occupait d'eux, ne leur demandait d'intervenir pour le service d'ordre ou l'accueil du Maréchal. L'événement était aux mains des forces occupantes. À la descente du train, le général allemand Hanesse, commandant de la Luftwaffe et Fernand de Brinon, ambassadeur de Vichy à Paris accueillirent le chef de l'État. Albertine remarqua une caméra des actualités allemandes. L'événement serait sans doute diffusé dans les salles de cinéma, et la propagande des deux pays s'emparerait de l'événement pour lui donner le faste qu'il n'avait pas. Pendant que les officiels étaient dirigés vers leurs automobiles respectives, on conduisit Albertine à l'arrière du convoi, où une voiture emmènerait les secrétaires et le petit personnel du gouvernement de Vichy. Le chauffeur, un jeune soldat allemand, ne semblait pas disposé à engager la conversation, et Albertine observait avec attention le paysage pour pouvoir le décrire plus tard.

La caravane s'ébranla enfin, précédée de la voiture du Maréchal qu'une escorte de motards encadrait. Quelques badauds saluaient le chef de l'État, qui levant son chapeau ou sa casquette, qui applaudissant. Il n'y avait cependant pas foule, puisqu'aucune agence de presse ni aucun journal n'avaient annoncé le déplacement. Le temps n'incitait pas non plus à mettre le nez dehors, et même la traversée du pont de la Tournelle à Auxerre se fit dans la plus grande discrétion.

Le rendez-vous avait été fixé à Saint-Florentin-Vergigny, improbable endroit pour une rencontre au sommet, entre un chef d'État et la deuxième personnalité du IIIème Reich. À mesure qu'ils approchaient de la petite ville, la présence allemande se faisait plus imposante. Outre les nombreux véhicules qui entraient ou qui sortaient de la base du Génie, le ciel était parcouru d'avions de chasse volant très bas. Le bruit était assourdissant et Albertine se bouchait les oreilles.

— Sécurité du *Reichsmarschall*, commenta le chauffeur en se garant devant la gare.

Albertine n'eut pas le temps d'ouvrir la portière qu'un officier venait la chercher et s'adressa à elle en allemand.

— Suivez-moi. L'entretien va commencer.

La place de la gare était remplie d'escadrons de soldats, placés au carré, au garde-à-vous, immobiles, impressionnants.

Pétain gravissait les quelques marches de l'escalier menant à la gare, accompagné de Goering, en uniforme d'apparat. Vêtu d'un uniforme beige, sanglé dans un ceinturon qui contenait un ventre proéminent, le deuxième personnage de l'Allemagne hitlérienne portait sous le coude un « bâton de maréchal » qu'il utilisait pour indiquer la direction à Pétain et sa suite.

Accompagnée de son escorte personnelle, Albertine passa derrière la gare et eut un mouvement de recul lorsqu'elle vit le train privé de Goering. Les quatre voitures de voyageurs étaient encadrées de wagons équipés de canons antiaériens. Un soldat était placé tous les dix mètres le long du train.

À l'intérieur, le salon n'avait rien à envier à celui d'un appartement luxueux. Lorsqu'Albertine y pénétra, les deux hommes d'État étaient installés dans de confortables fauteuils. On fit asseoir la jeune femme entre les deux maréchaux. Derrière Goering, un interprète vérifiait que la traduction d'Albertine correspondait à ses paroles.

Albertine avait déjà croisé Pétain dans les couloirs de l'hôtel du Parc. Le vieil homme alternait des moments de grande concentration avec d'autres où il semblait plus distant, moins concerné par les affaires de l'État. Ce jour-là, Albertine le regardait avec attention. Ses mains tavelées tremblaient sur le bras du fauteuil et sa respiration était courte. Après l'exécution du dernier otage, qui avait montré la bonne volonté de Vichy dans la résolution des attentats d'octobre, Pétain avait insisté pour rencontrer un proche du chancelier du Reich. Et maintenant qu'il l'avait en face de lui, il prenait sans doute conscience de la faiblesse dans laquelle se trouvait son pays.

La voix tremblante, Pétain remercia son homologue de son accueil et lui confirma que les Français ne pourraient se plaindre de la collaboration s'ils recevaient des gages de bonne volonté de la part de l'Allemagne, mais il déplorait qu'à un peu plus d'un an de l'entrevue de Montoire, aucune des promesses faites par le chancelier Hitler n'avait à ce jour était tenue.

Goering s'avança sur son fauteuil, et Albertine remarqua que la couture des boutons subissait une dangereuse tension. Il jeta un regard à Albertine qui se tint prête à traduire.

— Monsieur le Maréchal, commença-t-il, d'une voix douce, mais tendue. Selon la convention d'armistice, la France doit verser à l'armée occupante une certaine somme destinée à couvrir ses frais, et aider à son approvisionnement. Or l'agriculture française produit bien moins que ce qu'elle devrait…

— Eh bien, rendez-nous nos 800 000 paysans prisonniers, et nous pourrons peut-être satisfaire à vos exigences ! répondit Pétain du tac au tac.

— … Et l'industrie française tarde à nous livrer ce qu'elle nous doit…

— Mais nous attendons toujours que le charbon et les matières premières indispensables nous soient livrées comme il est prévu ! Les Français ont faim, Monsieur le Maréchal, alors que l'armée allemande continue de prélever le tiers de la fabrication des conserves de viande et de poisson.

— Monsieur le Maréchal Pétain, vous réclamez à l'Allemagne beaucoup de concessions, mais la France lui apporte peu de gages de sa bonne volonté. Et votre opinion publique est bien agitée, alors qu'elle devrait rentrer dans le rang…

Après une demi-heure d'un débat tendu, l'amiral Darlan fut invité à rejoindre les deux hommes.

— Votre Excellence, commença Darlan en s'adressant à Goering, j'ai demandé à mon gouvernement de rédiger un mémorandum que je vous saurais gré de remettre à Monsieur le chancelier Hitler.

Albertine avait participé à la traduction de ce document, qu'elle avait transmis à Londres, et elle savait que c'était une bombe à retardement : La France exigeait des assouplissements que l'Allemagne ne pouvait tolérer : libération d'une grande quantité de prisonniers, et surtout d'agriculteurs, un abaissement drastique des frais d'occupation, la ligne de démarcation transformée en une limite militaire…

Goering parcourut le message, éclata de rire et dit à Darlan :

— Amiral, si je transmettais ce message à mon chancelier, il me renverrait aussitôt dans ma Bavière natale !

Puis il se tourna vers Pétain, et ne rigolait plus du tout :

— Monsieur le Maréchal, *ihr Umgangston ist unerhört ! Wer bitte ist hier der Sieger und wer der Verlierer ?*

Albertine croisa le regard de Goering. Il semblait la défier de traduire cette violente interrogation. Comme si Pétain était son grand-père, elle se pencha vers Pétain, et posa sa main sur le bras du vieil homme. Elle lui chuchota sa traduction, pour en atténuer la violence.

— « Monsieur le Maréchal, vous tenez un langage qui est inacceptable et je voudrais bien savoir qui est ici le vainqueur ou le vaincu ? »

Pétain sembla s'affaisser sur son siège. Il toisa Goering et répondit à voix basse :

— Jamais Monsieur, jamais, je n'ai plus senti qu'au cours de cette entrevue combien la France a été vaincue.

La tension était palpable dans le luxueux compartiment, et personne n'osait prendre à nouveau la parole. Alerté sans doute par un sixième sens, un domestique entra sans bruit et annonça que le repas était servi. Goering se fit tout sourire et invita ses hôtes à partager son repas. Albertine regarda sa montre. Il était quatre heures passées !

De subtils bouquets de cuisine parfumaient la salle à manger, et des coupes de champagne étaient disposées devant chaque convive. Un saladier plein de caviar reposait dans un lit de glace au milieu de la table.

L'officier d'ordonnance indiqua à Albertine une chaise derrière Pétain. Elle ne faisait pas partie des invités du Reichsmarschall. Elle n'avait pas mangé depuis le matin, et craignait de faire entendre des gargouillis peu diplomatiques ! La conversation fut d'emblée plus détendue, mais Pétain et Darlan, mal à l'aise, échangeaient des regards déconfits. Leurs tentatives pour traiter d'égal à égal avec l'Allemagne se soldaient par un échec cuisant. Un rôti de porc croustillant fut servi avec une purée de pomme de terre, arrosé d'une bouteille de Romanée-Conti qui devait faire partie des indemnités d'occupation. Goering faisait remplir les verres de ses invités avec régularité, et les joues de l'amiral se coloraient de minute en minute.

Goering se leva après la dernière goutte de liqueur avalée. Il était 17h30 passées, Albertine se demandait si elle n'allait pas attaquer le rembourrage des fauteuils avec les dents, et les hommes avaient une démarche chancelante.

— J'ai fait avancer votre train, Monsieur le Maréchal, annonça Goering.

Sur le quai, photographes et caméraman officiels fixaient sur leurs pellicules le petit cortège. Goering accompagna Pétain jusqu'à la porte de son wagon, pendant qu'Albertine, congédiée par Ménétrel, revenu par magie aux côtés de son mentor, se précipitait vers le wagon-restaurant pour y dénicher un morceau de pain. Elle entendit le Maréchal se féliciter, tout guilleret : « Mon petit Bernard, je crois que nous avons obtenu beaucoup ce soir ! »

Le train spécial arriva dans la nuit à Vichy. Incapable de dormir, assise sur sa couchette, Albertine rassemblait par écrit les informations qu'elle avait enregistrées au cours de la journée. Son message serait long. Elle rédigea une synthèse qu'elle chiffrerait dans sa chambre avant de l'envoyer à Kathryn.

On ne réveilla pas le Maréchal et son entourage qui purent profiter du confort de leurs compartiments, mais

Albertine descendit seule, dans une gare déserte et peu éclairée.

La rue Faidherbe était à quelques centaines de mètres de la gare, et Albertine les franchit rapidement. Ses semelles de bois étaient le seul bruit qui troublait le silence de la ville thermale. Elle ouvrit la porte dans le plus grand silence et se déchaussa pour monter les escaliers. Arrivée dans sa chambre, elle alluma une bougie et gravit les quelques marches qui menaient au grenier. Elle enjamba la troisième marche dont elle connaissait le grincement, poussa la porte dont elle avait huilé les gonds et récupéra son appareil radio. Il était intact, et n'avait pas été déplacé.

Tombant de sommeil, mais ne voulant pas rater la vacation, elle procédait par gestes automatiques. Le casque sur les oreilles, le manipulateur sous l'index droit, elle était prête. Lorsqu'elle reçut le signal de liaison, elle raconta la journée de la veille. Les notes qu'elle avait prises lui permettaient de structurer son message en parties distinctes, évoquant les revendications françaises, les refus allemands, mais aussi la volonté de faire entrer la France dans une collaboration plus étroite avec le Reich, sans que celui-ci propose la moindre concession pour soulager le sort des Français.

Dans la chambre voisine, Maxime entendait les signaux électriques. Il hésitait encore à prévenir la police des activités clandestines d'Albertine. Il ne supportait pas son attitude méprisante et hautaine quand elle le croisait, et l'homme qu'elle rencontrait parfois était sans aucun doute un agent de Londres.

Lorsqu'Albertine eut terminé son émission, un jour timide et gris se levait. Elle rangea le matériel, fit une toilette rapide, se changea en faisant une gymnastique impossible pour garder toujours une partie de son corps couverte, et descendit les escaliers jusqu'à la cuisine, d'où sortait une douce odeur de café et de pain grillé.

Huguette l'attendait. Le bol de café était servi, et des tranches de pain millimétriques étaient posées à côté. Albertine embrassa son hôtesse.

— Ce n'est pas beaucoup, mais je ne veux pas que vous partiez le ventre vide, ma petite !

— Vous êtes une vraie mère pour moi, déclara Albertine, émue.

— Je suis si heureuse de vous avoir ! Vous faites beaucoup de bien à Félix, et vous êtes la fille que je n'ai pas eue. Au moins, nous pouvons parler de toutes ces choses que les garçons ne comprennent pas et qui ne regardent que nous !

Albertine enfila son manteau, enroula une écharpe plusieurs fois autour de son cou, et mit son béret pour se couvrir les oreilles. Elle ne prenait jamais le chemin le plus court pour aller au travail, et préférait prendre le boulevard qui longeait le parc de l'Allier. Parfois, des écureuils traversaient devant elle en quête d'une noisette ou d'une pomme de pin. « Ils se nourrissent peut-être mieux que nous, » pensait-elle. En passant devant le kiosque à journaux de la rue Sévigné, elle vit le titre de

La Montagne : « Le Maréchal Pétain et le Maréchal Goering se sont rencontrés à Saint-Florentin-Vergigny. »

En haut de l'escalier, Maxime serrait les poings. Maman préférait Albertine, et c'était insupportable. Avant que cette fille arrive, il lui confiait tout, elle l'écoutait, le comprenait, lui confiait des secrets intimes. Et maintenant elle ne le regardait plus.

20

La radio de Tokio déclare que le gouvernement impérial entre en guerre avec les États-Unis et la Grande-Bretagne.

La Montagne, 8 décembre 1941.

Le policier au standard donna à Joseph une enveloppe frappée du cachet du ministère des Colonies. Avant de l'ouvrir, il parcourut les premières pages de *La Montagne* et de *L'Avenir du Plateau central* qu'il avait achetés. Elles différaient peu – Office Français de l'Information oblige –, mais annonçaient l'événement qui allait sans doute faire basculer le cours de la guerre : la veille, à 15 heures 30, l'aviation japonaise attaquait la marine américaine dans les îles Hawaï. Joseph alla chercher un atlas sur une étagère. Il n'avait pas une idée bien précise de l'emplacement de ces îles, dont il avait peu entendu parler et qui pour lui étaient peuplées de primitifs proches des papous. Ces confettis microscopiques abritaient la flotte des États-Unis d'Amérique et représentaient ainsi un intérêt stratégique pour le Japon qui s'engageait aux côtés de l'Allemagne et de l'Italie. L'Axe avait été officialisé en septembre de l'année précédente, mais les préoccupations de l'époque étaient bien éloignées de la diplomatie. Joseph prit conscience à cet instant précis que la guerre était devenue mondiale, et se remémora l'appel de Charles de Gaulle un peu plus d'un an auparavant : « cette guerre n'est pas limitée au territoire de notre malheureux pays… » Peu de Français avaient eu cette clairvoyance.

Ce nouveau front qui s'ouvrait en Asie n'augurait rien de bon. L'éditorial de Maurice Vallet, le rédacteur en chef de *L'Avenir du plateau central* – écrit sans doute avant d'avoir eu connaissance de l'attaque japonaise – dénonçait « l'égoïsme implacable » de l'Angleterre, qui venait de déclarer la guerre à la Finlande à la Hongrie et à la Roumanie, alors que, selon lui, l'ennemi était soviétique.

Repoussant ces nouvelles désespérantes, Joseph ouvrit l'enveloppe. C'était bien le dossier de Guy Lombard. Beaucoup de documents étaient des doubles, écrits sur papier pelure, classés par ordre chronologique.

Lombard avait été condamné à quinze ans de travaux forcés pour mutinerie le 10 janvier 1918. Incarcéré à la prison de la Santé où tout livre lui était interdit, ainsi que la possibilité d'écrire, il était emmené en wagon pénitentiaire au château de Thouars – sans doute pour attendre la fin de la guerre, pensa Joseph – avant d'être conduit en janvier 1919 à la citadelle de Saint-Martin-de-Ré, pour embarquer au printemps suivant. Il était arrivé après 20 jours de traversée et recevait le matricule 20219.

Sa fiche anthropométrique attira l'attention de Joseph :

« Taille : *Un mètre 75 cm* ;

Cheveux et sourcils : *châtain* ;

Front : *intermédiaire* (« À quoi ressemble un front intermédiaire ? » se demanda Joseph) ;

Yeux : *vairons* ;

Nez : busqué ;

Visage : *ovale* ;

Teint : *ordinaire* ; (« Donc, ni jaune, ni vert, dommage. Ce serait pratique ! »)

Si la plupart des caractéristiques étaient communes, les yeux vairons pourraient être reconnaissables… si on savait où regarder dans une foule, une assemblée, un régiment…

Au début de sa peine, Lombard avait été affecté au camp forestier de Godebert, à 20 km de Saint-Laurent-du-Maroni, destiné à l'exploitation des bois précieux. Si le dossier n'en faisait pas une description précise, Joseph comprenait l'atrocité du travail dans ce chantier où des troncs d'arbres précieux étaient tirés par des hommes dans des conditions effrayantes de brutalité. Lombard avait ensuite été transféré aux services administratifs, sans doute parce qu'il faisait partie des bagnards qui maîtrisaient lecture et écriture.

Lombard s'était toujours bien comporté pendant son temps de détention, et n'avait jamais été condamné à la réclusion disciplinaire. On avait l'impression qu'il s'était tenu à l'écart de tout incident, pour ne pas se faire remarquer.

Une note de ce dossier précisait cependant que pendant la durée de son séjour au bagne trois hommes avaient été tués à coups de couteau, sans que l'on puisse découvrir le meurtrier (mais l'administration de la « Tentiaire » considérait sans doute que c'était une vermine en moins). La responsabilité de Lombard n'avait jamais été établie.

La dernière année de son temps règlementaire, Lombard avait été engagé comme précepteur (le terme employé était « garçon de famille ») par l'épouse du nouveau comptable de l'administration pénitentiaire. Sa bonne conduite le conduisit à poursuivre cette activité pendant les premiers mois de son temps de doublage.

Le 23 septembre 1937, un indigène trouvait le corps de Bénédicte Rodier sous le ponton d'embarquement du *La Martinière*, qui avait quitté le port de Saint-Laurent-du-Maroni la veille au soir. Quant à Lombard, il avait disparu, ainsi qu'un revolver, un pistolet semi-automatique et des boîtes de cartouches 8 mm.

Le témoignage des domestiques révéla que Lombard et l'épouse respectable avaient de fréquentes relations sexuelles selon le témoignage des domestiques. Le rapport de gendarmerie conclut que Lombard voulait enlever Madame Rodier, mais que « celle-ci se débattant trop vivement, Lombard avait décidé de la faire taire à jamais » (sic).

Peut-être, se dit Joseph. À moins que Lombard ait fait croire à son amante qu'ils partiraient ensemble, pour qu'elle le suive sans bruit et sans donner l'alerte, et qu'il l'ait tuée au moment d'embarquer parce qu'elle ne lui était plus utile. L'homme avait montré sa violence et sa cruauté. Une femme n'entrait pas dans ses plans d'évasion et de vengeance. Car Joseph en était sûr. Lombard voulait se venger de Pétain. Pourquoi ? Un épisode de la guerre que Pétain n'aurait pas su gérer ? Une affaire personnelle liée au jugement qu'il trouvait injuste ? L'idéal aurait été de pouvoir accéder aux minutes du procès, mais il ne fallait peut-être pas en demander trop à l'armée (qui n'avait pourtant pas grand-chose à faire en ce moment…).

Joseph s'appuya au dossier de son fauteuil. Les pièces se mettaient en place, mais il lui manquait encore de nombreux éléments.

21

La Roumanie, la Slovaquie, la Croatie proclament l'état de guerre contre les Etats-Unis.

La Montagne, 15 décembre 1941

On était à une semaine du solstice et Joseph avait l'impression que le jour ne s'était pas levé. Des flocons se déposaient sur les trottoirs qui semblaient phosphorescents dans l'obscurité. La neige fondait dans la chaussure de Joseph qui couinait à chaque pas.

Il arrivait à l'angle du square de la rue Metz lorsqu'une furie se jeta sur lui en hurlant.

— C'est toi qui l'as tué ! Tu l'as tué ! Assassin ! Salaud !

Valérie jetait les mains en avant, toutes griffes dehors, et Joseph essayait de lui attraper les bras. Lorsqu'il y arriva, il la serra contre lui, et ils pleurèrent ensemble. Il entendit des pas se rapprocher et leva la tête. Une main puissante écarta Valérie tandis qu'un poing s'abattait dans le ventre de Joseph. Il tomba à genoux dans la neige. Avant qu'il ne s'écroule face contre terre, deux hommes le saisirent de chaque côté sous les aisselles. Un troisième s'approcha de lui.

— Tu croyais t'en sortir parce que t'es flic ? On n'assassine pas impunément les camarades en lutte contre le fascisme. Tu seras jugé par un tribunal populaire. Le Parti va t'offrir une baignade dans le Rhône.

Une gifle magistrale étourdit Joseph qui sentit qu'on le soulevait. Il entendit une portière s'ouvrir et fut assailli par une écœurante odeur de poisson.

Ce fut sa dernière sensation avant de s'évanouir.

22

*Un conseil suprême des puissances en guerre
contre l'Axe sera-t-il constitué à Washington ?
M. Roosevelt en serait le président.*

La Montagne, 20 décembre 1941.

Joseph croupissait depuis plusieurs jours dans une pièce sans fenêtre, humide, mal éclairée par une ampoule nue au plafond. Un robinet qui gouttait était fixé à un des murs. Il n'avait aucune idée de l'endroit où il se trouvait. Il n'entendait aucun bruit de l'extérieur. On l'avait transporté dans un véhicule de livraison, qui avait dû servir à un poissonnier. Il empestait la vieille marée ! Il n'y avait rien qui aurait pu lui servir d'arme pour repousser ses geôliers. Ceux-ci venaient deux fois par jour lui apporter un panier de quelques victuailles. Un seul homme frappait à la porte pour lui dire de poser le seau, qui n'avait d'hygiénique que le nom, et de reculer au fond de la pièce. Il déposait le panier, prenait le seau et fermait la porte. Joseph lui avait demandé quand il sortirait et l'autre avait répondu de ne pas être pressé parce que le tribunal révolutionnaire le ferait sortir les pieds devant.

Il reprenait les différents éléments de ses deux enquêtes sans pouvoir tirer un fil qui ferait entrevoir une issue heureuse. Il était content d'avoir pu identifier Jonas, en se disant qu'il connaissait bien mal ses parents – les connait-on jamais ? –, mais ne comprenait toujours pas pourquoi, ni par qui, Tournayre avait été abattu. Et il s'inquiétait de savoir l'agresseur de Pétain à l'air libre. Il n'avait pas de sympathie particulière pour le Maréchal, et l'avait protégé du tir par réflexe, mais le vieux soldat représentait encore le seul obstacle contre une invasion totale du pays par les Allemands. La situation était tendue à l'extrême, surtout depuis l'attaque japonaise, confirmée par la déclaration de guerre de l'Allemagne et de l'Italie à l'Amérique. En Europe, l'Allemagne devait faire face à de nouveaux fronts où elle était victorieuse.

Chaque fois qu'il s'approchait de la porte, Joseph enfonçait le pied dans une déclivité humide qui correspondait aux passages entre la cave et l'extérieur. Son regard s'arrêta sur l'interrupteur en bakélite, à gauche de la porte. Une idée s'était insinuée peu à peu dans son esprit. Lorsque l'heure des repas approchait, il éteignait la lumière. En ouvrant la porte, le gardien grommelait, posait le panier et actionnait l'interrupteur. Ne sachant pas combien de temps il allait être enfermé, Joseph devait agir vite. Aux bruits de son estomac, l'heure du repas approchait. Il dévissa le cabochon de l'interrupteur, laissant les fils à nu. Il ouvrir le robinet, laissant une flaque d'eau s'écouler sur le seuil déjà humide. Se hissant sur la pointe des pieds, il ôta l'ampoule. La pièce était plongée dans le noir. Si ses souvenirs de physique du cours de Monsieur Madeline étaient justes, le corps humain constituait un bon conducteur de l'électricité.

Des pas approchaient. Joseph s'appuya contre le mur. La porte s'ouvrit

— Que tu peux être chiant, dit le gardien en avançant sur la partie humide. Ça t'amuse, ces conneries ?

Sa main approcha de l'interrupteur et toucha les fils. Un grésillement jaillit de l'homme qui tressautait sur place. Un claquement sec dans le couloir indiqua que les plombs avaient sauté. L'homme commençait à tomber. Joseph lui envoya un direct dans le ventre pour faire bonne mesure et le jeta dans la cave dont il verrouilla la porte.

Un couloir menait à des escaliers débouchant dans un immense hangar qui sentait la houille. Dans le fond, à droite, un local fermé était éclairé. Joseph distinguait les voix de ses geôliers. Il se faufila à travers un portail entrouvert et se retrouva dehors, face aux gazomètres de la presqu'île de Lyon. Il essaya de se repérer dans la nuit tombante. Une voie de garage coupait un vaste espace destiné à la manutention ferroviaire. À sa gauche, des bruits de locomotives sortaient d'entrepôts de centaines de mètres de long. Il fonça vers ces bâtiments, pour mettre le plus de distance entre lui et ses ravisseurs.

En entrant dans le hangar, Joseph se trouva transporté dans un chapitre de *La Bête humaine* de Zola. D'immenses locomotives fumaient, crachaient, sifflaient dans un vacarme assourdissant, amplifié par la hauteur du bâtiment. Des hommes noirs comme du charbon qui semblaient minuscules à côté de ces engins terrifiants, s'agitaient en tous sens, mais dans une chorégraphie fluide et coordonnée. Des grues chargeaient le charbon dans les tenders. Lorsque les godets s'ouvraient, une éruption de poussière noire assombrissait la vue et rendait la respiration difficile. Joseph était fasciné par ce ballet, et en oubliait presque pourquoi il était là, jusqu'à ce qu'une main de la taille d'un battoir à linge se pose sur son épaule. Il se retourna. Jacques Cartier, coiffé de son bonnet de marin, regardait lui aussi ces monstres mécaniques en souriant.

— De maudites belles machines, pas vrai ? Quel bon vent t'amène icitte ?

— C'est difficile d'en parler tout de suite. Disons que j'aimerais bien qu'on ne me trouve pas dans les parages.

— Je comprends. Viens t'en. On va trouver un coin tranquille.

Joseph suivit son guide, toujours fasciné par le spectacle des machines. Les roues de certaines étaient presque aussi hautes que lui !

Cartier le conduisit dans une salle commune, où deux hommes étaient en train de casser la croûte.

— Salut les amis, dit-il, je vous présente Germain Leblanc. Il va travailler avec moi comme commis. Il arrive de Marseille, je vais l'installer dans une chambre libre.

Les deux hommes hochèrent la tête, sans plus se préoccuper de Joseph.

Derrière la pièce commune, un escalier desservait un couloir menant aux chambres utilisées par les chauffeurs et mécaniciens en attente de leur prochain voyage.

Cartier ouvrit une porte.

— Installe-toi. Je vais chercher quelque chose à manger. Tu me raconteras. Et… il y a des douches au fond du couloir ! On dirait un cabillaud qui a été pêché depuis dix jours ! Il prit des vêtements dans un placard. Tiens. Ils seront un peu grands pour toi, mais au moins ils sentent bon !

Quelques minutes après, Cartier revint avec une tranche de pain de deux centimètres d'épaisseur recouverte d'une part de terrine de pâté comme Joseph n'en avait pas vu depuis longtemps. Il avait sous le bras un litre de rouge. Et portait deux verres qui avaient été transparents dans une autre vie.

— Où as-tu trouvé ça ? demanda Joseph, les yeux exorbités de gourmandise.

— Les mécaniciens sont classés T, comme travailleurs de force ! Donc, on a droit au pinard et à un bon supplément de viande… Même si on en fait circuler un peu plus avec nous sous le charbon !

Il s'assit sur la chaise face à Joseph, posa son trésor sur la table et sortit un couteau de sa poche. Il fit deux belles tartines et remplit les verres.

— Bon appétit.

Ils trinquèrent. Joseph commençait à se détendre et raconta, des larmes dans la voix, ce qu'il avait fait à son ami et comment il s'était retrouvé enfermé dans un entrepôt de Lyon. Avec sa trogne de bon vivant, la couenne tannée par le soleil et les embruns, la présence de ce « Jacques Cartier » était rassurante et incitait à se confier.

— Comment un Canadien se retrouve-t-il aux entrepôts de la SNCF à Lyon ? interrogea Joseph.

Cartier repoussa son bonnet d'un coup de pouce, ce qui le fit ressembler à un lutin géant.

— Je ne suis pas tout à fait canadien, mais breton. Et mon vrai nom c'est Erwan Le Bihan. À dix ans, j'étais orphelin. Je vivais chez un oncle près de Saint-Malo, pour qui je représentais une bouche supplémentaire à nourrir. Quand je me suis engagé comme mousse, il m'a donné sa bénédiction. Et j'ai fait ma première traversée cette année-là.

— Sans savoir ce qui t'attendait…

— A dix ans, quand t'es breton, tu n'as pas grand choix. La pêche, c'était l'aventure, le grand large, la camaraderie… Et au moins, à bord, on mangeait à sa faim ! On travaillait entre dix-huit et vingt heures par jour ! Les mousses étaient les premiers levés, et les derniers couchés ! Et gare aux paresseux !

— Tu allais à la pêche, toi aussi ?

Le Bihan partit d'un rire sonore.

— Oh non ! Les enfants ne pouvaient pas quitter le navire. Le travail commençait après un mois de navigation – à la voile, comme du temps de Jacques Cartier, le vrai ! – on mettait à l'eau des petites embarcations, les doris. Deux hommes par doris, qui tendaient des lignes pour la nuit, et qui les relevaient le matin. Ils partaient parfois plus de six heures, ramaient jusqu'au bateau, piquaient leur pêche, et c'est là que nous autres, à bord, on coupait, on vidait, on ouvrait, on salait dans la cale.

« Deux ans plus tard, mon navire a fait naufrage, dans la nuit du 18 mars 1910, par vingt degrés en bas de zéro, le long de la Côte Nord du Canada. Une tempête avait brisé les mâts, il n'y avait plus rien à faire. Les doris ont été mises à l'eau. Elles ont été disloquées entre les vagues et la coque. J'ai pu m'accrocher à un baril de sel, vide, qui flottait pas loin, glacé, au moment où la tempête s'arrêtait, comme par magie.

— Tu n'es pas mort de froid après le naufrage ?

— J'ai été chanceux, malgré tout : la tempête nous avait emporté loin de Terre-Neuve, et j'ai été recueilli le matin même du naufrage par des pêcheurs de la côte Nord du Québec. Ils m'ont tout de suite ramené à terre, m'ont donné des vêtements chauds. Ils étaient d'un petit village, Natashquan.

— Nata… quoi ?

— Natashquan. Ça vient de l'Indien montagnais. Ça veut dire « là où l'on chasse l'ours » ! Mais je n'ai jamais vu d'ours par icitte ! Des loups, des castors, ça oui ! Mais des ours, j'en ai pas vu pantoute !

— Tu vivais comme les peaux-rouges, alors ?

Le rire de Le Bihan emplit à nouveau la petite pièce.

— Les peaux-rouges, ils sont pas sur la côte Nord du Canada, mais plus bas ! J'ai vécu avec un couple de descendants de colons français. Monsieur et Madame Vigneault. Ils avaient déjà six enfants, et m'ont élevé comme si j'étais leur fils. Elle faisait l'école du village, et lui, selon la saison, était inspecteur des pêcheries, trappeur… Il m'emmenait avec son fils sur la rivière Mingan.

Joseph était transporté à des lieues de Lyon et de la guerre. Il entendait des récits de Jack London, imaginait des chiens de traineau se couchant en boule pour échapper à la neige…

— Je t'écouterais toute la nuit, mais il faut que je regagne Clermont et surtout Vichy le plus vite possible. J'ai le pressentiment que l'assassin de Pétain va tenter quelque chose bientôt. Il faut que je prévienne Alb…

Des voix s'élevèrent soudain dans le couloir, accompagnées de bousculades.

— Il est ici, on en est sûrs ! On va le crever, ce flic !

Joseph et Le Bihan échangèrent un regard. Ce dernier désigna un placard, lui lança un verre tout en retirant sa chemise et son bonnet. Avant de s'enfermer, Joseph l'aperçut en train de s'ébouriffer les cheveux.

On cogna à la porte.

— Mais câline de bine ! cria-t-il, on peut pas dormir tranquille dans votre maudit pays ? Qu'est-ce que c'est ?

— On cherche un fugitif aux ordres de la réaction fasciste, dit une voix.

Joseph entendit les ressorts du sommier, et la porte s'ouvrir.

— Tabarnac ! Vous savez réveiller le monde, vous autres !

— Excuse-nous camarade, on ne savait pas que c'était toi ! Un flic a assassiné un camarade, et il s'est échappé avant son jugement. Il est parti il y a deux heures. On le cherche partout.

— Il n'est pas ici, certain comme tu vois ! Mais tu peux regarder sous le lit, si tu veux.

— On te connaît ! Tu n'es pas le genre à héberger un salaud de fasciste. Excuse-nous de t'avoir dérangé. Bonne nuit, camarade !

La porte claqua. On entendait les hommes entrer dans les autres pièces. Puis ce fut le silence à nouveau.

— Tu peux sortir, ils sont partis, chuchota Le Bihan.

Joseph s'extraya de son abri improvisé.

— Merci, « camarade ! » Tu es communiste ?

—Disons que je partage quelques idées avec eux, et qu'ils aimeraient bien que j'adhère… Mais je préfère garder ma liberté.

Décidément, le personnage ne manquait pas de ressources !

— S'ils approfondissent leurs recherches, ils ne tarderont pas à me trouver ! il faut que je rentre au plus vite pour leur échapper, et il faut que je trouve cet assassin de Maréchal au plus vite.

— Je crois qu'il y a un convoi de marchandises qui part pour Nantes, et qui passe par Vichy et Saint-Germain-des-Fossés, affirma le malouin. On va te trouver un endroit tranquille où tu voyageras à l'abri des regards et des curieux. Il est…

Le Bihan sortit une montre de gousset de sa salopette.

— Il est deux heures. Dors un peu. Je viens te réveiller avant de partir, à la barre du jour[1]

.

Joseph ne savait pas ce qu'était « la barre du jour », mais ne se fit pas prier. Sa tête à peine sur l'oreiller, il dormait déjà.

----

[1] L'aube, en québécois.

23

Les combats sont d'une extrême violence à Hong-Kong où les Britanniques se seraient retirés sur Victoria Peak.

La Montagne, 22 décembre 1941

Joseph avait voyagé dans un wagon de marchandises, caché entre deux colonnes de caisses qui le rendaient invisible. Enroulé dans une épaisse couverture de laine, il avait poursuivi sa nuit, après une longue accolade avec Le Bihan. Celui-ci avait expliqué qu'il s'agissait de textiles produits dans la région de Lyon, réquisitionnés aux termes de la convention d'armistice.

Par la porte entrouverte, il regardait le paysage. Par prudence, il se dissimula à nouveau au passage de Saint-Germain des Fossés, et attendit l'arrêt au dépôt de Vichy. Les cheminots avaient été avertis qu'un passager se trouvait dans le wagon, et l'un d'eux fit signe à Joseph que la voie était libre. Malgré les vêtements propres que « Jacques Cartier » (il adorait ce pseudonyme) lui avait prêtés, Joseph se sentait sale et peu présentable. Il était onze heures du matin, Albertine avait encore une heure avant de quitter le travail. Joseph déambula dans les rues autour du casino pour trouver un restaurant. Les menus, affichés en respect de la loi n'étaient guère alléchants, mais Joseph voulait faire un vrai repas avec Albertine.

Il la vit sortir de l'hôtel du Parc, accompagnée d'un fonctionnaire et suivie de celui qu'elle avait appelé Maxime la dernière fois qu'ils s'étaient retrouvés. Celui-ci faisait mine de l'attendre, mais Albertine le congédia d'un geste. Joseph vit les mâchoires de Maxime se serrer tandis qu'il rebroussait chemin. Quand elle eut terminé sa conversation, le fonctionnaire prit à sa gauche vers les Thermes, tandis qu'Albertine s'engageait dans la traversée du parc. En levant la tête, elle découvrit Joseph.

— Mon chéri, lança-t-elle en l'embrassant. Quelle surprise ! Mais… Qu'est-ce que tu as à la joue ?

Joseph tâta sa pommette. Le bleu disparaissait, mais l'emplacement était encore un peu douloureux.

— J'ai rencontré un poing de communiste il y a quelques jours. Avantage PCF, comme on dit au tennis !

— Pauvre amour, se lamenta-t-elle avant de lui faire un baiser sur la joue endolorie. Ça va aller mieux, maintenant.

Il la prit par le bras et ils se dirigèrent vers la rue Clémenceau où Joseph avait repéré la brasserie *Gambrinus*, dont les trois menus ne brillaient pas par leur originalité, mais qui avait un nom amusant. Joseph commanda un pichet de vin, qu'ils utilisèrent avec parcimonie et ils trinquèrent à leurs retrouvailles. « C'est un peu Noël » dit Albertine en regardant la neige tomber de plus en plus dru.

Pendant qu'ils attendaient leur commande, ils décidèrent de se retrouver le soir de la Saint-Sylvestre, et peut-être essayer de s'échapper quelque part.

— J'espère que la journée sera tranquille, soupira Albertine. Si c'est le cas, je te ferais passer un message par Radio-Londres.

— C'est possible ? demanda Joseph, étonné.

— Bien sûr ! Il ne faudrait pas le faire tous les jours, mais pour des occasions exceptionnelles comme celle-ci ! ....

— Parfait ! Alors, tu donneras comme message : « Voltaire dit : j'ai décidé d'être heureux... » Et dans ma tête je terminerai : « parce que c'est bon pour la santé ! »

Le serveur arriva avec une assiette de potage et une corbeille de fines tranches de pain rassis. Joseph en prit une qu'il émietta sur la soupe.

— J'ai l'impression de n'avoir pas fait de vrai repas depuis des siècles, remarqua Albertine. Les restaurants servent parfois de la viande de lapin, dont je me demande si ce n'est pas autre chose...

— Il paraît qu'il y a beaucoup moins de chats dans certaines villes... même si le gouvernement met en garde contre les maladies que peuvent transporter les chats de gouttière. S'ils bouffent du rat ou autres bestioles, ça doit altérer le goût !

Comme s'il l'avait entendu, le serveur déposa deux assiettes garnies d'une tranche de terrine sur un lit de mâche. Albertine regarda d'un air dégouté l'assiette que venait de porter le garçon. Elle leva les yeux.

— Tu dis ça parce que tu veux manger ma terrine, commenta-t-elle en riant. Mais tu ne m'auras pas, Joseph Dumont ! Et tu ne l'auras pas !

— Tant pis, soupira Joseph avec un sourire. J'aurais essayé.

Il résuma le mois qui s'était écoulé, de l'arrestation et la mort de Jocelyn, jusqu'à son exfiltration par « Jacques Cartier, » en passant par sa lutte avec Brouyard au-dessus de la Saône. Il expliqua à Albertine les difficultés à localiser Lombard, et la certitude qu'il avait que l'homme n'hésiterait pas à renouveler sa tentative d'assassinat.

—J'ai reçu des instructions de… qui tu sais, expliqua Albertine à voix basse. Il faut tout mettre en œuvre pour mettre cet assassin hors d'état de nuire.

— C'est bien ce qu'on essaie de faire, et tout le monde travaille dans le même sens, même si les raisons ne sont pas les mêmes. La protection du Maréchal a-t-elle été renforcée ?

— Tu sais comme il aime se promener dans le Parc après son repas. Des gardes mobiles le suivent à distance respectueuse. Le docteur Ménétrel insiste beaucoup sur « la tranquillité du Maréchal » et demande qu'il ne soit pas importuné par les forces de sécurité. Je ne sais même pas s'il a autorisé un dispositif particulier pour cet après-midi.

— Qu'y a-t-il cet après-midi ?

— Le maréchal reçoit 1000 écoliers et écolières du département avec leurs maîtres et maîtresses au grand Casino[1]. Un petit goûter est prévu, j'ai entendu dire qu'on avait trouvé quelques litres de lait qu'on distribuerait aux enfants, et il fera un petit discours sur l'avenir que représente la jeunesse de France… Par d'autres voies, j'ai appris que Roosevelt et Churchill se rencontraient à Washington aujourd'hui. Le sort du monde ne se joue pas à Vichy, mon pauvre Joseph.

Il regardait dans le vide, sans répondre. Un signal d'alarme raisonnait dans son cerveau.

— Tu m'écoutes ?

— Oui… Non. Un goûter ? Avec leurs instituteurs ?

— Mais, oui… Pourquoi ? Tu crois que ?...

— Écoute, j'ai lu le dossier de Lombard. Ce type n'a peur de rien, et il était instituteur avant la guerre, l'autre. D'où viennent ces écoliers ?

— Mais... je ne sais pas. Ce n'est pas moi qui…

— Il faut absolument qu'on le sache ! Je suis sûr que Lombard va essayer quelque chose aujourd'hui. Jamais il n'aura été aussi proche de Pétain ! Viens !

---

[1] *L'Illustration* relate l'événement dans son numéro 5156/5157, du 2 au 10 janvier 1942 : « Réception des écoliers de France au Grand Casino de Vichy ». Voir aussi : www.etat-francais.fr/22-decembre-1941-jour-n-0531.

— Mais on n'a pas fini de… Pour une fois qu'on avait un repas presque normal !

— Tant pis ! Viens ! Où est le ministère de l'Éducation ?

— À l'hôtel Plazza, pas loin d'ici. Mais Joseph, il est une heure de l'après-midi. Les bureaux sont fermés !

— On va les ouvrir ! Crois-moi !

Au moment où ils sortaient du restaurant, Albertine buta contre Maxime. Le jeune homme s'approcha d'elle. Elle lui trouva un regard noir et comme excédé.

— Albertine, je dois vous dire…

— Vous êtes gentil Maxime, mais je n'ai vraiment pas le temps ! Retrouvons-nous ce soir… ou demain !

Elle partit en courant derrière Joseph. Maxime la regarda, les poings serrés, les yeux brillants de larmes de rage. Il savait ce qu'il lui restait à faire.

Joseph fit tournoyer si vite la porte à tambour de l'hôtel qu'Albertine dut attendre qu'elle ralentisse pour pouvoir entrer. A la place de la réception, se tenait un jeune secrétaire qui se donnait des airs de ministre. Albertine le voyait secouer la tête en signe de refus déterminé. Joseph empoigna la cravate du jeune homme et le tira jusqu'à ce que leurs fronts se touchent.

— Vous me dites immédiatement où se trouvent les bureaux de l'enseignement primaire ou vous finissez votre carrière sur le front de l'Est ! hurlait Joseph.

Le gamin pâlit. Albertine crut qu'il allait vomir. Il désigna l'escalier et troublé par la frousse indiqua « chambre 813. » Joseph monta les marches quatre à quatre. Albertine le suivit et malgré le handicap de la jupe et des semelles compensées arriva en même temps que lui. Il se retourna, surpris.

— Tu oublies que j'ai un peu d'entraînement ! lui dit-elle en souriant.

Ils enfilèrent un long couloir d'hôtel, où chaque bureau était identifié par une étiquette apposée sous le numéro de chambre. Joseph poussa la porte 813 sans frapper.

— Non mais dites donc, ne vous gênez pas ! glapit une femme gironde au visage mou.

Joseph sortit sa carte.

— Police nationale ! Madame, nous avons toutes les raisons de croire qu'un attentat est en préparation contre la personne du Maréchal. Nous avons besoin immédiatement des dossiers des instituteurs de Vichy.

La secrétaire eut un sourire moqueur.

— Vous croyez qu'un instituteur oserait lever la main sur le Maréchal ?

Voyant que Joseph s'apprêtait à lui faire subir le même sort qu'au réceptionniste, Albertine intervint.

— Madame, je suis la secrétaire personnelle de l'amiral Darlan. Il m'a assuré que vous seule pouviez nous aider.

— L'a… L'amiral a dit ça ? Il me connait ?

Sans répondre, Albertine la repoussa derrière son bureau.

— Vous conservez les lettres d'installation de chaque instituteur, n'est-ce pas ? Sont-elles classées par commune ? ou par arrondissement ?

— Eh bien, il y a une école dans chaque commune, alors, c'est plus pratique… Et pour Vichy, le classement est réalisé par école.

— Bien sûr, l'encouragea Albertine, compréhensive. Vous avez raison. Et… Je pense que Vichy représente une part importante des dossiers.

— M'en parlez pas ! opina la grosse dame. Regardez.

Elle se retourna vers un meuble à tiroir et ouvrit celui étiqueté « Vichy ». N'en pouvant plus d'attendre, Joseph saisit une pile de dossiers et les ouvrit. Il tournait les pages avec frénésie, grommelant qu'on aurait pu prendre des photos de chaque maître. Soudain, il s'arrêta sur une fiche, barrée de la mention « Démission. »

— Qu'est-ce que ça signifie ? demanda-t-il en tendant la feuille.

— Oh, c'est la fiche de Monsieur Rouvier. Un monsieur bien sous tous rapports, qui faisait la fierté de l'Académie, et qui nous a envoyé sa lettre de démission voici deux mois.

— Vous-a-t-il donné des explications ? demanda Albertine.

— Point, Madame, point. Il a simplement écrit qu'il ne souhaitait pas poursuivre sa carrière dans l'enseignement.

— Que s'est-il passé, ensuite ? Vous l'avez recherché ? s'enquit Joseph.

— Nous ne sommes pas la police, Monsieur, s'indigna la secrétaire. Et nous avons beaucoup de travail. Heureusement, le lendemain, un autre Monsieur s'est présenté, avec toutes les références exigées, et il a pris le poste de Monsieur Rouvier à l'école Jules-Ferry

— Où est sa fiche ? Comment s'appelle-t-il ? D'où venait-il ?

— Votre mari est toujours aussi excité ? demanda la secrétaire à Albertine.

Albertine sourit en entendant parler de Joseph comme son mari. Cela lui paraissait si naturel !

— Il a beaucoup de souci, répondit-elle pour l'excuser. Et… la fiche ?

— Ah ! Oui. La fiche. Voyons. Je l'ai rangée dans les nouveaux rôles de comptabilité, ici, parce qu'il fallait d'abord que Monsieur Bompard puisse émarg…

— Comment avez-vous dit ? hurla Joseph.

— Mais, Bompard, Guy Bompard, répondit la pauvre femme, effrayée. Un monsieur très bien, un ancien combattant.

— C'est lui, nom de Dieu, Albertine, c'est lui ! Bompard ! Lombard ! (Il inspira un grand coup pour se calmer et se tourna vers la secrétaire) : une dernière chose, Madame, et nous n'abuserons plus de votre hospitalité : savez-vous si les élèves de cette école rendent visite au Maréchal cet après-midi ?

— Oh certainement ! Cette école est toujours choisie pour ce genre de cérémonies !

Ils sortirent en trombe, laissant la secrétaire tout étourdie.

Joseph résuma ce qu'il avait compris pendant qu'ils dévalaient les escaliers.

— Je n'ai pas encore tous les éléments, mais voici comment je vois les choses : Pendant la guerre, Lombard est un bon sous-officier, jusqu'à ce qu'un événement le rende dément, à tel point qu'il casse la gueule à un supérieur, ce qui le conduit au tribunal militaire puis au bagne. Il ne voit qu'un responsable : Pétain. Pendant tout ce temps, il entretient un désir de vengeance si fort qu'il s'évade de Guyane avec une obsession : tuer le Maréchal. Je ne sais pas comment il fait, mais il a réussi à passer toutes les lignes et tous les barrages pour se retrouver sur sa piste. Il tue l'instituteur de l'école Jules-Ferry, et attend le moment propice. Il se cache quelque part, peut-être même dans la maison de cet instituteur, on finira bien par trouver où, à Vichy même pour suivre les faits et gestes de Pétain, prépare son premier attentat au théâtre de Clermont, et, pour se rapprocher encore de sa cible, décide de s'installer ici. Quelle meilleure couverture qu'un instituteur ?

Quand ils sortirent du Plazza pour rejoindre le casino, la neige avait recouvert la ville. Les bruits étaient étouffés, les rares voitures avançaient dans un silence feutré, et les formes des arbres s'estompaient dans un voile immaculé.

Le rez-de-chaussée du grand Casino bruissait de cris d'enfants, dont les voix aigües traversaient les murs. Les tables de jeu qui ne servaient plus avaient été poussées le long des murs, et le millier de bambins jetait des regards émerveillés sur les lustres et la décoration. Albertine eut un soupir de découragement.

— On ne voit même pas les adultes ! Et quand bien même… Comment le reconnaître ?

Joseph fouilla dans sa mémoire un détail qui l'avait surpris. Il l'avait trouvé sur la fiche signalétique de l'administration pénitentiaire. Sur le visage, le teint…

— Les yeux, Albertine ! Il a les yeux vairons !

— S'il faut regarder chaque maître sous le nez… On va se faire remarquer !

Joseph observait avec attention, se déplaçant au milieu de cette marée juvénile. Il repérait les maîtres et certaines maîtresses qui essayaient de canaliser les enfants.

Une double porte s'ouvrit, on annonça le Maréchal. Peu à peu les enfants impressionnés se turent et s'assirent par terre. Seuls les adultes dépassaient. Certains se déplaçaient pour intimer le calme aux plus agités. Joseph et Albertine occupaient chacun un angle de la grande pièce. Ils dévisageaient les hommes avec insistance.

Un murmure parcourut le couloir. Albertine n'en pouvait plus de se concentrer ainsi lorsqu'elle perçut un geste inhabituel sur un petit côté de la salle. Un homme tenait son bras droit le long du corps. Immobile, il fixait la porte où le Maréchal allait apparaître. Dans la main de l'homme, reposait la crosse d'un pistolet de petit calibre.

Albertine crut reconnaître un 8 mm, sans distinguer le modèle.

— Joseph ! Il est là ! Devant ! cria-t-elle en désignant l'homme de la main.

Il leva ses yeux vairons, regarda Albertine, puis autour de lui, et vit Joseph qui enjambait les bambins, hilares, persuadés que c'était un jeu.

Lombard se retourna, fit glisser son arme dans la main et ajusta Joseph, qui eut à peine le temps de se cacher derrière un chambranle. La détonation sema la panique parmi l'assistance. Les enfants se levèrent et s'égayèrent dans toutes les directions. Lombard renversa un instituteur qui était sur son passage, et ouvrit la porte-fenêtre qui donnait sur le parc de la Source. Il s'engagea rue de l'abbé Delarbre, en direction de l'Allier, Joseph sur ses talons, pendant qu'Albertine essayait de s'extirper de la masse des enfants, affolés par le bruit.

Marcel Bonnafous était de mauvaise humeur et en retard dans sa livraison. Ses derniers sacs de charbon de la journée étaient destinés au ministère du commerce, de l'autre côté du parc. Il avait fallu pousser le camion pour se dégager de la neige qui commençait à glisser et les essuie-glaces balayaient le pare-brise de manière aléatoire. En voulant allumer une cigarette, il fit tomber son briquet. Se penchant en avant il quitta un instant des yeux sa trajectoire sur l'avenue des Etats-Unis. Lorsqu'il

300

se redressa, Guy Lombard débouchait de la rue de Serbie, à quelques mètres de la calandre. Bonnafous se mit debout sur le frein, bloquant les roues. Le camion poursuivit sa course incontrôlée sur la neige et percuta le fuyard sans avoir ralenti. Le radiateur lui broya les côtes et il fut projeté à plusieurs dizaines de mètres.

Joseph et Albertine arrivèrent en même temps. Le pauvre Bonnafous se lamentait devant le corps broyé. Joseph tâta le pouls. Celui qui avait voulu mettre fin aux jours du Maréchal Pétain était mort.

***

Joseph était rentré à Clermont en profitant d'une navette de la police. La maison de l'instituteur serait fouillée et on en saurait plus, espérait-on, sur les motivations de Guy Lombard. Le chauffeur réveilla Joseph en arrivant devant le commissariat. La nuit était tombée, il pouvait à peine mettre un pied devant l'autre, mais il avait une visite incontournable à faire avant de s'effondrer dans son lit. Il coupa au plus court, traversa le boulevard Trudaine et arriva enfin impasse Sainte-Philomène. C'était un étroit boyau, où devaient se retrouver autrefois tous les coupe-jarrets de la ville ! Comme il l'avait souvent fait, il poussa la porte du numéro 6 encadrée de montants sculptés en pierre de Volvic, mais ce soir-là, sa visite n'aurait pas la sérénité que procurait une profonde et réelle amitié.

En arrivant sur le palier du deuxième étage, il entendit des voix dans l'appartement du couple Cluzel. L'une était celle de Valérie, mais il ne put identifier la seconde. C'était une voix masculine. Il frappa doucement à la porte pour ne pas réveiller la petite Colette.

— Qui est-ce ? demanda Valérie à voix basse.

— C'est moi. Joseph.

Une chaise fut déplacée après un moment de silence, et Joseph crut distinguer un mouvement.

— Tu as du culot de venir, déclara Valérie en ouvrant la porte, le visage fermé.

Elle se tourna dès qu'il fut entré et s'avança jusqu'à la petite salle à manger, puis se retourna vers lui. Ses yeux rougis étaient emplis de haine.

— J'espère que tu ne viens pas t'excuser, parce que ce que tu as fait est inexcusable. Je ne sais même pas pourquoi je t'ai ouvert. Jocelyn avait confiance en toi, tu savais tout de lui. Tu en as profité pour le dénoncer, le faire arrêter, et finalement, tu l'as tué. Tu n'es qu'un salaud !

Tout en parlant, Valérie lançait des regards furtifs par-dessus l'épaule de Joseph. Il s'apprêtait à répondre à Valérie lorsqu'il sentit un mouvement derrière lui. Il eut à peine le temps de se retourner qu'un poing frappait sa clavicule. Joseph lança un premier direct dans l'estomac de son adversaire qui se plia en deux, et acheva le travail en joignant ses deux mains pour le frapper à la nuque.

L'homme s'écroula. Joseph se retourna vers Valérie qui avait assisté, muette, à ce combat.

— Vous commencez à m'emmerder sérieusement, tous autant que vous êtes, dit-il sans élever la voix pour ne pas éveiller la petite. Assieds-toi, Valérie. Et toi…

Il saisit l'homme par le col, l'installa sur une chaise, lui joignit les mains dans le dos, et les attacha avec ses menottes. Il ne résista pas au plaisir de lui asséner deux gifles pour le réveiller. Il prit une chaise qu'il retourna pour s'appuyer au dossier, chercha une cigarette dans sa poche, et l'alluma en attendant que son prisonnier se réveille. Valérie, tétanisée n'avait pas prononcé un mot.

— Écoutez-moi bien tous les deux. Et sans m'interrompre, parce que j'ai tendance à ne plus être très patient en ce moment. Tu sais très bien, Valérie, que c'est Brouyard qui a arrêté Jocelyn. Dès que j'ai appris qu'il avait été transféré à Lyon, je me suis débrouillé pour aller le voir à la prison Saint-Paul, en utilisant sa carte.

— Et tu l'as saigné comme un porc, salaud de fasciste.

Sans se lever, Joseph envoya une baffe magistrale à l'homme.

— Je t'ai dit de ne pas m'interrompre. (Il se tourna vers Valérie) : Jocelyn était… Je ne peux même pas te le décrire. Il avait tenu bon jusque-là, mais il n'en pouvait plus. Ces fumiers l'avaient détruit. C'est lui qui m'a demandé de…

Valérie poussa un gémissement terrible, venu du plus profond d'elle-même.

— Cette guerre nous rend inhumains. Elle nous oblige à commettre des actions qu'on ne pouvait imaginer. Et ce n'est pas fini. S'il faut assumer ce que l'on fait, alors, oui. J'ai tué Jocelyn. Pas par haine, pas par vengeance, mais par amitié. Et je sais que j'ai fait ce qu'il fallait.

— Tu répondras de ce meurtre quand tout sera fini, et ce sera la corde, lança le prisonnier.

— Sans doute, répondit Joseph. Mais d'ici là, il peut se passer beaucoup de choses. Je serai peut-être mort, et toi aussi. Si c'est au prix de la liberté, nous aurons gagné contre le Mal absolu. Valérie, dis à Colette que son papa était un héros, et qu'il m'a demandé de vous protéger toutes les deux.

Joseph sortit les clés des menottes de sa poche et contourna la chaise.

— Je te libère, « camarade. » Si tu veux envoyer l'Armée rouge contre moi, vas-y, tu auras peut-être l'impression que tu sauves le Parti. Moi, j'aurai toujours la mort de mon ami sur la conscience.

Sans se retourner, Joseph sortit de l'appartement.

24

Conférence Roosevelt-Churchill à Washington. M. Mackenzie King assistera aux entretiens qui serviront de prélude à une conférence plus étendue.

La Montagne, 24 décembre 1941.

Sebastian courait dans les allées du jardin des Plantes, les joues rouges de froid et de plaisir. Son séjour à Malemont lui avait fait le plus grand bien et selon les médecins, il était tiré d'affaire. Il avait entrepris de former la plus grosse boule de neige du monde et poussait devant lui une sphère de la taille d'une citrouille.

Joseph et Irène marchaient l'un contre l'autre bien serrés pour se tenir chaud. Des petits nuages de buée s'échappaient de leurs bouche et Joseph faisait rire Sebastian aux éclats lorsque son nez crachait du feu à la manière d'un dragon ! Comme tous les ans, ils passeraient Noël tous les trois. Alphonse avait apporté de Malemont de quoi faire un festin qu'Irène avait préparé tout l'après-midi.

La mort de Guy Lombard avait permis de remonter sa trace, même s'il restait d'importantes zones d'ombre.

L'instituteur qu'il remplaçait n'avait pas démissionné. La police se rendit à son domicile, que Lombard avait investi en totalité, et retrouva le corps enterré dans le jardinet attenant à la maison. Le salon, recouvert de moquette (« ce n'était pas un hôtel, » se lamentait Nestor), avait été transformé en magasin d'armurerie. Sur la table, deux boîtes de cartouches 8 mm côtoyaient un revolver et un pistolet semi-automatique, équipé d'une crosse en bois et d'un long canon amovibles, qui avait sans doute été utilisé pour l'attentat du théâtre. Les armes disparues de l'administration pénitentiaire avaient été retrouvées.

On voyait la trace des tableaux décrochés du mur, à la place desquels Lombard avait punaisé des pages de journaux relatant les visites et voyages officiels de Pétain.

***

La nuit était tombée. Les rues de la ville étaient désertes, et ils rentrèrent dans l'appartement d'Irène. Joseph s'empressa de raviver la flamme du poêle. À chacune de ses sorties en dehors de la ville, il s'arrangeait pour ramasser quelques fagots ou branches mortes. Les bois et forêts autour de Clermont étaient fréquentés par une population en quête de la moindre brindille, et jamais les sous-bois n'avaient été aussi bien entretenus.

Sebastian occupait tout l'espace du petit appartement, cherchant le père Noël dans le moindre recoin, ouvrant les placards à la recherche de ses cadeaux. Excédée, Irène l'envoya dans sa chambre pour qu'il se calme avec ses cubes.

— Je ne sais pas s'il sera possible d'attendre le père Noël jusqu'à demain, soupira-t-elle.

— On pourrait peut-être lui donner un peu en avance ? proposa Joseph. Après le dessert, ou même avant de manger ? Il jouerait avec nous et se coucherait tôt… Alphonse lui a fabriqué un petit train en bois. Il y a même des wagons qui peuvent transporter de petits animaux qu'il a sculptés.

— Bonne idée ! confirma Irène. Avant qu'il aille se coucher, je lui donnerai la peluche que j'ai tricotée avec des restes de chandails.

Elle regarda l'heure.

— On va attendre encore un peu et je préparerai le…

La sonnerie du téléphone retentit. Ils sursautèrent.

— Les affaires reprennent ! sourit Joseph.

— Une commande la veille de Noël ? Ça m'étonnerait.

Irène décrocha le téléphone, et n'eut pas besoin de se présenter.

— Oui, c'est moi. Rantanplan ? Ah. Bonsoir. Tu veux parler à Joseph ? Il est ici. Non ? Pour tous les deux ? Elle fit un signe impérieux à Joseph, surpris que Rantanplan appelle chez sa sœur. Attends, il arrive.

Ils s'approchèrent tous les deux du combiné.

D'une voix tremblante et au bord des larmes, Rantanplan leur annonçait qu'Agnès avait glissé sur la neige gelée et s'était cogné la tempe sur le bord de l'escalier. On attendait le médecin. Mais ce serait bien qu'ils viennent. Tous les deux.

— Tous les deux ? reprit Irène. Elle refuse de me voir depuis quatre ans.

— Elle a insisté, confirma Rantanplan. Et elle a même demandé à voir son petit-fils.

Joseph prit le combiné.

— On arrive. Je vais chercher une voiture au commissariat. J'espère qu'il n'y aura pas trop de verglas.

Il raccrocha.

— Ça doit être grave, pour qu'elle demande à nous voir, remarqua Irène dans un soupir.

— Si on veut gagner du temps, le mieux serait qu'on aille ensemble au commissariat. Tu crois que Sebastian pourra marcher jusque-là ?

— Ne t'inquiète pas. J'ai un truc. (Elle ouvrit la porte de la chambre du petit garçon) : Chéri, tu veux venir dans la voiture d'oncle Jo ?

Un hurlement de joie fit écho à la proposition. Irène se retourna en faisant un grand clin d'œil.

— Tu vois ?

Ils s'habillèrent chaudement. Sebastian portait un pantalon long dont il était très fier, et qui évitait que ses mollets amaigris soient au premier rang de la lutte contre le froid. La ville était plongée dans une semi-obscurité, compensée par la phosphorescence de la neige qui permettait de se diriger sans trop de difficultés.

Ravi de son expédition improvisée, Sebastian courait dans tous les sens, confectionnait des boules de neige sur les capots des voitures et les lançaient à son oncle et à sa mère. Joseph fit attendre Irène et Sebastian dans le petit square derrière l'avenue Charras. Il prétexta une affaire urgente au planton qui cachait sa joie de surveiller le garage le soir de Noël et mit le chauffage à fond.

Sebastian se mit sur les genoux de sa mère, et demanda s'il pouvait changer les vitesses. Joseph l'aida pendant qu'ils étaient en ville, mais dès qu'ils eurent dépassé le quartier Michelin des Neuf-soleils la route devint glissante et Joseph se concentra sur la conduite. Le chauffage ronflait comme une locomotive mais il fallait souvent passer la main sur le pare-brise pour le dégivrer. Le premier quartier de lune, acéré comme un couteau, diffusait une pâle lueur sur un paysage d'un blanc immaculé. Sebastian s'était lové contre sa mère, toute excitation disparue et s'était endormi. Une cigarette aux lèvres, Joseph conduisait avec prudence, mais jetait parfois un œil sur sa sœur. Elle dormait elle aussi, un léger sourire aux lèvres.

Irène sursauta quand Joseph coupa le moteur. Elle enveloppa Sebastian dans son châle. Joseph lui ouvrit la porte et prit son neveu dans ses bras. Irène regardait autour d'elle, incrédule.

— Je pensais que je ne reviendrais jamais ici. Il y a si longtemps que je suis partie. J'ai l'impression que c'était dans une autre vie… Et… Vous êtes là, les amours !

Tango et Java étaient arrivés ventre à terre, et se battaient pour recevoir le plus de caresses de la part d'Irène. Java voulait faire la connaissance de Sebastian, et lorsque Joseph s'accroupit pour lui présenter, elle le gratifia d'un coup de langue magistral. Ravi de cette découverte, Sebastian partit avec ses nouveaux amis qui jappaient de bonheur. C'était Noël !

Ils entendirent la porte d'entrée s'ouvrir. Une large silhouette se découpait dans le contre-jour.

— Ou Papa a grossi, ou ce n'est pas lui, remarqua Joseph.

C'était Rantanplan, un bougeoir à la main. Il leur expliqua qu'Agnès allait chercher des poireaux pour sa soupe avant que la nuit soit tombée. Le petit escalier qui menait au jardin n'avait pas été balayé après les premières chutes de neige, qui s'était transformée en glace. Les mains prises par son panier et des os à moelle sortant d'un bouillon qu'elle voulait donner aux chiens, Agnès avait raté la dernière marche. Son crâne avait cogné la balustrade en pierre.

— Qui l'a trouvée ? demanda Joseph. Mon père ?
Rantanplan hésita.

— Euh… non. C'est moi. J'étais... euh… je lui rendais visite. Ton père était dans son labo. Il y est toujours.

— Tu rends visite à ma mère maintenant ? rétorqua Joseph, faisant mine de s'étonner.

Gêné, Rantanplan baissa les yeux.

— Elle t'expliquera. Si elle peut. Venez.

La porte de la chambre d'Agnès s'ouvrit pour laisser passer le docteur Bataille qui soignait la famille Dumont depuis plus de quarante ans. Il s'approcha de Joseph et d'Irène.

— Bonsoir mes enfants. Elle a perdu connaissance une vingtaine de minutes. Je crains une commotion cérébrale. La plaie au crâne était très grande. Je lui ai fait une vingtaine de points de suture. C'est impressionnant, mais tu le sais par ton métier, Joseph, ce n'est pas le plus grave.

— Est-elle consciente ? demanda Irène, les larmes aux yeux.

— Elle est sortie de son coma il y a un moment, mais elle est très affaiblie. Elle m'a demandé trois fois si vous étiez arrivés. Elle déraille, mais c'est normal. Si l'hématome pariétal se résorbe dans la nuit, elle sera sauvée. Mais la médecine des hommes est impuissante, à ce stade…

Irène posa sa main sur le bras du médecin.

— Vous… vous êtes sûr qu'elle a parlé de moi ?

— Sûr et certain ! C'est toi qu'elle a le plus réclamé. Et ton fils. J'ai fait appeler le père Bruno

Joseph et Irène se regardèrent, incrédules. Agnès avait jeté sa fille hors de la maison quand elle avait appris que celle-ci était enceinte, et avait exigé qu'on ne prononce plus son nom devant elle. Une cavalcade fit se retourner les adultes. Sebastian et les chiens déboulaient dans un joyeux équipage. Sebastian tenait par le milieu une longue branche de noisetier dont chaque chien agrippait l'extrémité. Ce traineau s'arrêta net devant l'expression d'Irène. Elle s'agenouilla devant son fils.

— Tu vas venir avec moi dire bonjour à ta grand-mère. Elle a demandé à te voir.

Sebastian consulta ses amis qui se retirèrent dans le couloir, laissant par terre le joug improvisé.

Joseph était déjà entré dans la chambre. Assis sur le côté gauche du lit, le plus éloigné de la porte, il tenait la main de sa mère.

— Alors, C'est toi Jonas…

Une lueur d'inquiétude passa dans les yeux d'Agnès Dumont.

— Ne te tracasse pas, répondit Joseph dans un murmure. Tout va bien.

Une larme coulait le long de la joue d'Agnès.

— Irène…

— Elle est venue. Avec son fils. Ton petit-fils, que tu as toujours refusé de voir.

— Elle doit s'échapper…

— S'échapper de quoi ?

Agnès leva les yeux au ciel, comme si Joseph ne comprenait rien. Elle avait souvent eu cette expression quand il était petit

— On ne peut pas accepter…

— L'injustice ? continua Joseph. Non. Même si elle prend plusieurs visages.

— C'est pour leur bien. Il faut les sauver.

Quand elle fermait les yeux, Joseph voyait les globes rouler sous les orbites.

— Tu veux voir Irène ? demanda Joseph. Il craignait que sa mère ne garde pas sa conscience longtemps.

Agnès hocha la tête. Joseph se leva, ouvrit la porte et fit signe à Irène d'entrer. Elle portait Sebastian dans les bras.

— Je vais vous laisser tous les trois. Elle est un peu confuse, et j'ai peur qu'elle se perde tout à fait si on est trop nombreux.

Irène entra, pas rassurée. Joseph se tourna en souriant vers Rantanplan.

— Alors, toi aussi, tu fais partie de la bande à Jonas…

Rantanplan tressaillit. Il se rappela que Joseph était flic, et que les flics étaient engagés dans une lutte sans merci contre les passeurs et autres protecteurs des Juifs.

— Je l'ai compris il y a un mois, quand je vous ai vus. J'étais caché derrière les foudres. Je savais que, si c'était elle qui avait tué Tournayre, elle n'aurait jamais eu la force de transporter son corps jusqu'à la voiture, et de la voiture jusqu'à la pharmacie. Si j'avais voulu, j'aurais pu amener un régiment et on m'aurait décoré.

— On est foutus, soupira Rantanplan.

— Non. Parce que je ne vais rien dire.

— Parce que c'est ta mère.

— Pas seulement. Je ne suis pas sûr que le redressement national doive se faire en emprisonnant des Français dans des camps. Alors, je préfère que des gens comme vous les mettent à l'abri. Comment avez-vous fait ? Pour éliminer Tournayre ?

— Quand on l'a vu revenir plusieurs fois au village, on a compris qu'il avait des soupçons. On le surveillait de près…

— Parce que vous êtes plusieurs dans le coup ?

— En fait… un peu tous. Écoute Joseph, quand on a appris ce que Pétain allait faire aux Juifs, on s'est dit qu'on pouvait pas laisser faire une injustice pareille. On en a discuté ensemble au café, et de fil en aiguille, les hommes et les femmes se sont mis d'accord. Et c'est ta mère, qui traîne jamais au café pourtant, qui a proposé un jour à Andrieux qui venait lui acheter du vin de cacher des Juifs voulant fuir le pays. Elle avait découvert dans vos caves des passages secrets qui dataient de très longtemps, des Templiers, je crois. Et elle a décidé que ça servirait de cachette.

— Vous n'avez pas peur que quelqu'un vous dénonce ? Si Madeline apprenait ce que vous faites… Mais je pense qu'il y en a d'autres.

— Ceux-là, on les tient à l'écart. Ils ne viennent jamais au café, et quand on fait des déplacements, on a toujours des guetteurs qui nous avertissent. Et puis, on a nos habitudes. Tu te rappelles quand tu as déjeuné chez Peyrol ?

Joseph acquiesça.

— Dès qu'un étranger arrive, si on est entre nous à parler de nos affaires, on a un truc pour changer de conversation tout de suite. On a appris des rôles, comme au théâtre, et on peut donner le change pendant un bon moment.

En effet, Joseph n'y avait vu que du feu. Quelque chose le tracassait encore.

— Quand je vous ai entendu en novembre, vous parliez de « papiers pour ceux qui restent. » Tous vos fuyards ne vont pas en Suisse ?

— Beaucoup d'enfants de la zone Nord se sont retrouvés seuls après l'arrestation de leurs parents. Alors quelques-uns d'entre nous les adoptent, avec de faux papiers.

Avant que Joseph ne puisse émettre une objection, Rantanplan répondit.

— Je sais ce que tu vas dire : « Et Madeline ? » il est persuadé que les nouveaux qui arrivent à l'école sont des réfugiés, qui ont perdu leurs parents dans des bombardements, ou que ce sont des cousins à nous. Sa femme veille au grain. Il ne se rend compte de rien !

La porte du jardin s'ouvrit sur le père Bruno, dont la soutane était piquetée de flocons de neige. Il portait déjà une étole autour du cou et tenait dans une mitaine en laine épaisse la burette contenant l'huile des malades.

— Quelle tempête, mes enfants ! On ne pourra sans doute plus sortir de chez nous demain !

Son regard croisa celui de Joseph.

— Le docteur m'a dit que vous étiez venus avec Irène.

— Elles sont toutes deux dans la chambre. Ma mère vous attend.

Il entra dans la chambre et prit Irène dans ses bras. Elle s'essuyait les yeux.

—Elle m'a demandé pardon. Elle m'a parlé, beaucoup, et…

Elle se jeta dans les bras de son frère.

— Tout ce temps perdu, Joseph ! Tout ce gâchis.

Sebastian ne comprenait pas pourquoi sa mère était si triste. De grosses larmes coulaient le long de ses joues. Tango et Java s'approchèrent du petit garçon, et se frottèrent contre lui. Il leva les yeux vers sa mère.

— J'peux aller avec eux, Maman ?

Irène sourit à travers ses larmes.

— Oui mon chéri, allez dehors.

Sebastian croisa son grand-père qui montait de son labo.

— Eh bien… En voilà du monde !

Il se tourna vers ses enfants.

— Vous êtes venus bien vite. Vous espérez déjà une part d'héritage ?

Joseph serra les dents et les poings. Irène prit son père par les épaules et le força à la regarder dans les yeux.

— Nous sommes venus voir notre mère qui nous a appelés pour nous dire ses remords pour nous. Vous n'êtes pas obligé de les partager, mais si vous pensez avoir quelque affection pour nous, nous sommes prêts à faire venir votre petit-fils à la Garde. Vous savez sans doute où nous habitons et travaillons. Il vous sera facile de nous retrouver quand vous en sentirez le besoin.

Notre porte est toujours ouverte. Viens, Joseph. Nous avons de la route.

Le père Bruno sortait de la chambre.

— Elle a refusé que je lui administre l'extrême-onction en me disant « ce n'est pas le moment, il y a encore à faire. » Puis elle s'est endormie.

Blaise Dumont s'avança, et sourit à ses enfants.

— Je vais rester à côté d'elle. Elle va s'en sortir. Je le sais.

« Décidément, il se passe des choses, cette nuit, » pensa Joseph en croisant le regard de sa sœur.

Joseph ouvrit la porte. La neige avait cessé, et le ciel était dégagé. Les étoiles scintillaient, et donnaient au jardin un aspect phosphorescent.

Sebastian s'approcha des adultes en se frottant les yeux. Joseph le prit dans ses bras. Ils rejoignirent la voiture. Le givre s'était déjà déposé sur les vitres.

25

Le secrétaire d'État à l'agriculture s'élève contre la mauvaise volonté dont font preuve certains producteurs dans la déclaration de leurs récoltes.

La Montagne, 31 décembre 1941

14 heures

Joseph avait consacré la matinée à rédiger son rapport sur la mort de Guy Lombard. De nombreuses zones d'ombre subsistaient, mais il s'apprêtait à conclure en affirmant que l'assassin avait agi seul, qu'il n'était pas issu de la Résistance, et que la vie du Maréchal n'était plus en danger.

Il avait noté quelques messages diffusés la veille au soir par Radio-Londres essayant de comprendre leur sens. Celui d'Albertine n'arriverait pas avant le soir, mais il aimait imaginer qu'elle pouvait être la signification cachée de ces simples phrases qui annonçaient des nouvelles joyeuses ou dramatiques à ceux qui les attendaient et qu'eux seuls pouvaient comprendre.

16 heures

Le calme était revenu dans les couloirs de l'hôtel du Parc où la tentative d'assassinat contre la personne du Maréchal avait suscité une intense émotion. Le ministre de l'Information avait interdit aux journalistes toute allusion à l'événement, mais les commentaires allaient bon train et on craignait des fuites qui alimenteraient des ragots sans fin.

En début d'après-midi, le ministère des Affaires étrangères recevait un avis de l'hôtel Majestic à Paris, annonçant que le Führer nommerait bientôt un chef supérieur de la SS et de la Police pour la zone occupée[1]. Le message était clair : le gouvernement français n'était pas capable de veiller lui-même à la protection des troupes d'occupation et Hitler accentuait la mise sous tutelle de la France. La consternation se lisait sur les visages de tous les locataires de l'hôtel du Parc : malgré les efforts répétés du Maréchal et de l'Amiral Darlan pour montrer leur bonne volonté et leurs efforts dans la collaboration, l'Allemagne considérait que ce n'était pas assez. Et certains murmuraient *sotto voce* que cette nomination était le prélude à une occupation totale du pays.

Épuisée par cette nouvelle journée de tension, Albertine décida de quitter le bureau un peu plus tôt que

---

[1] Le décret d'Hitler annonçant la nomination de Carl Oberg au poste de *HSSPf* (Höhere *SS- und Polizeiführer*) date du 9 mars 1942.

d'habitude, et d'aller se reposer rue Faidherbe avant la vacation du soir. Elle imaginait le sourire de Joseph recevant le message de « Voltaire ! »

— Vous avez une mine affreuse, ma pauvre chérie, se lamenta Huguette quand la jeune femme franchit la porte. Si vous voulez vous reposer, je vais vous porter un bol de bouillon. Mais… suivez-moi. N'allez pas vous mettre dans votre chambre qui est une glacière. La nôtre communique avec le salon, et il y fait un peu moins froid.

Albertine n'avait pas la force de lutter contre la gentillesse d'Huguette. Elle fondit en larmes.

— Que se passe-t-il ? interrogea Félix quand elles traversèrent le salon. Pourquoi pleure-t-elle la petiote ? Elle a un chagrin d'amour ?

— Tais-toi Félix Minet ! intima Huguette. Elle est assommée de travail, et se rend compte que ça ne sert pas à grand-chose.

— Ça ne sert à rien, tu veux dire ! Ces abrutis du gouvernement qui se couchent devant Hitler sont des incapables. Le Maréchal aurait dû leur faire prendre les armes, au lieu de parader dans son hôtel de luxe ! Vous ne croyez pas, Adel…

Huguette lui coupa la parole

— Ça suffit ! Tu referas le monde une autre fois ! Installez-vous, ma fille, dit Huguette en aidant Albertine à se coucher.

Maxime venait d'entrer dans la maison et entendit Maman parler avec tendresse à Albertine. Elle lui proposait même de dormir dans sa chambre ! Ainsi, cette intrigante avait réussi à prendre sa place ! Il se rappelait les délicieux moments où, enfant, il pouvait se blottir contre elle alors que son père était déjà parti au travail pour les laisser tranquilles. Il n'en pouvait plus, lui non plus. Cette fille était peut-être fatiguée, mais il en avait assez de la voir traîner partout dans la maison, sans jamais lui accorder le moindre regard ou en lui montrant qu'il n'avait pas plus d'intérêt que le dernier des domestiques. Sa décision était prise. Il allait ressortir lorsque sa mère l'appela.

— Maxime, viens m'aider à préparer le repas, s'il te plait. Albertine ne se sent pas bien.

Il sortit en claquant la porte.

18 heures

Kathryn Grantham prenait sa vacation au centre d'écoute de Bletchley Park. Les nouvelles qu'Albertine lui envoyait tous les jours avaient permis aux services de mieux comprendre le fonctionnement du gouvernement de Vichy, et aujourd'hui, Kathryn avait une bonne nouvelle à annoncer à son amie.

19h30

Joseph ne quitta pas son manteau en arrivant, et ralluma le poêle à charbon. Il avait rapporté quelques bûches de La Garde, mais le froid suintait des murs, et il avait l'impression de ne jamais pouvoir se réchauffer. Il regardait l'heure toutes les cinq minutes. Il avait réservé une chambre dans un hôtel de Cusset pour le lendemain soir et était impatient comme un collégien d'inviter Albertine à passer une nuit ensemble.

19h45

Au commissariat principal de Vichy, Maxime faisait les cent pas devant le bureau du commissaire Vernet, chargé de la lutte contre les menées antinationales. Il avait convaincu le planton qu'un espion de Londres était installé chez lui et transmettait tous les jours des messages de la plus haute importance à son QG.

— Quelles preuves m'apportez-vous ? interrogea le policier après avoir consulté les papiers de Maxime

— Je l'ai vue à travers la cloison ! Elle a un appareil radio, et elle met quelque chose sur sa tête.

— Vous voyez à travers les cloisons, jeune homme ? C'est vous qui avez inspiré Marcel Aymé pour son *Passe-Muraille* ? C'est un bonnet qu'elle met sur sa tête ? Nous sommes en hiver…

Ce policier obtus ne voulait rien entendre. Il transformait les réponses de Maxime et détournait tout ce qu'il disait.

— J'ai fait un petit trou entre nos deux chambres, parce que dès qu'elle est arrivée, je l'ai trouvée… Comment dire ?

— Plutôt jolie et bien roulée, et vous pouviez vous rincer l'œil à peu de frais ?

— Pas du tout ! Ça ne m'intéresse pas ces choses-là. Mais je suis sûr qu'elle envoie des messages à Londres tous les jours.

Vernet jouait au chat et à la souris avec Maxime, qui lui apportait la preuve de ce que la police soupçonnait depuis quelques semaines. Le commissariat avait reçu un équipement de premier ordre qui permettait de détecter des émissions radio ondes courtes. Et ce matériel confirmait ce que disait Maxime. En zone Nord, les Allemands étaient équipés de camions dotés de radiogoniomètres qui localisaient, par triangulation, les émetteurs clandestins avec une précision de quelques mètres, mais Vernet ne disposait pas encore de ce matériel. Les révélations de Maxime, si elles étaient avérées, pouvaient faire mettre sous les verrous un agent de Londres.

Le commissaire Vernet sortit de son bureau, laissant Maxime piaffer d'impatience. Il demanda à deux de ses hommes de se poster dans la rue Faidherbe, et de vérifier tout mouvement suspect.

20 heures

Albertine émergeait peu à peu de sa torpeur. Elle avait rêvé d'assassins, de Pétain qui lui reprochait de ne pas lui avoir sauvé la vie, poursuivi par Joseph brandissant un revolver. Elle mit un moment avant de se souvenir de l'endroit où elle était, puis ouvrit les yeux et regarda l'horloge en face du lit. Elle devait préparer son matériel pour la vacation de 21 heures ! Son codage était prêt dans sa tête, mais il était nécessaire d'écrire le texte sans risque d'erreur. Les informations étaient trop importantes pour prendre le moindre risque.

Elle se leva sans bruit. Elle entendit Félix et Huguette discuter dans la salle à manger et monta les escaliers sans qu'ils l'aperçoivent. Maxime ne semblait pas être dans la maison. Elle ne l'avait pas entendu à table, et aucune lumière ne filtrait sous la porte de sa chambre.

20 heures 15

Joseph alluma la TSF. Il aimait ce moment d'attente pendant lequel les lampes chauffaient, émettant un léger grésillement. Lorsque le son parvenait enfin, il s'émerveillait de ce miracle de la science et de la technologie. Les hommes pouvaient communiquer d'un bout à l'autre de la planète, sans frontière. Il pensa à Richard Madeline, qui n'aurait pas manqué de lui expliquer les secrets de la transmission des ondes hertziennes et de la radiophonie.

Le son réglé au minimum, il écoutait Radio-Londres qui diffusait pour l'instant des musiques de Jazz. Son oreille n'était pas encore habituée à ces rythmes nouveaux, mais il les trouvait entrainants et aimait assez les sonorités mélancoliques du saxophone.

20h30

L'appareil était prêt. Albertine relut encore une fois le message codé qu'elle venait d'écrire, et, le manipulateur sous son index qui ne tremblait pas, se prépara à envoyer son message.

Elle reçut le signal qui annonçait que la liaison était établie et qu'un message de Kathryn allait suivre.

« ARRIVEE REX ZNO CONFIRMEE 1ᵉʳ JANVIER – STOP[1] »

Albertine n'en crut ni ses oreilles, ni ses yeux, et elle dut relire plusieurs fois l'information. L'organisation de la résistance prenait un nouveau tournant avec l'arrivée d'un émissaire de De Gaulle en France.

Albertine commença l'envoi de son message :

« VOLTAIRE DIT : J'AI DECIDE D'ETRE HEUREUX... »

20h40

Accompagné de Maxime, de deux hommes en civil et de trois gendarmes en uniforme, le commissaire Vernet frappait à la porte de la petite maison rue Faidherbe. Huguette, qui s'apprêtait à aller se coucher, recouverte de trois couches de robe de chambre, ouvrit, interloquée.

— Maxime ? Avec la police ? Qu'est-ce que tu as fait ?

Entendant parler de police, Félix se leva avec peine, et s'approcha, appuyé sur ses deux cannes. Vernet s'avança.

---

[1] « Rex » est le nom de code de Jean Moulin. Il est parachuté le 1ᵉʳ janvier 1942 à quelques kilomètres de Salon-de-Provence.

— Madame, Monsieur, vous hébergez une espionne à la solde de l'ennemi, annonça Vernet.

— Quel ennemi ? s'insurgea Félix. On n'a qu'un seul ennemi en France, et c'est les Boches ! Vous feriez mieux de vous en occuper, au lieu de vous aplatir devant eux ! En 17, au Chemin des Dames, on avait plus de couilles que vous ! Et toi Maxime ! Que fais-tu avec ces judas ?

— Ça suffit ! cria Vernet.

Il se retourna vers les gendarmes.

— Vous deux, emmenez Monsieur dans sa chambre, on verra après ce qu'on en fait. Et vous, fouillez la maison.

— Vous n'avez pas le droit ! hurlait Félix, poussé par les flics. Il leva une de ses cannes, et d'un geste rapide fit tomber un vase en cristal qui se brisa dans un fracas d'apocalypse.

Un homme le jeta par terre et commença à le rouer de coups de pied.

20h45

Le bruit du verre fit sursauter Albertine. Elle interrompit l'émission et dressa l'oreille. Huguette suppliait d'arrêter tandis que des voix masculines tonitruantes essayaient de couvrir ses pleurs.

« NOMINHATION CHEF POLIZE SS VICHY PROCHD – STOP »

20h47

Kathryn reposa ses écouteurs, les larmes aux yeux. Elle avait senti que le rythme d'Albertine n'était pas le même que d'habitude : plus rapide, plus haché, manquant de la fluidité coutumière. Le message s'interrompait trop vite et Albertine avait glissé le code d'urgence secret en insérant trois lettres à l'intérieur des mots : « •••• - ——•• - -•• / HZD » pour « HAZARD[1]. »

Albertine allait mourir. Elles le savaient toutes les deux, et Kathryn ne pouvait rien faire.

20h49

La chaise qui bloquait la porte tenait encore sous les coups, mais le chambranle montrait des signes de rupture imminente. Albertine se leva, brisa le quartz qui permettait d'identifier le destinataire des messages. Elle prit la radio, et la lança à travers la fenêtre. La neige étouffa le bruit, mais on entendit l'appareil se volatiliser en plusieurs pièces qui seraient difficiles à assembler de nouveau.

La chaise avançait de plus en plus et la serrure avait sauté.

Albertine ouvrit la fenêtre. Des flocons de neige se posèrent sur sa chevelure, et elle sentit une caresse sur le bout de son nez. Elle monta sur le bassoir, face à la rue. Il fallait être sûre de ne pas rater la trajectoire.

La porte céda. Les policiers perdirent quelques secondes à vouloir entrer tous ensemble dans la pièce.

---

[1] « Danger. »

Albertine les mit à profit pour prendre son élan. Elle s'envola comme pour un saut de l'ange.

Le policier en faction dans la rue témoigna plus tard qu'Albertine lui sembla suspendue en l'air comme par magie, avant de s'écraser dans la rue. Une tache de sang rougissait la neige autour d'elle.

21 heures

— « Les Français parlent aux Français ! » Veuillez écouter quelques messages personnels : Les rossignols du caroubier enchantent ma belle-mère, je répète, les rossignols du caroubier enchantent ma belle-mère ; le mille-pattes met ses chaussettes, je répète, le mille-pattes met ses chaussettes ; Voltaire dit : j'ai décidé d'être heureux, je répète, Voltaire dit… »

Joseph éteignit la TSF, un sourire aux lèvres. Il prendrait le train dès le lendemain matin, et emmènerait Albertine loin de la guerre, loin des trahisons, loin du monde, et ils bâtiraient des projets pour que leur fils puisse vivre dans un monde où tout ne serait que « luxe, calme et volupté. »

Il leva les yeux vers la photo de Joseph Junior :

— Je ne te connais pas, mais je t'aime déjà, mon fiston.

Postface

J'ai eu l'idée d'envoyer Guy Lombard au bagne après une conversation passionnante avec le professeur Jean-Jacques Becker. Si l'État-major a envoyé sept cents soldats pour abandon de poste, désertion ou mutinerie, entre 1914 et 1918, une partie des mutins était condamnée au bagne après des jugements expéditifs. Les peines allaient de 5 à 20 ans de travaux forcés, auxquels il fallait rajouter le temps de « doublage » pour les peines inférieures à 7 ans, ou la « résidence perpétuelle » qui obligeait les bagnards à ne jamais revenir en France. L'enquête d'Albert Londres publiée dans *Le Petit Parisien* en 1923, puis sous forme de livre chez Albin Michel en 1924, dénonce leurs conditions d'existence et soulève l'indignation, mais la déportation n'est abolie qu'en 1938.

La fin de l'année 1941 marque un tournant dans l'histoire de la France pendant la Seconde Guerre. Tiraillé entre sa volonté de ne pas tout céder à l'occupant et la certitude qu'une collaboration plus active soulagerait les souffrances des Français, François Darlan s'enfonce dans des contradictions insolubles.

Nommé en juillet 1941, Pierre Pucheu, ministre de l'Intérieur doit faire face aux premiers attentats contre des soldats ou officiers allemands en zone occupée. Le 21 août le lieutenant Moser est assassiné à la station Barbès. Le général Stülpnagel (chef des forces d'occupation en France) exige l'exécution de six communistes par les autorités de Vichy, faute de quoi cinquante otages seront exécutés par l'occupant. En octobre, une liste de soixante et un noms est donnée aux Allemands, dont treize communistes qui doivent être exécutés si les coupables ne sont pas livrés. Dans un sursaut d'empathie, Pétain se propose comme otage et annonce qu'il est prêt à se rendre sur la ligne de démarcation. L'arrestation d'un suspect gaulliste met à fin provisoirement à cet épisode dramatique.

La rencontre de Saint-Florentin entre Pétain, Darlan et Goering est un épisode méconnu de la guerre, totalement absent des manuels d'Histoire – qui passent le gouvernement Darlan sous silence, mais insistent beaucoup sur la politique de collaboration de Laval à partir de 1942. Face à la pression allemande qui exige le renvoi du général Weygand, Pétain cède le 18 novembre 1941 et obtient une entrevue avec Goering le 1er décembre. Certain d'obtenir des concessions de la part de l'Allemagne s'il accentue sa volonté de collaborer avec elle, Pétain interroge Goering sur la place réservée à la France dans la nouvelle Europe… Tandis que Goering propose que l'Allemagne utilise la flotte française contre l'Angleterre, en échange de la garantie qu'aucune province française ne serait annexée au Reich !

À l'issue de cette rencontre, la France n'a rien obtenu, mais perd le soutien des Etats-Unis qui considèrent Pétain comme un « vieillard faible et intimidé, entouré de conspirateurs égoïstes [tout dévoués] à l'idéologie de l'Axe[1]. »

Pour en savoir plus :
Sur le bagne :
Albert Londres, *Au bagne*, Arléa, 2008.
Marion F. Godfroy, *Bagnards*, Tallandier, 2008,
Michel Valette, *De Verdun à Cayenne*, Les Indes savantes, 2007.

Sur le régime de Vichy :
Bénédicte Vergez-Chaignon, *Pétain*, Perrin, 2014,
Robert Aron, *Histoire de Vichy*, 1954,
Robert O. Paxton, *La France de Vichy*, Seuil, 1973.

La rencontre de Saint-Florentin a été filmée par les services de propagande allemands et diffusée en Français par les « Actualités mondiales, » émanation de la firme allemande UFA. Le reportage est disponible sur le site de l'INA à l'adresse suivante :
https://www.ina.fr/video/AFE86001606

---

[1] Lettre de l'ambassadeur Leahy au Président Roosevelt, in Bénédicte Vergez-Chaignon, p.689.

Remerciements

Si la documentation occupe une grande place dans la préparation d'un roman historique, celui-ci doit beaucoup aussi aux soutiens divers et variés qui m'ont aidé à mener la deuxième enquête de Joseph Dumont jusqu'au bout.

Tout d'abord, les lecteurs et lectrices qui ont soutenu *Mort d'un sénateur* par leurs achats et leurs chroniques. Lorsqu'un premier roman reçoit autant d'éloges, l'auteur se sent en droit de poursuivre ses efforts. Mais il lui est interdit de décevoir son public…

Les conseils techniques et scientifiques m'ont été apportés par Pierrick Vera pour l'analyse des empreintes – on dit les traces –, André Dalmas et Michel Malherbe pour l'armement.

Jacky Tronel m'a donné des conseils éclairés sur le travail des typographes et le travail d'imprimerie dans un journal.

Je connais mieux Vichy pendant les années noires grâce à Emilie Deschamps qui m'a ouvert les dossiers de la médiathèque Valéry-Larbaud. Le soutien des bibliothécaires et archivistes est essentiel pour trouver la documentation nécessaire. La mission d'Albertine devait dans un premier scénario la mener à Boulogne-sur-Mer. Le contexte historique ne l'a pas permis, mais les images et plans que m'a fournis Maxime Blamangin, responsable des fonds iconographiques de la ville de Boulogne sont précieusement conservés pour une prochaine aventure !

La visite de l'opéra de Clermont-Ferrand, de ses coulisses, des combles et du belvédère, piloté par Franck Boucheron, responsable technique, m'ont permis de faire évoluer Guy Lombard dans un environnement encore plus extraordinaire que j'aurais pu imaginer !

Merci à Roxane Ducasse et Hélène Leblanc qui ont œuvré pour que « Jacques Cartier » retrouve les mots et expressions des Canadiens français. Frank Heitmann a su traduire au plus juste les réflexions de Goering lors de la rencontre de Saint-Florentin, et il a bien fallu l'aide de Jérôme Inacio, professeur de Physique pour que je puisse comprendre le parcours de l'électricité à travers le corps humain !

Maurice Tessonnière reste le conseiller médical irremplaçable de mon travail.

La vigilance d'un « comité de lecture » à l'affût des coquilles, omissions, répétitions, erreurs est indispensable. Et comme on ne change pas une équipe qui gagne, Claude, André et Nicole, Jean-Michel, Denis et Janine (les vellaves !), Bernard, Jean-Pierre et Laurence, François-Xavier, Clémence et Florian (en appui sportif), Laurent et Pascale, Isabelle et Marc, le tout sous la vigilance acérée de Daisy qui supporte avec sérénité et patience mes hésitations et mes doutes.

Enfin, je suis une nouvelle fois redevable à Maurice Tillieux pour m'avoir aidé à sortir Joseph de sa geôle lyonnaise, à Gilles Vigneault dont les mots sont des trésors, à René Barjavel qui m'a donné le goût de l'écriture, et à tant d'autres qui m'ont fait rêver à livre ouvert.

Sous l'Avoiron, mai 2024.